秋文 ★ 著

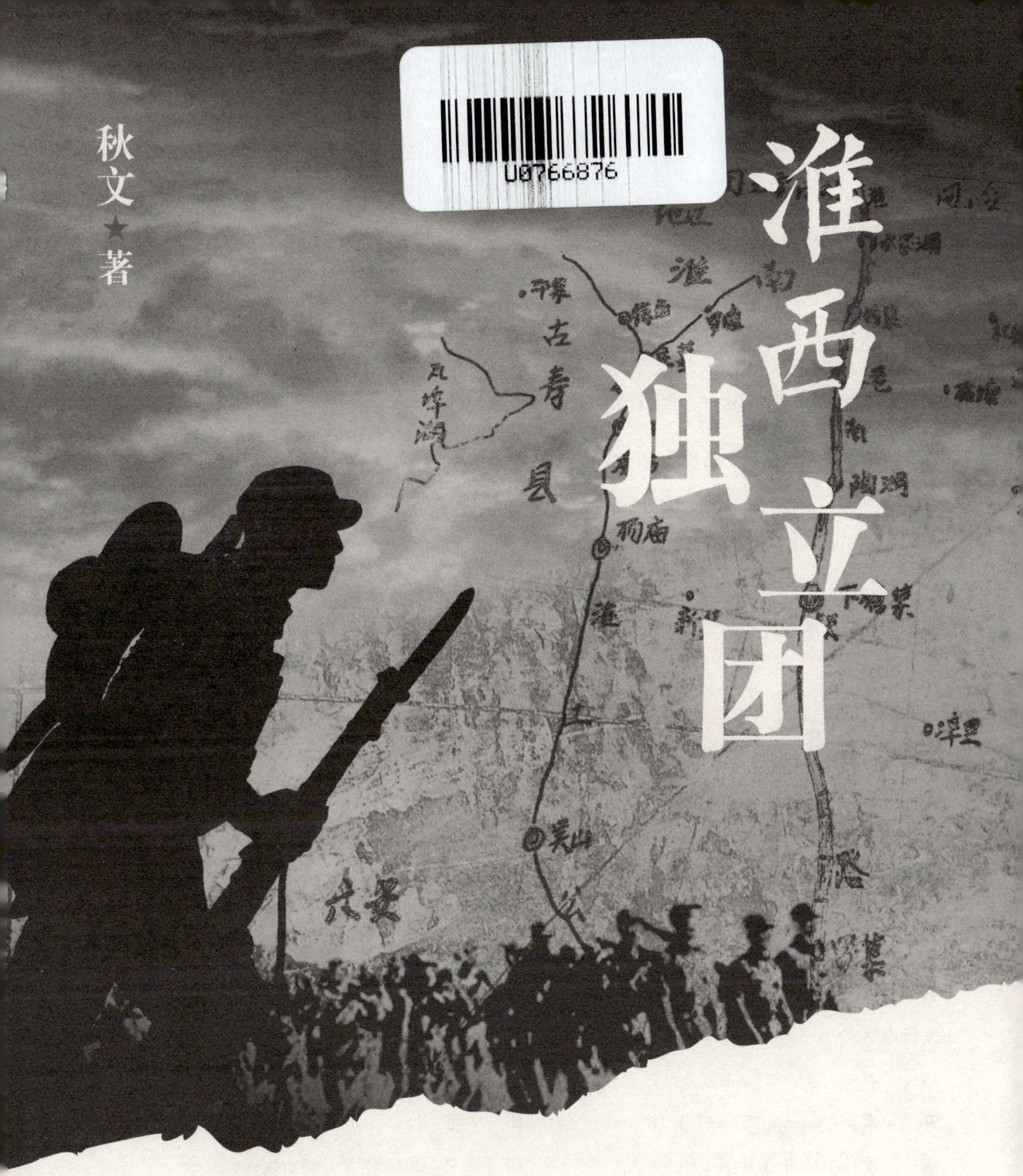

淮西独立团

一位**淮西本土作家**的**泣血**之作
真实还原多位抗战老兵的**口述**

知识产权出版社
全国百佳图书出版单位

图书在版编目（CIP）数据

淮西独立团/秋文著.—北京：知识产权出版社，2016.3
ISBN 978-7-5130-0291-2

Ⅰ.①淮… Ⅱ.①秋… Ⅲ.①长篇小说—中国—当代 Ⅳ.①I247.5

中国版本图书馆 CIP 数据核字（2016）第 018311 号

责任编辑：陈晶晶　　　　　　责任出版：孙婷婷

淮西独立团

秋文　著

出版发行：知识产权出版社 有限责任公司		网　　址：http://www.ipph.cn	
社　　址：北京市海淀区西外太平庄 55 号		天猫旗舰店：http://zscqcbs.tmall.com	
责编电话：010-82000860 转 8391		责编邮箱：shiny-chjj@163.com	
发行电话：010-82000860 转 8101/8102		发行传真：010-82000893/82005070/82000270	
印　　刷：北京科信印刷有限公司		经　　销：各大网上书店、新华书店及相关专业书店	
开　　本：720mm×960mm　1/16		印　　张：15	
版　　次：2016 年 3 月第 1 版		印　　次：2016 年 3 月第 1 次印刷	
字　　数：240 千字		定　　价：29.00 元	
ISBN 978-7-5130-0291-2			

出版权专有　侵权必究

如有印装质量问题，本社负责调换。

谨以此书，献给浴血抗战的淮西英雄们！

序　言

　　淮西土地肥沃，养育着千千万万的淮西人民，他们世世代代在这里繁衍生息，但是，七十多年前，这里却遭受了日本侵略者的蹂躏。

　　一九三七年十二月，日军攻占了南京，渡过长江，沿津浦铁路线两侧向南北推进。

　　一九三八年四月，南路日军侵占了和县、含山、巢县；五月十四日，合肥亦被攻陷。

　　五月十三日，北路日军第三师团自怀远西犯，六月三日占领了淮南，四日攻陷寿县县城。自此，淮西广大地区被日军占领。

　　淮西人民是淳朴善良的，但也是不屈不挠的，自侵略者的脚步踏进淮西大地的那一刻起，日寇就遭到了他们的奋勇抵抗。

　　八年抗战，淮西人民前赴后继、同仇敌忾，涌现出许许多多的抗战英雄，他们谱写了一个又一个可歌可泣的英雄事迹。值此抗日战争胜利七十周年之际，为缅怀这些先辈们，本人特作此书，以表敬畏之情。

　　在本书的创作过程中，万幸得到了长丰县新四军研究会、县党史办以及部分老战士的大力支持和鼎力相助，在此一并表示感谢。

　　书中故事，大多是史实，本人已稍作处理，比如人名大多是替名，如有不当之处，敬请原谅。

　　本人水平有限，撰写过程中难免出现疏漏，请大家多批评指正。

秋　文
二〇一五年四月二十日

目 录

引子 …………………………………………………… 1

第一章　临危受命 …………………………………… 3

第二章　血色淮西 …………………………………… 9

第三章　三打杨庙 …………………………………… 34

第四章　绞杀 ………………………………………… 45

第五章　纠缠不休 …………………………………… 52

第六章　二打涂郢 …………………………………… 65

第七章　抓"舌头" …………………………………… 72

第八章　报仇雪恨 …………………………………… 79

第九章　李家庙阻击战 ……………………………… 89

第十章　拔除据点 …………………………………… 98

第十一章　交通奇兵 ………………………………… 114

第十二章　打开局面 ………………………………… 132

第十三章　战斗在敌人的心脏 …………… 151

第十四章　击毙大田大佐 …………………… 162

第十五章　猎杀"狐狸" ……………………… 178

第十六章　铲除害人精 ……………………… 191

第十七章　破路杀电 ………………………… 204

第十八章　惨烈的自卫还击战 ……………… 219

第十九章　最后的胜利 ……………………… 227

引 子

抗日战争时期，在淮西地区①活跃着一支抗日队伍。它令鬼子寝食难安，令伪、顽、匪闻风丧胆，受老百姓愿意肝脑涂地地拥护。这支队伍在日、伪、顽、匪反动势力的夹缝中不断发展壮大，由起初的几十人在短短的三四年时间里迅速发展到一千多人，至解放战争时已发展成我党正规军。这支队伍就是赫赫有名的淮西独立团。

淮西地区流传着这样一首赞颂独立团及团长杨四虎的歌谣：

独立团是群英，指挥能手杨四虎。

战略战术巧变化，出奇制胜杀敌人。

强攻杨公庙，活捉王玉清。

智取三和集，横扫害人精。

威震淮西二百里，敌人胆战又心惊。

敌人胆战又心惊！

---

① 淮西地区，主要指淮南铁路以西，包括寿县、合肥两个县，怀远、凤台两县之淮河南岸，淮南三镇，六安县东北部，霍邱县东南部，大约4000平方公里的地区。

独立团主要活动地区

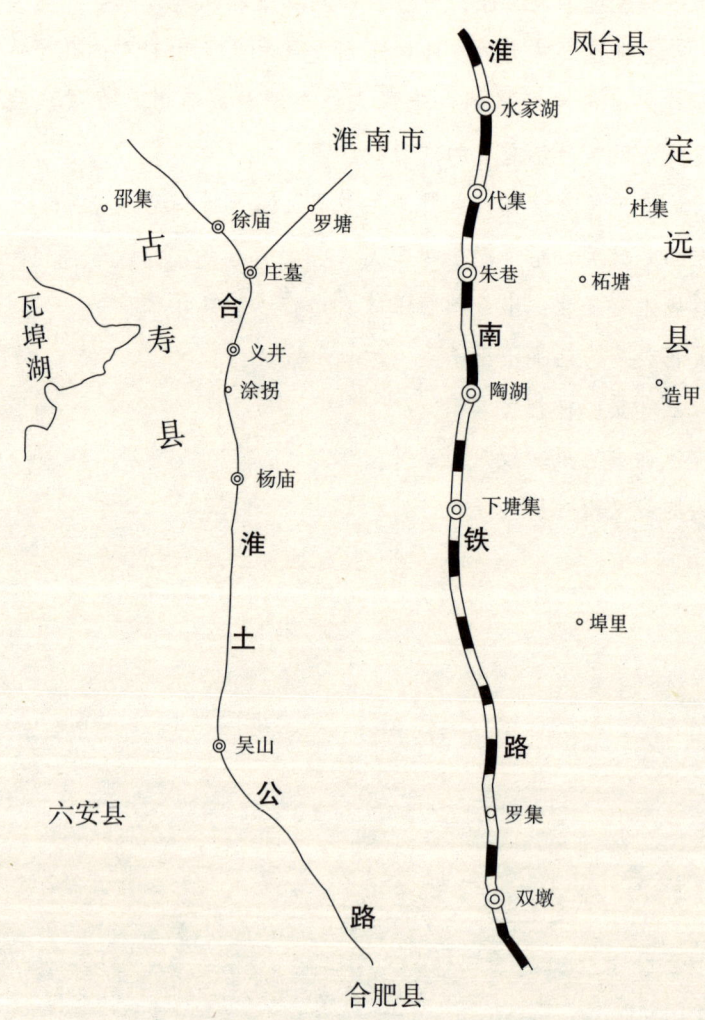

第一章 临危受命

一九四一年，抗日战争进入最艰苦阶段。在安徽，发生了著名的"皖南事变"，新四军遭受巨大损失，不得不北撤，沿路又遭到鬼子、伪军以及国民党军队的围堵拦截。

春末。早晨，军歌嘹亮，团长杨四虎带着部队做完早操，回到指挥部，身体慵懒得很，非常想再睡一觉，自从赵庄突围以来每天就是这样。那场战斗真是惨烈啊！他的一个团，为了掩护师部撤退，硬是顶住了鬼子两个大队一天一夜的进攻，最后，硬是从鬼子与伪军的结合部杀开一条血路突围了出来。一路上，又遭到国民党顽军的围追堵截，等撤退到我淮南抗日根据地时，全团只剩下八十二个人，连自己的老搭档李政委也牺牲了。有道是男儿有泪不轻弹，可是看到那些和自己朝夕相处的弟兄们都没有了，杨四虎的心在滴血。

杨四虎躺在床上，呆呆地望着房梁，那些战斗的场景又出现在脑海里：子弹打光了，战士们冲出战壕和敌人拼刺刀；李政委满身是血地躺在杨四虎的怀里，喃喃地说："老杨，我不行了，队伍就全靠你了……"

李政委的临终遗言一直在杨四虎的耳畔萦绕，可是，部队现在……唉！

吃过早饭，杨四虎正要出去溜达溜达，散散心，师部的通信员飞马而来，通知杨四虎立即到师部开会。

"这次去，一定找师长、旅长理论理论，多要点给养，好好补充补充一下部队，要不，马上就要成'光杆司令'了！"李四虎这样想着，翻身上马带着警卫员李二蛋向师部飞奔而去。

到了师部驻地，杨四虎翻身下马，进了院子，看到师长张云逸手里拿着斧头正在修理一个破板凳。

这是个好机会，杨四虎来到师长面前，大声地喊："报告师长，独立团杨四虎报到！"

"来了。"张云逸师长说着放下手里的活儿，拍了拍手。

"师长，您手艺不错。"杨四虎看着那个板凳说。

"你小子也学会拍马屁了？恐怕没有这么简单吧，哈哈，你小子一撅屁股，我就知道你要拉什么屎。"

"嘻嘻……还是师长您了解我。"

杨四虎正要朝正题上引，不料张师长不给他机会。张师长指着作战室说："快进去吧，大家都在等着你呢。"说着带头朝作战室走去。

杨四虎只好把一肚子的话暂时搁在肚子里，心想："无论如何这次不能空手回去！要不，没法向战士们交代。"然后跟着走进会议室。

让杨四虎诧异的是作战室里人并不多，除了师长、旅长、参谋长，还有一位个子不高、戴着眼镜的中年男人，旅长谭希林正在和他小声说着什么。

"杨四虎，过来，过来。"旅长谭希林抬头看见了杨四虎，向他招着手。

杨四虎来到旅长面前，旅长指着那个"眼镜"说："我给你介绍一下，这位是方正文同志。"

杨四虎一听，心里就冒出一个感觉：这个"眼镜"肯定是旅长给他配的新政委。杨四虎很不乐意，心里道："怎么给我配了个这样的政委？文绉绉的，戴着眼镜，我杨四虎最怕和文人打交道了！东西新的好，人是故人亲。唉！可惜李政委他……"

"方正文同志，这位是杨四虎同志。"旅长介绍道。

"你好。"方正文伸出手。

杨四虎翻着大眼珠瞟了方正文一眼，没有吭声，也没有伸出手，而是慢腾腾地坐下。

师长张云逸看了看杨四虎冷漠的脸，呵呵一笑，用手指点着他说：

"你小子，你这臭德性怎么就改不掉呢？"

"要不，他就不是杨四虎了。"旅长笑着说。

"驴脾气！"张师长说着看了一下手表，郑重地说，"现在开会！"

"杨四虎同志，方正文同志，今天叫你们来，交给你们俩一个重大的任务。"

杨四虎一听，立即坐直了身子。这是军人的本性，一听到有任务，自然联系到马上要打仗，人就立即紧张、兴奋起来。

"我们准备派你们打回淮西去！"

这句话如一个炸弹在杨四虎心里炸开了，也让他更加兴奋。淮西是自己的老根据地。一九三八年武汉会战后，国民党就开始和自己的团摩擦不断，但是他杨四虎是什么人？怕他国民党吗？几次战斗，赚了不少。皖南事变后，师部却命令他撤出来，虽然很不情愿，但是也没有办法，军人以服从命令为天职。后来才知道，师部是为了顾全大局，也害怕他们吃亏。一晃好几个月过去了，也不知道那里现在是什么样子。

正在杨四虎胡思乱想的时候，旅长来到地图前，指着地图说："淮西，现在对我们来说非常重要，它的西边是我大别山根据地，东边是我淮南根据地，淮西正好处于这两个根据地中间，我根据地人员物资来往都要经过此地。"旅长说着郑重地看了杨四虎和方正文一眼，接着说，"此地，对国民党也很重要，它是僻处大别山区立煌县的国民党安徽省政府与整个皖东地区的联系枢纽。对日本鬼子更不用说了，鬼子现在占领了合肥、淮南三镇，扼守淮南、津浦铁路，攫取我重要战略物资。"

师长张云逸接过话说："敌人占领淮西后，对我淮南抗日根据地造成很大压力，这次我们让你回去的任务是：尽一切力量扩大我党的影响，大力开展统一战线工作，侦察国民党顽军的动态，并及时报告师、旅部。另外，还要积极发展我们的武装，开展游击战争，打击侵略者，开辟敌后抗日根据地。"

"这下好了，可以好好地大干一场！"杨四虎心里想着，"嗯，等会儿向师长、旅长好好说道说道，多补充一些人员，多要些枪支弹药，部队现在太可怜了，八十二个人，三十四支枪，虽然有一挺机枪，可是勾爪子还坏了，只能点射，不能连射，相信这次师长、旅长不会不给，地主老财让长工干活还让吃饱、准备好家伙呢。"杨四虎心里打着小九九。

"参谋长，你介绍一下淮西现在的情况。"谭希林旅长说。

"是！"参谋长答应着走到地图前，指着地图说，"当前，淮西斗争形势非常紧张、复杂。寿东是日伪占领区，日军南以合肥、北以淮南煤矿为中心严密防守，并沿铁路线，在下塘集、朱巷、戴集、水家湖、孔店等重要街镇设立据点，由日军把守，其他街镇由伪军把守；东南部是国民党占领区。桂系一九二师驻扎吴山庙，另派地方自卫团分驻在瓦埠、小甸集、李山庙、古楼岗等地，并在瓦埠湖东岸的大顺集设立河东办事处。"

杨四虎仔细地看，仔细地听，很多地方自己是如此的熟悉，可是现在听起来却又感到很是陌生。

"怎么样？困难不小哟！"张云逸师长说。

"保证完成任务！"杨四虎、方正文齐刷刷地站起来大声说。

张师长挥了挥手，示意两人坐下继续听参谋长分析。

参谋长继续说："虽然淮西地区壕沟纵横，炮楼林立，可并不是无机可乘，在日伪与顽军势力交界处，有一条南北长一百余华里，宽三四十华里的狭长地带，日、伪、顽的兵力部署相对较弱，新四军在这里的群众基础也比较好，有利于开展游击战和建立抗日根据地。"参谋长说完，回到桌子边坐下。

"听明白了吗？"谭旅长问。

"听明白了！"杨四虎、方正文齐声回答。

"为了配合你的工作，师部决定派方正文同志到你们团任政委。"师长张云逸指着方正文说，看到杨四虎张嘴要说话，师长做了一个手势，继续说，"方正文同志是老革命了，很有水平，特别是在思想政治宣传方面很有一套，他可是我们师的宝贝哟，这次便宜你这个家伙了，你们这次回去要大力宣传我党的抗日政策，建立抗日统一战线，壮大我抗日力量，这方面是方正文同志的特长，你们俩一文一武，相信一定能配合好，在淮西给我搞出名堂来！"

杨四虎翻眼看了看方正文，没有说话。

"怎么样,还不欢迎你们的新政委?告诉你,方正文同志是淮西人,他对那里的情况非常熟悉。"

杨四虎只好说:"哦,欢迎新政委,方政委以后多担待,我可是个大老粗。哎,你是淮西哪里人?"

"杨庙,你呢?"

杨四虎没有回答,他看到张师长出了门,赶紧追了出去,悄悄跟在屁股后面。

"你老跟着我干什么?还不回去准备准备?后天就要动身了。"

"师长,呵呵。"

"什么事?"

"嘻嘻……"

"有事快讲,有屁快放!你小子什么时候成婆娘了?"

"能不能给点这个。"杨四虎说着伸开手指做枪状。

"没有!"师长斩钉截铁地说。

"只要四十支,您总不会要我空手去打鬼子吧?"

"就是一支也没有!"

"师长,您不能像地主老财那样一毛不拔啊。"

"老子就是一毛不拔!怎么啦?老子告诉你,要人,淮西几十万人民等着你呢;要枪,要炮,鬼子那里有!"

"我……"杨四虎吧嗒着嘴说不出话来了。

"有一样送给你,喏,拿着。"张师长说着从口袋里掏出一包香烟塞在杨四虎手里,然后径直离去。

杨四虎拿着那包香烟眼睁睁地看着师长离去,半天,仰起头向天空吼道:"不给算了,老子什么都会有的!"

"杨团长,师长说得对,没有枪,没有炮,鬼子给我们造。"方正文不知道什么时候来到他身后说道。

杨四虎瞪了他一眼,道:"不要叫我团长,老子现在连一个连的装备都不齐,干脆叫我连长算了。"说着气呼呼地走向自己的马。

方正文摇了摇头,无可奈何地笑了笑,去追杨四虎。

独立团团部，大家看到团长回来了，纷纷上前来，围着他问："团长，你要的武器装备呢？"

"狗屁，师长、旅长一毛不拔，就给了这个。"杨四虎说着掏出那包香烟扬了扬。

大伙儿看了欲上来抢。

杨四虎赶紧装进腰包，道："告诉你们一个好消息，我们马上就有大鱼大肉吃了！集合全团，开会！"

会议上，杨四虎介绍了新政委，宣布了新任务，最后，让战士多剪一些高粱秆子。

"团长，剪那玩意儿干什么？"一营营长汪大奎问。

"把你们的子弹袋装满了，吓唬吓唬小鬼子不行吗？"杨四虎吼道。

第二章 血色淮西

一九四一年六月五日,深夜,银河横斜,繁星点点。田野里,一人多高的高粱随风摇动,哗哗作响。

小镇水家湖东北方向,突然传来几声狗吠,打破了这里的宁静,接着,飒飒走来一队人马。

独立团向淮西进发了!

杨四虎走在队伍的前面,不时观察着周围的动静。深夜,除了几声狗叫,就是草丛中夏虫的鸣叫,杨四虎随手拔了一根麦子在嘴里嚼着。

快进入敌占区了,杨四虎吐出嘴里的麦子,低声命令后面的警卫员李二蛋道:"传令下去,前面就是敌占区了,提高警惕,不许弄出声来!"

队伍在黑暗中穿行着,听不到一句说话声,只听到"唰唰"的脚步声和几只野鸡、野鸭听到动静"噗噜噜"的飞走声。

"喔喔喔……"附近的村庄传来鸡叫声。

"杨团长,杨团长。"后面的方政委小跑着来到杨四虎跟前,小声地说,"鸡已经叫第一遍了,一会儿天就亮了。"

"命令部队加快速度,天亮前必须越过淮南铁路线!"杨四虎命令道。

部队加快了步伐,"唰唰"的脚步声更加响了。

星光下,前面幽幽暗暗处就是水家湖,鬼子的炮楼魔鬼似的耸立在那里,一条铁路横卧在田野里。

杨四虎手一挥,战士们立即卧倒在旁边的麦田里,杨四虎拿起望远镜观察着远处鬼子的炮楼。

鬼子炮楼上,一个马灯鬼火似的照着,影影绰绰地能看到鬼子哨兵背着枪在晃动。

杨四虎观察了半天,见鬼子毫无动静,一挥手,战士们纷纷从麦田里爬了起来,哈着腰陆续翻过铁路,进入淮西,然后迅速向西插去。

一口气跑过水家湖以西五六里,大家才放慢脚步,此时,东边天空已经现出鱼肚白了。新的一天到来了!

部队继续前进,前面,一个村子出现在视野里。

"那是什么村子?"杨四虎问身边一个熟悉本地的战士。

"蒋家凹。"战士回答。

"哦。"杨四虎答应着,拿起望远镜观察,只见村子里炊烟袅袅,三三两两的农民手里拿着农具正准备下地干活,还有的牵着牛正要去村外放牛。

这是再熟悉不过的农村早晨图,杨四虎心里道:"一切正常!"

杨四虎放下望远镜,向后看了一眼,一夜的急行军,战士们满脸的疲惫,于是对身边的方政委说:"政委,让战士们进村找点水喝,休息一下吧。"

"好吧。"方政委点头答应。

杨四虎随即带头向村子走去,方政委一边走,一边命令道:"进村后,遵守三大纪律、八项注意,坚决不能骚扰百姓。"

村民们突然看到这么多背着枪的人进村来,一个个惊慌失措,纷纷躲避。一个老农扛着铁锄正要去田里除草,看见杨四虎等人,慌忙跑回家,"咣当"一声关上大门。

杨四虎、方政委走了过去,当当敲门,轻声慢语地喊道:"老乡,老乡,开门,讨碗水喝。"

屋子里鸦雀无声,但是似乎能听到孩子的哭声,可是马上又消失了。

"老乡,我们不是坏人,我们是新四军,是穷人的队伍,是专门打鬼子、汉奸的。"方政委耐心地说。

屋子里依然没有反应。

"算了,算了。"杨四虎摇着手说,转身离去,方政委等人也准备离开。

"吱呀"一声，是开门的声音。

几人转回头来看，只见门开了一条缝，门缝里那位老人怀里抱着一个小女孩正看着他们。

方正文赶忙迎了上去，笑着说："老乡，别怕，我们是新四军。"

老人并没有回答，而是拉开门，示意他们进去。

众人进来，方政委再次自我介绍道："老乡，我们是新四军，老百姓的队伍。"

"知道你们是新四军，要不，没有这么客气，换了其他队伍，早就……"老农嘀嘀咕咕地说。

"我们只是讨点水喝。"杨四虎说。

"喝吧，喝吧。"老农指着厨房说。

几人来到厨房，拿起水瓢舀水，咕嘟咕嘟地喝着。锅里，煮稀饭冒出的香气，让几人闻了，嘴里冒着口水。

村里人见进村的这支部队很安分，又听说是新四军，不再害怕，纷纷打开门欢迎战士们。

"立即布置岗哨，告诉战士们抓紧时间吃饭、休息。"杨四虎命令道。

"是！"李二蛋答应着跑了出去。

一觉醒来，已经是中午。中午吃饭，杨四虎硬是拉着老农一家一起吃。杨四虎一边吃饭，一边向老农打听本地区的情况。

老人详细介绍了本地的情况，正如参谋长所说，这里各个集镇鬼子都修有据点。最后，老人叹气道："唉，老百姓都被他们糟蹋苦了！"

"老人家，以后不必再害怕了，老子一定要教训教训那些王八羔子，一定要他们血债血偿！"杨四虎愤然道。

"对，老人家，我们新四军回来就是来解救穷苦老百姓的。"方政委补充道。

"你们这次回来就不走了？"老人问。

"不走了，不走了，打死我们都不会走了。"杨四虎坚定地说。

"哦……"老人不相信地看了看二人，又看了看那几十个装备不齐的战士，轻轻地摇了摇头，不再说话。

杨四虎看出了门道，说道："这只是我们一小部分，大部队还在后面呢，告诉您，老人家，我们这次过来整整一个团！"

"哦,哦,这样呀,这样呀。"老人欣喜地说。

吃过饭,方政委向村外看了看,说道:"老杨,我们现在就在敌人的眼皮底下,千万不可麻痹大意,得尽快转移。"

"集合部队,马上出发!"杨四虎命令道。

语音未落,一营营长汪大奎匆匆进来报告,说岗哨发现了敌人。

"准备战斗!"杨四虎命令道,随即提枪在手,率领众人向村外冲去,刚冲到村外的打谷场上,只见二百米处一队伪军摇摇晃晃而来。

这支伪军是水家湖中队的,是到蒋家凹村子搜刮民脂、民膏来了,没想到和独立团不期而遇。

气氛顿时紧张起来,两支人马端着枪对峙着。

"你们是哪一部分的?"为首的军官问。此人身材高大,脸色黑得如铁锅底,上面一个疙瘩连着一个疙瘩,歪戴着帽子,敞着怀,怀里别着两把快慢机。

"你们是哪一部分的?"杨四虎反问。

"老子是这里的治安队长,方圆几十里,谁不认得我闫老母狗?你们连老子都不认得?莫非你们是新四军?"闫老母狗一边说,一边准备拔枪。

"老子就是新四军!"杨四虎说着抬手一枪,独立团战士依托打谷场上的草垛作掩护长短枪一起开火。

伪军被打了个措手不及,纷纷躲避。

闫老母狗号叫:"兄弟们,抓住新四军,皇军大大有赏,打,给我打!"说着举枪射击。

"砰砰!"枪声大作。

双方对射,僵持不下,不知不觉中,半个多小时过去了。

方政委看着前面的敌人,提醒道:"杨团长,此地不可久留,这里离水家湖敌人据点太近了,鬼子随时会过来支援。"

"汪营长,你带着机枪从侧面包围过去。"杨四虎命令道。

"是!"汪营长答应着,手一挥,带着几名战士向侧面包抄过去,到位后,迅速架起机枪。

"嘟嘟,嘟嘟!"我军机枪喷出火舌。

伪军被打得嗷嗷乱叫,四处躲藏。

"跟我冲!"杨四虎说着挥枪带头向敌人冲去。

"冲啊！"战士们喊着纷纷跃起，猛虎似的向伪军冲去。大刀、刺刀在阳光中闪亮。

伪军吓得四散逃亡，闫老母狗首先撤退，跑得比兔子还快。

这一仗，旗开得胜，打死三个伪军，缴获了五条枪。战士们喜不自禁，乐开了怀。

"开了个好头。"方正文欣喜地说。

"那是！"杨四虎一边看着手里缴获的枪，一边回答道，随即把枪交给身边拿着大刀的战士张士海。张士海终于有了自己的枪，高兴得一蹦三跳。

"走！"杨四虎挥着手，带领部队按照原定计划向鬼子顽军结合部插去。

新四军回来了，整整一个团！好几百人！这个消息如长了翅膀在蒋家凹周围传开了。

当时，国民党在瓦埠湖东岸大顺集设有一个办事处，有一百多人，住在一个大圩子里，防守严密。

第二天上午十一点，圩子里的人正在悠闲地抽烟、喝茶、谈话。突然，本地的一个姓杨的保长上气不接下气地跑了进来，一边跑，一边喊："不……不好了，不好了，共……共产党回来了！新四军回来了！"

圩子里一阵慌乱。

广西籍的李处长正躺在屋子里抽鸦片，听到这个消息，惊恐地"啊"的一声挺起。

杨保长气喘吁吁跑进来，结结巴巴地说："李……李处长，新……新四军回来了，共产党回来了！"说着不停地擦着脸上的汗，再奔向桌子上的水壶，捧起，咕嘟咕嘟地喝着。

"慌什么！"李处长故作镇定地斥责，接着问，"有多少人？"

"很多，很多，听说整整一个团，还有机枪！"

"啊！离这里还有多远？"

"不远了，不远了，他们正在向这里赶，要不了一顿饭工夫就会到这里，所以我特来向您报告。"杨保长讨好卖乖地说。

"收拾东西，马上撤！"李处长冲着身旁的人喊。

顿时，圩子里人们开始慌乱地收拾东西。

"啪！"远处传来一声枪响。

一帮人立即停止了收拾，倾耳以听，估算着枪响的地方离这里有多远。

"啪！"又是一声，这次似乎更近了。

一伙人更加慌乱了，顾不得再收拾，立即拿起收拾好的东西，慌乱地跑出大圩子，一百多号人马灰溜溜地向瓦埠湖以西仓皇逃去。

中午十二点半时分，杨四虎带领独立团冲进办事处，寻找了半天，也没看到一个人影。

杨四虎看着满地狼藉骂道："这帮家伙，不抗日，专门对付老子，老子现在回来啦！"说着一屁股坐在太师椅子上，拿起桌子上的茶壶。

"咦，还是热的，哈哈……这是给老子沏好的吧？"

战士们一阵笑。

"这是害怕我们找他们算旧账，不过，他们这一走倒是给我们留下了这么多好东西。"方正文指着满地的文件和衣服说，然后走过去拿起文件看。

"呵呵，老子正缺这些东西呢，让战士们赶紧清理打扫，咱们就在这里安家了。"杨四虎说着站起来，东看看，西摸摸，咂着嘴，嘀咕道："真讲究，可是怎么一上战场就怂了？"说着走了出来，他看到战士们都在忙碌，径直来到厨房，看到炊事员们正在做饭，闻着味道，嘴里连声说道："香，好香！"打开锅盖，一锅雪白的米饭，再打开另一个锅盖，半锅粉条炖肉。

"哈哈，今天打牙祭了，老子很多天没有吃肉了。"杨四虎说着伸手拿了一块肉放到嘴里大口嚼着，连声夸赞："香！香！"

"团长，还不是国民党留下的，你看他们把肉切好了，把米也下锅了，就等着我们来吃哩！"炊事员老张说。

"哈哈……这些顽军真他娘的够意思！"

"哈哈……"众人一阵大笑。

"开饭喽！"炊事员朝外面喊。

杨四虎和战士们一起大口吃饭，大口吃肉，分外香！

"老杨，你看我们下一步行动是什么？"方政委问。

杨四虎正要说话，外面传来哄哄声，接着走进来七八个人，原来是当地的游击队队长陈明义带着游击队队员们来了。杨四虎是认识陈明义的，于是赶紧放下饭碗迎了上去。

陈明义快步走了过来，紧紧抓住杨四虎的手，高兴地说："杨团长，终于把你们盼回来了，太好了！太好了！"

"陈队长，这几年日子不好过吧？"

"是啊，你们一走，斗争更艰苦、更复杂了，淮西老百姓也更苦了！杨团长，我向你汇报一下。"

"来，先吃饭，边吃边说。"杨四虎说着让炊事员赶紧给游击队队员们准备饭菜。

一个房间里，杨四虎、方政委、陈明义一边吃饭，一边听陈明义介绍本地情况。

杨四虎听着，不由得皱起了眉头。看来这里的情况比想象的复杂得多，鬼子、伪军、汉奸、特务、国民党桂军、地方党部、土匪等各种势力交织在一起，真是错综复杂！看来独立团要在这里生存下去不是件容易的事！

"地方老百姓怎么样？"杨四虎问。

"他们还是支持我们的，只不过敌人实行了保甲制，非常严格，就是邻居家来了亲戚都要上报。"陈明义答道。

"群众支持我们就好！"方政委说道。

最后，陈明义道："杨团长，这下好了，我们可以大干一场了，你们不知道，我们当地的百姓被鬼子、汉奸、顽军糟蹋苦了！"

"我们这次回来就是要解救百姓，建立抗日根据地的，你们来得正好，回去后大力宣传一下我军的政策，号召群众参加我们的队伍。"方政委说。

"这个好办，狠狠地打它一仗，群众自然会知道的。"杨四虎说。

"对，打出我军的威风，让那些狗日的知道我们的厉害。"陈明义跟着说。

"陈队长，本地情况你们熟悉，你看先打哪里合适？"杨四虎问。

方政委赶紧补充说："我看，我们初来这里，不能打强敌，先易后难，硬骨头放在后面啃，最好先打伪军，也好补充一下部队的枪支弹药。"

陈明义略一思考，道："杨庙乡公所！那里的伪乡长胡启宽是个大坏蛋，平时欺压群众，净给鬼子办事，催粮、催款比谁都紧；那里的防备松懈，离这里也比较近，再说我对那里比较熟悉。胡启宽是个大赌鬼，经常邀请我去他那里赌钱。"

"那我们好好商量一下。"

几人放下碗筷，开始商讨作战计划……

第二天，漆黑之夜，伸手不见五指。

一道闪电划过，轰的一声雷响，接着呼啦啦地下起瓢泼大雨。

野外，通向杨庙的路上，急匆匆走着十几个大汉，一一披蓑戴笠。

杨四虎率领着战士们向杨庙伪乡公所赶来！

雨越下越大，杨庙伪乡公所笼罩在雨雾中。大门处，一个伪军慵懒地在那里站岗，一间屋子里传来伪军们赌钱的嘈杂声音。

杨四虎带领战士们悄悄来到伪乡公所大门两侧，埋伏起来，观察着周围的动静。

一道闪电划过，街道上空空如也。

杨四虎手一摆，陈明义、李二蛋随即从黑暗中走了出来，大模大样地来到大门前，当当敲门。

"谁呀？"伪军岗哨不耐烦地问。

"我，街南的陈老四。"

"老四呀，这么晚了来有什么事？"

"胡乡长叫我来玩牌九。"

"哦，等等，我给你开门。"说着，"吱呀"一声门开了。伪军探出头来，看到陈明义后面还站着一个人，问道："这位是……"

"我也是来赌钱的。"李二蛋说着不慌不忙地走了过去，突然，猛地上前一步，一把捂住伪军的嘴，匕首顶在他的喉咙上，低声吼道："别动，动一动，老子捅了你！"

陈明义一挥手，十几个人立即冲向伪军赌钱的房间。

屋子里，乌烟瘴气，满桌子的钞票，伪乡长胡启宽和伪军赌钱正酣，他们全神贯注，居然连新四军战士冲进来也没注意到。

"不准动！举起手来！"十几个人冲了进来，十几支黑洞洞的枪口对着他们。

神兵天降，伪军们吓蒙了，半天才反应过来。

"兄弟们，不要开玩笑，请问你们是哪一部分的?"伪军排长问。

"谁和你开玩笑? 老子是新四军!"李二蛋回答道。

伪军们傻眼了，看着黑洞洞的枪口，慢慢地举起手来，手里的牌九啪啪落地，几个战士迅速收缴了靠在墙脚的十几支枪和子弹袋。

"哪一个是胡启宽?"杨四虎问。

半天，没有声音。

"哪一个是胡启宽?"杨四虎用枪指着一个浑身哆嗦的瘦伪军。

那个伪军颤抖着指了一下对面一个胖胖的人。

"你就是胡启宽?"杨四虎用枪指着他问。

"是我，是我。"胡启宽答应着慢慢站了起来，脸色煞白。

"跟我们走!"杨四虎说着挥了挥手，李二蛋随即上来缴了他怀里的枪，两名战士押着他往外走。

屋子里，杨四虎开始给伪军上政治课："你们都是中国人，怎么能给鬼子当汉奸? 告诉你们，新四军回来了，以后你们再为鬼子卖命，祸害老百姓，老子……"说着抖了抖手里的枪。

屋子里鸦雀无声。

"听到没有?"李二蛋大声呵斥。

"是，是，以后再也不敢了，以后再也不敢了，新四军饶命，新四军饶命。"

"饶你们的命可以，这要看你们以后的表现了。"

"是，是。"伪军纷纷点头回答。

"撤!"杨四虎一声令下，战士们随即撤出。屋子里的伪军一个个面面相觑，他们就不明白了，平地里怎么突然冒出这么多新四军。

半夜时分，瓦埠湖畔，陈家庄一房间里，胡启宽蹲在地上浑身冒着汗，他知道这次自己死定了! 他绝望地望着窗外，窗外一片漆黑。

第二天上午八点多，门开了，杨四虎、方正文等人走了进来。

"胡启宽，你干了多少坏事? 说!"杨四虎喝问道。

"新四军饶命，新四军饶命! 我没有干多少坏事。"

"你干的坏事我们都掌握得一清二楚，你为鬼子卖命，你欺压老百姓，吴老二家的猪是你赶走的吧?"

"我那是没有办法。"

"不要狡辩,来人,拉出去毙了!"杨四虎厉声喊道。

随即冲进来两名战士。

胡启宽立刻瘫倒在地。

那两名战士过来拖起地上的胡启宽欲往外走。

"新四军饶命啊,新四军饶命啊!"胡启宽杀猪似的号叫,然后爬到方正文的面前,不停地磕头。

"饶你命可以,但是……"方正文说。

胡启宽听了,如抓到救命稻草,连忙说:"只要饶了我这条狗命,让我干什么都行。"

"政委,这样的坏人还留着干什么?"杨四虎故意装作不高兴的样子问。

"杨团长,只要他改过自新,还是给他留条活路吧。"

"我改过自新,我改过自新。"

……

"新四军回来了!还端掉了杨庙的鬼子据点!"这个消息在淮西地区迅速传播开来,老百姓纷纷拍手叫好。

下塘集,日军"红军"司令部戒备森严,如临大敌。鬼子指挥官大田大佐正在听一群汉奸汇报。

大田大佐——鬼子在下塘地区的最高指挥官。此人心狠手辣,对淮西人民犯下的滔天罪行罄竹难书。他初到下塘集,就制造了无人区,把下塘周围五里之内的房子全部推倒,树木全部砍掉。他杀人不计其数,把尸体放在两口大塘里,制造了万人坑;他对下塘人民实行网格化的统治,在政治、经济、军事、文化等方面奴役下塘人民,他纵容鬼子、伪军烧、杀、抢、淫,无恶不作。

现在,新四军回来了,这成了他的心头大患,所以他马上召集了伪乡长们询问情况。

"胡乡长,你的说说,新四军的有多少人?"大田大佐问胡启宽。他哪里知道此时的胡启宽已经被杨四虎控制,为新四军所用。

"估计二三百人。"胡启宽照着杨四虎教给的数字说。

"到底有多少?"翻译官喝问。

"太君,晚上太黑,看不清。"

"二三百人,看来还是小股新四军,游击队的干活,你们的不要怕。"大田大佐给伪乡长们打气。

"回去告诉你们的人,要严加防守,消灭新四军的,皇军一定大大有赏,现在,皇军要趁他们立脚未稳,派兵追剿,新四军一定会统统的死啦死啦的,你们一打听到新四军的行踪,马上的报告皇军!还有,回去告诉老百姓,提供给新四军方便的,统统的死啦死啦的!"大田大佐歇斯底里地叫嚣着。

"是,是!"伪乡长们一一卑恭地答应着。

伪乡长们走后,大田大佐看着桌子上的淮西地区地图,脸上现出阴险、狠毒的神色,随后拿起电话,和其他据点的鬼子密谋起来。

与此同时,在金寨的国民党安徽省主席李品仙也得到这个消息,为了不给独立团可乘之机,他立即派一七一、一七二两个师进驻李山庙、双庙集、长岗店一带,沿瓦埠湖西设防,以防独立团向西发展,并令寿县顽军刘干臣、赵子盘带领两个大队八百多人在淮西西部的杜师娘岗、大顺集、上殿寺、瓦埠街一带驻防。

山雨欲来风满楼,独立团面临着严峻的考验。

来到淮西已经有一个月了,虽然打了几次胜仗,部队得到了一定补充,但都是小规模的,而且都是针对伪军的,这让杨四虎很不过瘾,心里琢磨着如何和鬼子打一仗。

第二天就是七月七日,是抗日战争全面爆发四周年的日子,早晨,杨四虎就去找方正文。

"老方,明天就是七月七日了。"

"是啊,转眼间,我们抗日都四年了,老杨,你有什么打算没有?"

"这正是我来找你的原因,我准备从小鬼子身上开刀!狠狠地敲他们一下,好好纪念这一天。"

"我不同意!"

"为什么?"杨四虎看着方政委问。

"老杨，你忘了师长、旅长交给我们的任务了？和鬼子正面作战，现在时机还不成熟。"

"怎么不成熟了？杀他几个鬼子给咱这地方老百姓出出气，也好给这个纪念日添彩。"

"鬼子躲在炮楼里，我们如果强攻，弄得不好会给我军带来不必要的损失。"

"前怕狼后怕虎的，老子独立团什么样的硬仗没打过？"

"不是怕不怕的问题，而是怎样保存力量、壮大力量的问题，这是临行前旅长再三交代过的。"

"我看就从鬼子头上开刀！"杨四虎瞪着眼说。

"我坚决不同意！"

"那你说怎么办？难道就这样算啦？"杨四虎拍着桌子问。

"纪念还是要纪念的，看用什么方法比较妥当。"

"你说用什么方法？"

"把同志们叫来一起商量，肯定有好方法，三个臭皮匠还赛过一个诸葛亮呢。"

"你去叫！"杨四虎吼道。

"我去叫就我去叫。"方政委说着出去了。

一会儿，几个营长都来了，方政委把议题向大家说了，大家开始七嘴八舌议论起来。有赞成杨四虎的，有赞成方政委的。

"反正这次得从鬼子身上下手。"杨四虎提醒大家道，"不打鬼子，气都要气他一下！"

一营汪营长听杨四虎这么一说，心里一道闪电闪过，马上说道："我们在这里行动，下塘的小鬼子骑着马、开着车一会儿就能赶到这里，不如把他的公路扒了，电话线剪了。"

"对！"大家纷纷赞同。

"我看行！"方政委说。

"那就这样吧。"杨四虎无可奈何地说，接着命令道，"赶快去准备，多叫一些人手！"

七月七日夜，没有月亮，没有星星。

下塘集通往白桥湾的公路上悄悄走来一大群人，到了公路上，然后分开,一部分向鬼子炮楼方向溜去,再埋伏下来注意着前方动向;另外一部分人则在公路上动起手来,有的挖路,有的爬上电线杆子……

一切都在悄悄地进行,简直是神不知鬼不觉。

一夜间,十几里公路悉数被毁!

拂晓,战士们抬着几捆电线走到河边,"咚、咚"扔进河里,然后悄悄撤出战场。

杨四虎回头看着瘫痪的公路,道:"这下,老鬼子大田看了肯定会把鼻子气歪了的。"

李二蛋听了,学着大田大佐气急败坏的样子。战士们见他那滑稽的样子,都哈哈大笑起来。

早晨,汉奸们把公路被毁之事告诉了大田大佐,大田大佐拿起电话,"喂喂"了半天,电话里也没有声音。

大田大佐挥舞着手,喊叫道:"巴嘎,新四军的,统统的死啦死啦的!"

第二天,大田大佐纠集了几处据点的鬼子、伪军共计三百多人,杀气腾腾地向独立团经常活动的瓦埠湖畔而来,并且以后这种"扫荡"三天两头发生。大田大佐老谋深算,企图趁新四军立足未稳、羽翼未丰之时予以消灭。

傍晚,瓦埠湖畔,宋家庄。杨四虎带领独立团战士进到村子里,来到积极分子宋大柱家,一屁股坐下,道:"唉,总算能坐下来喝口水了,这小鬼子也他娘的太热情了,整天追着老子屁股不放。"说完站了起来,奔向水缸,拿起水瓢舀水咕嘟咕嘟地喝着。喝完,对炊事员说:"赶快做饭。"

方政委道:"老杨,这样不行,部队整天转移,工作根本无法开展。"

"那你说怎么办?总不能坐在那里等着鬼子来抓吧。"

"我们得想想办法。"

杨四虎正要说话,外面传来喊声:"团长、政委,吃饭了。"

杨四虎听了,道:"先不管,填饱肚子再说。"

两人来到外面,战士们正在等着他们。

"吃,赶快吃。"杨四虎挥着手道。

战士们拿起碗筷，准备吃饭。这时候岗哨匆匆地跑了过来，老远就喊道："团长，鬼子！"

"奶奶的，撤！"杨四虎放下碗筷，随即带领战士们从村后撤出。

鬼子伪军进村来，先是四处寻找一番，没有发现新四军，于是开始疯狂地烧、杀、抢。

村子里，鸡飞狗跳，牛吼猪哼，男人的哀求声，妇女、孩子的哭泣声，鬼子、汉奸的呵斥声到处皆是。

几个鬼子、伪军身后背着、手里拿着抢劫来的东西大摇大摆地走着；两个伪军为了抢一个姑娘出嫁的新马桶几乎大打出手……

打谷场上，全村的群众被赶在一起。四周，鬼子伪军荷枪站立。高处，鬼子的机枪瞄准着群众。

大田大佐站在群众的对面，身边，一条狼狗虎视眈眈地望着群众，大张着嘴，露出锋利的牙齿，吐出长长的舌头。

大田大佐一挥手，两个鬼子随即拖出五花大绑的宋大柱，"嘭"的一声摔在地上。

大田大佐叽叽咕咕一阵子，翻译官随即翻译道："太君说了，凡是私通新四军的，格杀勿论！"

话音刚落，大田大佐拔出王八盒子顶在宋大柱的头上，"砰"的一声，宋大柱脑浆迸裂，倒在地上。

鬼子如此凶残，群众根本不敢睁眼看。

大田大佐摸了一下那条狼狗的头，手向前一指，那条大狼狗狂叫着奔向宋大柱的尸体，狗爪子踏在宋大柱的尸体上，用嘴狠狠地撕咬着、咀嚼着。

群众一阵骚动，哭声四起。

这就是大田大佐的阴险之处，他知道新四军依赖群众，善于发动群众，妄图用凶残的手段来斩断新四军和群众的联系，让新四军无法生根。

鱼儿离开了水，怎么生存？

国民党安徽省主席李品仙和国民党寿县党部也这么想，但是他用的方法更为阴险、狠毒。

涂拐，杨家岗村。

下午，太阳高挂，人们趁着天晴在地里除草。农民杨富贵正在自家瓜田里摘西瓜，准备第二天挑到街上去卖。今年西瓜长势不错，头棚瓜一个个又大又圆。杨富贵正喜滋滋地摘着。

忽然，远处气势汹汹地走来十几人，个个带着枪，凶神恶煞一般。这些人来到杨富贵家的西瓜地，二话不说，冲进瓜地就开始摘瓜。

杨富贵看他们那穷凶极恶的样子，胆怯地躲在旁边不敢吭声。

这伙人摘了一个西瓜，用刀破开，不熟，随手扔了；再摘一个，不熟，再扔再摘，如此反复地进行着。杨富贵知道他们那是故意的！乡下人哪个不知道如何找熟西瓜？只要用手拍一拍便知。

杨富贵看着自己辛辛苦苦种的西瓜就这样被糟蹋了，心疼得要死，可是又不敢发作，只好走了过来，讨好地说道："老总，我来帮你们摘，我知道哪个西瓜熟了。"

"老子要你摘？滚！"一个大汉横眉竖眼地呵斥道，抬起脚，对准一个西瓜狠狠踩去，"噗"的一声，西瓜被踏得粉碎。

杨富贵不敢再言语了，一声不吭地躲得远远的。

这些人开始狼吞虎咽地吃起西瓜来，可是，吃的还没有浪费的多。不多一会儿，一块田的西瓜被这伙人糟蹋得差不多了。

这伙人吃饱了后，拍了拍手，一个满脸麻子的人走了过来，问道："喂，你们的保长呢？在家吗？"

"在……在家。"

"带老子去！"

"我……我还要摘瓜。"杨富贵看着满地的西瓜推辞道。

"啪！"一个耳光扇了过来，把杨富贵打得身子直晃悠。

"乖乖给老子带路，要不，老子宰了你！"麻子脸说着掏出匕首在杨富贵面前晃悠着，匕首在阳光下闪着可怕的亮光。

杨富贵看了害怕，只好带着这伙人向村子走去。

"老总，你们是……你们是……"杨富贵壮大胆子问。

"老子是新四军！"麻子脸回答，接着问，"新四军，听说过吗？"

"没……没。"杨富贵赶紧回答。

来到杨保长家时恰逢保长刚从地里回来，光着上身在喝水，看到这伙人，知道来者不善，赶紧热情接待，一边让座，一边叫杨富贵泡茶。

"请问各位老总，今日来到鄜村有何贵干？"杨保长问。

"老子是刚从路东过来的新四军，今天征粮来了，快给老子准备五百斤小麦，三十只鸡，三十只鸭子，五百个鸡蛋。"满脸麻子的人开着清单大大咧咧地说。

"老总，现在是下午，老百姓都到地里干活去了，我怎么给你弄这些东西？再说，穷乡僻壤的，也凑不齐那些。"

"我不管，今天不给老子，休想！"

"等老子自己动手就没有这么客气了！"

"老子一把火烧了你这村子，信不信？"

这伙人七嘴八舌地放话出来，一个比一个狠。

"杨保长，快去吧，免得兄弟们动手。"麻子脸的人跷着二郎腿斜着眼说。

"我去，我去，兄弟我这就去。"杨保长说着带着杨富贵慌忙出去了。

一会儿，杨保长等人拎着几只鸡鸭、半篮子鸡蛋、一布袋小麦回来，放在地上，满脸堆笑地说："老总，搜尽全村，就这些了，请担待，请担待。"

"怎么就这么一点儿？"麻子脸不屑地瞧着地上的东西问。

"穷乡僻壤，穷乡僻壤，老总多担待，多担待。"

"那就先欠着，五天后老子再来取，到时候再凑不齐，别怪我的这些弟兄们不客气！"

"听到没有？"其他人呵斥。

"是！是！"杨保长唯唯诺诺地连声答应着。

麻子脸手一挥，几人上前拎起东西就走，走到村口，看到树下拴着一只山羊，一个家伙二话不说，径自过去解开绳子牵着就走。

杨保长看着这伙强盗一般的人走远了，长长地叹了一口气。

"新四军就是这样的啊？"杨铁头问。

"我的瓜啊，整整一块田啊！"杨富贵说着蹲在地上号啕大哭起来。

"这不是和土匪强盗一样吗？"大家议论道。

"新四军我见过，不是这样的！"一个年轻人说。

杨保长瞪了那个年轻人一眼，道："二愣子，不要多嘴，祸从口出，知道吗？"

"反正新四军不是这样的。"二愣子坚持说。

"我看你不想好了，你知道私通新四军的罪刑吗？鬼子抓去，喂狼狗；国军抓去，活剥皮！到时候，全村老少还要受连累。"杨保长说。

接着的几天，附近村子里都受到这伙自称"新四军"的人强征粮、肉。孙圩子更惨，"新四军"去赶孙瘸子家的猪，孙瘸子上前阻止，结果肋骨被打断了三根，猪还是被拉去了。

"新四军就是土匪，就是强盗！"一时间，老百姓沸沸扬扬地议论着。

第四天下午，二愣子悄悄出了村子，直奔四十几里路外的二姑家。

当杨四虎听到二愣子的报告，气得指着天空说："狗日的，这是顽军在抹黑嫁祸我们！"

"是啊，国民党这招够阴险、狠毒的！"方正文说。

"一定要抓住这伙人以还我们的清白，二愣子，他们说五天后去取剩下的东西？"杨四虎问。

"是的，也就是明天。"二愣子掰着手指头说。

"好，你带着我们去，我倒要见识见识这帮家伙到底是何方神圣！"

当天晚上，二愣子领着独立团来到杨家岗，并在附近埋伏起来。

第二天下午三点多钟，那伙人果然又向杨家岗而来！

因为天气炎热，身上又带着很多一路抢来的东西，这帮人显然是口渴了，他们直奔杨富贵家的那片西瓜地。可怜那些西瓜，又一次被糟蹋了。

这伙人狼吞虎咽一番后，一个个腆着肚子向村子里大摇大摆地走来。

杨四虎早已带领独立团特务连埋伏在通往村子的岗地上，方政委则带领一个排埋伏在村子左边的干河沟里，待战斗打响后从后面包抄这伙所谓的"新四军"。

这伙人慢慢靠近特务连的埋伏圈。

杨四虎问身边的二愣子："就是这帮人吗？"

"就是这帮家伙！剔了他们的肉我都认得他们的骨头！杨团长，你可得好好教训教训他们！"

"看老子怎么教训这帮孙子！"杨四虎说着抖了抖手里的枪。

这伙人慢慢进入埋伏圈。

"打！"杨四虎一声令下，特务连的长短枪一起开火。

这伙人做梦也没想到这里有埋伏，前面的一人中弹倒地后，剩下的人丢下东西四散逃命。

"冲！"杨四虎说着跃起，战士们随即跟着杀向敌人。方政委听到枪声，随即带领战士冲了过来。

这伙人被团团围住。

"缴枪不杀！举起手来！"战士们喝令。

这伙人见无路可逃，纷纷丢下手中的枪，乖乖举起双手。

杨家岗的打谷场上，群众被召集在一起。

杨四虎、方正文站在打谷场中间，旁边是那几个所谓的"新四军"。此时，他们的威风不见了，一个个低着头，脸色苍白，浑身打着哆嗦。

"你们是新四军吗？"杨四虎喝问道。

麻子脸知道今天是李鬼遇到了真李逵，只好坦白道："不是。"

"你们到底是哪一部分的？"

"我们……我们是寿县保安团的。"

"你们为什么冒充我们新四军？"

"我们……我们……"

"说！"李二蛋挥着枪。

"我们奉上级命令，冒充新四军。"

杨四虎把脸转向群众道："老乡们，我们才是真正的新四军，听到了吧？这些人是冒充我们的。"

群众恍然大悟，低声议论着："原来是这样啊！"

"老乡们，我们新四军是老百姓的队伍，我们是有纪律的，是不会动你们一草一木的，只有鬼子、汉奸，还有这些人才会祸害你们。"方政委指着那伙人说。

"老乡们，你们说我们该怎么处置他们？"杨四虎指着那个麻子脸问。

"这个麻子脸最坏，杀了他！"二愣子喊道。

"对，宰了他！"群众齐声呐喊。

"好，听你们的，就这么办！"杨四虎说着挥了一下手，上来两个战士押着麻子脸走向河边，接着传来"砰"的一声枪响。

对于剩下的那伙人，方正文对他们教育一番后，让他们保证以后不再冒充新四军祸害老百姓后就放了他们。

从此以后，这一带的群众开始相信新四军了。

顽军的阴招彻底失败了，可是，阴的不行又来明的。

一天下午，枣林乡董家岗村他们的狗突然汪汪狂叫起来，原来是疲惫不堪的独立团战士悄悄进了村子。

狗叫声惊动了伪保长赵权秧，他搬来板凳，站了上去，趴在围墙上往外看，然后下来悄悄溜出村庄，向国民党县党部赶去……

很多百姓见到杨四虎他们，躲瘟神似的纷纷关紧大门。杨四虎带领大家走进副政委董其道的家，道："马上开会。"

会议场上，大家神色凝重，一个个低头抽烟不语。这些天来，鬼子、伪军、国民党顽军整天紧追不放，部队只好不停地转移，转移，再转移。形势太恶劣了，再这样下去，部队非被拖垮不可！还有更可怕的，那就是现在的群众根本不敢接触新四军，他们被敌人祸害怕了。

杨四虎见了，大声喝道："干吗，一个个病鸡似的，都给老子振作起来！独立团什么时候怂过？"

方正文摆了摆手，制止了杨四虎继续发火，心平气和地说道："这段时间来，部队天天打仗，损失不小，老百姓也受到了牵连，为了避免这些，以后尽量不打扰老百姓了。同志们，现在的局面难以打开，但是，困难只是暂时的。"

此时，旷野中，一队国民党军队带着枪、拖着炮向董家岗杀来。为首的人是国民党特务头子刘干臣，他刚才得到赵权秧的报告后，立即率领手下前来"剿匪"。

"快！快！"刘干臣骑在马上挥着马鞭不断催促着。

杨四虎正在和方正文商量对敌之策，岗哨突然跑了进来，报告说村口发现了敌情。

杨四虎拔枪在手，命令道："告诉部队掩护群众立即撤退！"

话音未落，"轰"的一声，一发炮弹在村庄里爆炸了，接着村口传来密集的枪声，战士们已经和顽军交上火了。

杨四虎来到村前，发觉是国民党顽军，四周观察了一下，对一连连长杨守先命令道："你带领几个战士上房！其他的用围墙作掩护，不要轻易出动，等敌人靠近再打。"

"上！上，抓住一个新四军赏十块大洋；打死一个，赏五块！"刘干臣催促着手下往前赶。

方正文躲在墙后喊："中国人不打中国人，我们是新四军，专门打鬼子的。"

刘干臣挥着手里的枪号叫道："老子打的就是新四军，告诉你们，你们已经被包围了，赶快投降吧！"

"那要看看我手里的家伙同意不同意。"杨四虎抖着手里的枪说。

"给我冲！"刘干臣命令道。

敌人一边胡乱开枪，一边往村子里冲。

"打！"杨四虎命令，甩手一枪，一个顽军倒地。

一瞬间，独立团火力一起开火。

顽军开始反击，枪声炮声四起，硝烟弥漫。四连战士依托村庄的围墙房屋，躲避着敌人的炮火，再伺机从不同方向射击敌人。前面的敌人纷纷倒地，没死的躺在地上号叫着，剩下的敌人慌忙撤退。

"他娘的，机枪，扫射！炮，给老子轰！"刘干臣气急败坏地命令道。

"咕嘟嘟！"敌人的机枪喷着火舌。

"轰，轰！"炮弹在村庄里爆炸。

敌人的火力暂时压制了独立团的火力。

刘干臣见了，挥着手里的枪驱赶着手下再次发起冲锋。

"啪啪！"一阵枪响后，敌人丢下几具尸体逃出村子。

刘干臣看了破口大骂："他奶奶的！"然后对身边的传令兵命令道："去，把赵子盘给老子叫来。"

"是！"传令兵骑上马奔驰而去。

"嘿嘿，看你今天还能逃得出老子的手掌心不？"刘干臣说着坐下，悠闲地抽着烟，斜眼看着冒着硝烟的村庄。

敌人的意图被识破，方正文见敌人停止了进攻，但是没有离去，提醒杨四虎道："看来敌人去搬救兵了。"

"是的，可是群众还没撤退远，再怎么样，也要保护好群众。"杨四虎说。

方正文对着汪营长命令道："让群众尽快撤离，不能再要东西了。"

"是！"汪营长答应着跑开。

群众见炮火停了,开始撤离,可是行动缓慢,因为他们舍不得丢弃手里的东西。

一会儿,赵子盘率领一帮人马赶到。两股顽军会合在一起足有400余人。敌人仗着人多,潮水般向村子里冲来。

"团长,敌人太多了。"方正文一边射击,一边说。

"撤！"杨四虎命令道。战士们随即一边打,一边从后面撤出村子。

顽军蜂拥冲进村子,开始疯狂洗劫,见什么拿什么,村里到处一片狼藉,就是村外的瓜田、梨园也不能幸免。

关于这一仗,老百姓编了顺口溜来讥讽顽军：董家岗打一仗,瓜田梨园一扫光,拉夫挑衣裳。

通过一段时间的接触战,鬼子、顽军逐渐摸清了独立团的底细,原来只有几十人！他们更加有恃无恐,更加疯狂地"追剿"起来。

由于连续作战,独立团得不到休整,没有时间开展群众工作,局面一时难以打开。按照规定,方正文奉命回旅部汇报独立团在淮西的活动情况。

谭旅长听后大怒,拍着桌子吼道："临行前我是怎么交代你们的？你们的任务是什么？你们的仗打得太多了,老子派你们去不是为了打仗,如果打仗,你们那几十兵力能解决什么问题？当务之急,你们要认真做好统战工作,开展政治攻势,教育战士们遵守三大纪律、八项注意,利用一切有利条件,减少不利因素,建立抗日根据地！回去告诉杨四虎,他这只老虎要收敛一下,不能一味地拼杀,完不成任务,下次见面,我把他这只老虎的头拧下来当尿壶使！"

第三天下午,淮西独立团领导会议上,方正文传达了旅部的指示。

杨四虎摸着自己的头问："旅长真是这么说的？"

方正文点了点头。

"旅长批评得对,对于造成淮西工作不利的局面,我是负有责任的。"杨四虎自我检讨道。

"团长,今后,我们要按照旅部的指示用新的思路开展工作。"方正文说。

"好吧。"杨四虎同意道。

接着，大家商讨今后如何开展工作。最后确定了工作重点：对群众宣传我党的政策，多做好事；以开展伪军工作为主，发展进步势力，争取中间势力，孤立和打击顽固势力。

杨庙街，今日逢集，街道上人来人往，两个日本兵带着几个伪军在街道上大大咧咧地走着，不时借检查的名义揩油，老百姓敢怒不敢言。

按计划，杨四虎、方正文带着李二蛋来到杨庙做统一战线工作。现在，三人化装成普通百姓坐在一茶摊前喝水，不时注意着街上的动静。

一个长辫子村姑挎着一篮子鸡蛋走在街道上，两个日本鬼子见了，眼睛贪婪地一直盯着姑娘的胸脯。一个瘦猴似的伪军对着一个鬼子的耳朵叽叽咕咕了一阵子后，鬼子随即发出淫笑，跷起大拇指夸道："呦西，你的大大的好！大大的好！"

瘦猴伪军一挥手，几个伪军苍蝇似的向长辫子姑娘围了过来。

"姑娘，上街呀。"瘦猴伪军嬉皮笑脸地搭讪道。

长辫姑娘见了有些胆怯，低头准备绕过去。谁知道另外一个大块头伪军伸开双臂挡住了去路，道："别走，还没检查呢。"

姑娘无奈地停下。

"篮子里是什么？"瘦猴伪军问。

"鸡蛋。"姑娘说着把篮子递过去给他看。

瘦猴开始检查，趁着那姑娘不注意，把手里攥着的子弹放到姑娘的篮子里，然后拿在手里，大呼小叫道："这是什么？"

姑娘见了，脸都吓白了，手一松，篮子掉落在地上，满地都是摔破了的鸡蛋。

"我看你是新四军，走，跟我们走一趟！"瘦猴伪军喝令道。

"我……我不是新四军，我不是新四军。"姑娘哭着喊着。

"快走！"伪军一齐吆喝着。

街道上的人都明白长辫姑娘去了意味着什么，但是，没有一个人敢出来阻拦，只是低声骂着："狗日的，又在欺负人了。"

"快走，快走！"伪军用枪赶着姑娘。

遇到这样的事不动手，还算共产党新四军吗？杨四虎、方正文、李二蛋互相交换着眼神，手向怀里摸去。

这时从街道拐弯处走来几个人，为首的是个年轻人，很是健壮。他来到伪军面前，看了看姑娘，又看了看地上的鸡蛋，道："陈猴子，又在欺负人了？"

"谁在欺负人了？董大少爷。"那个叫陈猴子的伪军说。

"那怎么……"董大少爷指着满地的破鸡蛋问。

"我们在检查，发现了这个。"陈猴子伸出手，露出手心里的子弹。

"那不是你们自己的子弹吗？"

"少管闲事！"陈猴子被揭穿老底，恼羞成怒道。

"今天，这伤天害理的事老子就管定了！"

"就是！"旁边的几个年轻人也都附和着说。

"你们能管得了？"陈猴子说着，眼睛朝不远处的鬼子瞄了瞄。

"不要以为有鬼子给你撑腰，你就天不怕地不怕了，有鬼子在，老子照样修理你，信吗？"

旁边几个伪军知道眼前这个董大少爷不好惹，又加上旁边围了一大群人，上来推着陈猴子走。陈猴子一边走，嘴里一边骂骂咧咧的，来到鬼子面前，叽叽咕咕地说了一通。两个鬼子往这里看了几眼，到底没有过来。

"赶快走吧，姑娘，当心被狼叼去。"那个董大少爷说，然后带领几个人也离开了。

"这个年轻人是谁？"杨四虎问。

"他就是董吉善的儿子董善云。"

"这年轻人不错，是条汉子。"杨四虎望着董善云离去的背影夸赞道。

"老子英雄、儿好汉。"

"哦，没有想到董吉善在本地这么有威望，连鬼子、伪军都要让他三分。"

"他曾经任伪军大队长和杨庙地区联庄会会长，因为看不惯鬼子、汉奸欺压百姓，毅然辞去职务赋闲在家，虽然如此，威望还在，举臂一呼，能立即召集数百之众！"

"老方，努力把这样的人争取过来，那对我们的帮助可就大了。"

"是啊。"方正文说着放下茶碗，"走，去拜访拜访他老人家去。"

董吉善家里，董善云把刚才街上的一幕讲给父亲董吉善听。

"陈猴子这个王八羔子，依仗着鬼子这个靠山，干尽坏事。不过呢，现在是日本人的天下，你们也不要过分得罪他们。"董吉善嘱咐着儿子。

"表叔在家吗？"外面有人喊，接着走进来杨四虎和方正文。

董吉善不认识杨四虎，但是他认识方正文，原来二人还是亲戚关系。

董吉善看到方正文，一愣，立即对儿子说："你到前面看看，不要叫人进来。"

董善云答应着走了。

"正文，你怎么来了？你胆子真够大的，外面可是到处找你。"

"今天特来拜访您老人家。"

"这位是？"董吉善望着杨四虎问，然后伸出四根手指，"也是这个？"

方正文点了点头，把嘴凑到董吉善的耳朵旁，道："这是我们团长杨四虎。"

"啊！"董吉善上下打量着杨四虎，不相信地问："你就是赫赫有名的杨团长？"

"呵呵。"杨四虎只是笑，没有回答。

"快请坐，快请坐！"董吉善赶紧让座，倒水，接着叫来儿子去街上打酒、割肉，临走时吩咐他多留心街上，然后关了门，问："不知道杨团长光临寒舍有何贵干？"

"早就听说您老先生深明大义，痛恨日本鬼子，今日特来拜访。"

"岂敢，岂敢，杨团长才是英雄，真正的英雄。"董吉善跷起大拇指夸赞道。

"你们是英雄惜英雄。"方正文道。

"哈哈。"

"呵呵。"

中午，董吉善热情地招待了杨四虎、方正文。杨四虎趁机介绍了我党的抗日政策，揭露日伪军队的罪行和国民党的无能。

董吉善不停地点头，赞叹道："看来只有贵军才是真抗日啊！"

"所以这次特来寻求老先生的帮助，我们联合起来共同抗日。"

"老朽不才，愿效犬马之劳。"

"希望老先生发挥您的影响力,动员各路好汉和我们共同对付日本鬼子,争取早日把他们赶出杨庙,赶出中国!"

"一定,一定,老朽虽然不能亲自上前线杀敌,但是,在本地还有几个人听我的,我的那些老部下还在,我可以动员他们为你们所用。"

"谢谢,谢谢。"

"你们共产党真心为老百姓,真心抗日,这样的军队难得啊!这是我的独子善云,贵军愿意收留否?"董吉善指着旁边的儿子说。

"刚才街上的一幕杨团长已经看到了,杨团长还夸善云有正义感呢!"方正文插话说。

"感谢老先生对我军的支持。"杨四虎站起紧紧握住董吉善的手。

今日收获颇丰,杨四虎、方正文非常高兴,极大地增加了他们建立抗日统一战线的信心。同时,通过这件事杨四虎、方正文受到了很大的启发,独立团战士很多是淮西人,他们对本地非常熟悉,可以把大家都发动起来,积极挖掘潜力,争取更多的明智人士参加到抗日统一战线中来。

第三章 三打杨庙

独立团还在竭力地摆脱着鬼子、伪军、顽军的追杀,为了不给群众带来麻烦,独立团严明纪律,无论生活多么艰苦,绝不进村。

傍晚,夕阳西下,晚霞满天,独立团撤到瓦埠湖东岸边。

傍晚的瓦埠湖异常美丽,湖天一色,金波荡漾。可是,独立团没有一个战士有心情欣赏这美丽的景色,他们都累坏了,有时候一夜要转移几次。饮食更不用说了,只能喝生水,吃生冷的东西,有时候实在没有办法,就啃几口生瓜。

杨四虎看了看四周的地形,吩咐道:"今晚就在这里过夜吧。"

战士们纷纷坐下来休息。有的拿出炒米嚼着,有的去湖里洗澡。

旁边,是一块西瓜地,硕大的西瓜躺在那里,战士们贪婪地看着西瓜,舔着发干的嘴唇。

新战士梁光灿控制不住诱惑,起身走向西瓜地。不远处,躲着的西瓜地主人看见了也不敢出来阻止。

"站住!快回来!"杨四虎命令道。

梁光灿怏怏而回,颓丧地一屁股坐在地上。

杨四虎走了过来,道:"你小子怎么就那么馋呢?不就是一个西瓜吗?改日,我让你吃个够!"

方正文也走了过来,严肃地说:"我们是新四军,三大纪律、八项注意一定要遵守!"

夜幕慢慢降临，西边的玄月挂在天空，夏虫唧唧鸣唱，除此之外就是宁静。

疲惫的战士都睡去了，方正文躺着对身边的杨四虎道："老杨，有个成语叫幕天席地，我们现在可不就是，还是外面凉快。"

"他娘的，就是蚊子多了些。"杨四虎说着啪啪地拍打着蚊子。

"哎，老杨，你弟兄几个？"

"我家是五虎上将，你说几个？"

"哦，弟兄五个呀。"

"唉，现在就剩下我这个四虎了。"

"怎么了？"

"都被国民党反动派、鬼子、汉奸杀害了，特别是我那小兄弟，死得惨呀，死的时候，还趴在娘的怀里吃奶呢。"杨四虎说着，哽咽了起来。

"是啊，我们这些革命者哪家没有一本血淋淋的账？"

二人就这么闲聊着，慢慢睡去。

突然，一个黑影快速向瓦埠湖跑去。

哨兵发现，喝令道："谁？口令！"接着是拉枪栓的声音。

可是那个黑影根本不理会，继续跑着。

"站住，我要开枪了！"哨兵喊着举枪。

杨四虎、方正文被惊醒，提枪跑了过来。

扑通一声，只见一个黑影冲进了湖里。

杨四虎、方正文冲了过来，借着朦胧的月色，只见湖里掀起涟漪，不见了人影。

"难道是敌人的探子？"几人不由得这样想，警惕地观察着周围的情况。可是周围依然一片宁静。

"看来要转移了。"方正文提醒说。

"命令部队马上转移！"杨四虎命令道。

部队开始转移，一行人在黑暗中戒备前行，路过一个村子，迎面一盏马灯领着几个黑影在黑暗中闪动。

"什么人？"战士们举着枪喝问。

"不要开枪,不要开枪,我们是这个村子里的老百姓。"

"老百姓?这么晚了还出来?"

几个黑影没有回答。

"再不说我们开枪了!"

"你们……你们是什么人?"几个黑影问。

"我们是新四军。"

"是新四军呀,我们就是这个村子里的百姓,出来找人。"

杨四虎等人听了放松下来,带领战士走了过去,发觉还真的是几个老百姓。

为首的老汉还认识杨四虎,道:"老杨,是你们!吓得我们一身的汗。"

"老乡,你们这么晚出来找什么人?"杨四虎问。

"我们找,我们找……"老汉欲言又止,似有难言之隐。

"我们在找二妞,他的二闺女。"旁边一个年轻人说。

"杨团长,你们看到她了吗?"另外一个人问。

联想到刚才湖边的黑影,杨四虎回答:"刚才有个黑影冲进了湖里。"

"肯定是二妞!"年轻人肯定地说。

"啊,我的二妞啊!"老汉哭了起来。

"怎么了?怎么了?"杨四虎问。

"杨团长,赶快救人,赶快救人!"

杨四虎明白过来了,带头向湖边跑去,众人跟随,来到湖边,向湖里望去,哪里还有二妞?

老汉瘫坐在地上,捂着脸哭着:"我的二妞啊……"

"就在这里!"哨兵指着前面说。

几个年轻人脱了衣服冲进湖里开始胡乱地摸,杨四虎、方正文等人也下了湖。

众人在湖里到处摸、找,可是偌大的湖面,又加上是夜晚,哪里寻得到人?众人一直捞到天亮,最后,在一处芦苇荡边,发现二妞漂浮在水面上,众人赶紧抱了上来,可是已经没了呼吸。

"我的二妞啊!我对不起你呀!"老汉抱着二妞的尸体老泪纵横。

"老刘，二妞她怎么……"杨四虎关心地问道。

"狗日的日本鬼子！"跟老刘一同来找二妞的百姓一起骂道。

杨四虎他们明白了，二妞是被鬼子糟蹋了。

原来，二妞前些日子去杨庙姥姥家走亲戚。第二天杨庙逢集，她跟着姥姥去杨庙赶集。日本鬼子发现二妞很有姿色，起了邪念，借检查为名，把二妞带到炮楼里，整整折磨了她一天一夜。第二天上午，才把她放了出来。此时的二妞已经疯疯傻傻的了，凭着直觉才回到家。村里的人都知道了这件事，刘老汉觉得二妞丢尽了他的老脸，大骂了她几句，说她不应该上街，还说她就不应该活着回来，死在外面算了，没想到二妞就这么出事了。

"老杨啊，你们新四军要为二妞报仇啊！"刘老汉哭着哀求道，猛然跪在杨四虎面前，咚咚地直磕着头。

"老人家，赶快起来。"杨四虎搀扶起刘老汉。

"团长，给二妞报仇！"大家群情激愤，一致要求道。

对于是否给二妞报仇攻打杨庙的鬼子据点这件事，部队里有两种意见。杨四虎等人主张立即行动，拔掉敌人据点。方政委等人顾虑到师、旅部的指示和独立团目前的状况，主张先等一等，俗话说，君子报仇十年不晚。

"我们新四军是老百姓的军队，如果群众出事我们不管，群众怎么看我们？以后还维护我们吗？"杨四虎争辩道。

"不要主次不分，我们当前的任务是做好统一战线工作，争取早日打开局面！"方正文针锋相对。

"做好统一战线也是为了打鬼子，打鬼子也是为了做好统一战线。再说，我们为二妞报仇本身也是在做统一战线工作！"

"我保留我的意见。"方正文争辩道。

"你这个政委，就是死脑筋！"杨四虎生气地说。

方正文还要张嘴反驳，只听杨四虎吼道："行了！军事归我管，生活归你这个政委管，就这么定了！除掉杨庙小鬼子！"

方正文见杨四虎铁定了心，不再反对，道："那我们也该好好琢磨琢磨，至少先摸清楚敌人据点的情况，所谓知己知彼，才能百战百胜嘛。"

"这个容易,你忘了那里有我们的人。"杨四虎说道。

方正文刚才和杨四虎争执,一时想不起来了,问:"谁?"

"胡启宽!"杨四虎答道。

当天晚上,趁着夜色,杨四虎、方正文来到了胡启宽家。

胡启宽见到杨四虎等人,大吃一惊,道:"杨团长,你们还敢来这里!鬼子整天到处在找你们呢。"

"我不是好好的嘛,鬼子也没有伤着我的一根毛啊!"杨四虎呵呵地笑着说,接着,向胡启宽说明了来意。

"这帮鬼子是应该好好教训一下了,我胡某人虽然为鬼子办事,但还是中国人,实在看不下去他们这样整天胡作非为、为害乡邻了。"

"所以我们特地来向你打探一下这里的情况。"

"据点里驻有鬼子一个排,伪军一个连,百来号人,每当逢集时,他们都要查七八次街,防止你们和国民党混进来,同时趁机捞些好处。"

"哦,鬼子哪个方向布置的兵力差些?"

"街南,外面还是高粱地。"

"哦。"杨四虎答应着,一个作战计划随即在脑海中形成了。

"杨团长,贵军打鬼子,兄弟我愿助绵薄之力,到时候我可以为贵军作掩护。"

"谢谢了,谢谢了。"杨四虎紧紧握住胡启宽的手说。

临行前,胡启宽还送了杨四虎两瓶酒,一条烟,二百多发子弹。这正是独立团现在所需的,特别是子弹,每个战士只有三发。看来这个胡启宽是真正转化过来了。

第二天早晨,太阳一竿子高,通往杨庙街上的乡村小路上,人们三三两两地走着去赶集。杨四虎、方正文和短枪队队长李梦先分头带着几个战士化装成百姓向杨庙街上而来。远处,鬼子的炮楼耸立,太阳旗高高地悬起。

几群人来到街上,混在人群中观察着周围的动静。

一会儿,几个鬼子、伪军从炮楼里出来,大摇大摆地开始查街。这些鬼子专门找大姑娘、小媳妇搜身,趁机在她们身上乱摸。伪军则在后面发出淫笑。而对其他人，他们则横眉竖眼的，不是顺手拿几个鸡蛋，就是强买、强卖几只鸡、鸭。

杨四虎、方正文凑到一起，互相交换一下眼色后再分开，慢慢地靠近鬼子，手伸进腰里，准备动手。

此时，鬼子炮楼里，鬼子小队长站在炮楼里俯瞰着街道上的人群。突然，鬼子翻译官带着一个瘦猴男人匆匆进来，翻译官对着鬼子小队长叽叽咕咕了一阵子。

鬼子队长脸上立马严肃起来，翻眼看着那个瘦猴男人，问道："你的，真实的？"

"真实，真实，我敢拿脑袋担保。"瘦猴男人拍着脑袋说。

"你的，大大的好！"鬼子说着掏出一大把钞票递给瘦猴男人。

"谢谢太君，谢谢太君。"瘦猴男人点头哈腰地说，露出漆黑的牙齿。这个瘦猴叫刘富堂，是个大烟鬼，为了能抽上几口，竟不惜出卖淮西独立团。

"嘟嘟！"鬼子小队长吹起哨子，炮楼里的鬼子听到哨声立即集合起来。鬼子小队长哇哇地说了一通，几个鬼子马上在炮楼里架起了机枪，其他鬼子则在小队长的带领下杀气腾腾地冲了出来，对街上的人进行严加搜查，仔细盘问。

杨四虎、方正文见情况有变，知道今日行动定是走漏了风声！如果现在对鬼子开枪，肯定会伤了老百姓。

杨四虎对着李队长等人做了停止的手势，然后向街道南边指了指，大家随即向街南边冲去。

鬼子发现了杨四虎等人的行踪，啪啪开枪在后面追击，战士李大刚牺牲了，战士刘柱子腿部负伤。

杨四虎上前架起刘柱子一边开枪还击，一边向街南撤退。鬼子、伪军在后面哇哇叫着穷追不舍。

"二蛋，背着。"杨四虎吩咐道。

二蛋上来背起刘柱子，杨四虎则在后面掩护，向街南冲来。

密集的枪声一响，胡启宽知道大事不妙，赶忙带领一个乡丁来到街南头巷口，准备掩护新四军撤退。冲在前面的杨守先以为这个伪乡长在阻拦他，抬手一枪击毙了那个乡丁，再一枪，胡启宽"啊"的一声捂着胳膊跑开了。

一行人冲出街道，鬼子、伪军在后面紧追不舍，直到杨四虎等人钻进高粱地里，鬼子、伪军害怕有埋伏才不敢追击。

这次行动以失败而告终，鬼子没有杀死一个，还死、伤各一名战士，而且误伤了胡启宽，大家都非常泄气。

"他奶奶的，肯定是那个胡启宽耍两面派，把这次行动计划告诉了鬼子。"有人说。

"胡启宽是我们的内线，他如果想出卖，我们早就被出卖了。"杨四虎说道。

"那鬼子怎么知道我们这次的行动？"

杨四虎道："这次行动，我们没有做好保密工作，不光是我们的人，连地方上的老百姓都知道这次行动，以后，我们一定要做好保密工作。杨队长，你去多买些东西，明天跟我去一趟胡启宽的家，好好地给他们赔个不是，请求他们原谅。"

"是！"杨守先答应道。

看到同志们这样泄气，杨四虎道："这次我们没有成功，鬼子会认为我们不会再去袭击，肯定会麻痹大意，我们再打它一次！"

"好，再打一次，出出这口恶气。"大家一起说。

"这次，我们一定得好好计划一下了。"方政委道。

接着，几人在一起商讨，一会儿，一个周密的行动计划敲定了。

"这次，一定要小鬼子好看！"李二蛋说。

第三天杨庙又逢集，早晨，太阳上了树梢。杨庙街外的乡村小道上，人们推着车，赶着驴，挑着担子，挎着篮子去赶集。杨四虎率领战士们化装成百姓三三两两地走进杨庙街，把持着各街口。杨守先、韩明志、董善云三位战士混在人群中。接受了上次教训，南街口，方正文率领几名战士埋伏在高粱地里做接应。

十点左右，一队鬼子大摇大摆地出来查街，查了一遍，回过头来又再查。

韩明志、董善云互相对望了一眼,韩明志会意,对着董善云的胸口就是一拳,骂道:"欠老子的钱怎么不还?"

"我现在没钱,等几天还你。"

"不行,必须今天还钱,不还钱,今天就不要走!"说着韩明志上来揪住董善云的衣服。

"老子今天就不还你,怎么着?"董善云硬气地说。

"不还钱就不行!"说着二人纠缠在一起,二人开始假打,一边打,一边留意着鬼子巡查队。

这时,周围有很多群众过来围观。

鬼子巡逻队发现有人在打架,停下来看了看,见只有两人扭打,没有在意,以为和往常一样是老百姓闹纠纷,前面的鬼子继续往前查街,后面的两个鬼子和一名翻译官走了过来。

"巴嘎,什么的干活?"鬼子端着枪骂道。

"还钱!"

"不还!"

"咚咚","啪啪",二人打在一起,一边打,一边观察着周围。

两个鬼子则站在那里看起热闹来了!

看够了热闹的翻译官挥着手道:"不要打了,不要打了。"

"太君,他欠我钱不还。"韩志明说着向鬼子跟前打来。

"我现在没有钱。"董善云答道。

二人向鬼子靠近,随即拔出手枪,"砰砰"两枪,两个鬼子应声倒地。

翻译官见势不妙,赶快逃跑,杨四虎一把将其摔倒在地,枪口对准他。

翻译官"扑通"一声跪在杨四虎面前求饶道:"大爷饶命,大爷饶命!"

"你这个狗汉奸,专门为鬼子做事,糟蹋老百姓,要你何用!"砰的一枪,翻译官的身子晃了几晃,一头栽倒在地。

杨四虎大声喊道:"乡亲们,我们是新四军,是专门打鬼子、汉奸的,鬼子死了,赶快跑啊!"

人群开始四下飞奔,杨四虎等人则混在人群中跑出杨庙。

这次战斗，击毙鬼子两名，翻译官一名，缴获三八大盖两支，短枪一支，战果颇丰。我军驻地，战士们传来传去、左看右看那两支缴获而来的三八大盖，喜不自禁。

从此以后，杨庙据点里的鬼子、汉奸再也不敢大摇大摆地查街，而是小心翼翼，也不敢肆意欺辱老百姓了。

老百姓见了，叹道："这都是新四军的功劳！"

野外，二妞坟前，刘老汉一边烧纸，一边说："二妞，你可以安息了，新四军杨团长已经给你报了仇！"

"大大①，我要参加新四军。"刘老汉的儿子刘黑蛋说。

"去吧，到部队后好好干，不要给老子丢脸。"

"三国（日、伪、顽）时代，只有共产党新四军好。"群众这样评价，一时间，老百姓参加独立团的人数大增。

鬼子在杨庙损兵折将，下塘集大田大佐闻讯亲自率领人马来到杨庙，鬼子杨庙指挥官森下赶忙迎接。大田大佐一进到炮楼，啪啪地就给了森下两个耳光。

"嗨！嗨！"森下叫着。

大田大佐训斥完，站在炮楼上拿起望远镜四下看，又走到桌前看着地图，然后和森下指指点点，叽叽咕咕商量着。

大田大佐老奸巨猾，准备在离杨庙东二里地的东圩子村挖水沟，修炮楼，试图拱卫杨庙中心据点，也可以接应下塘日军。东圩子村的炮楼一旦修成，下塘、二圩子、杨庙就可以连成一片，会大大限制新四军以后的活动。

鬼子进行一番准备后，开始在周围村庄强征民夫，砍伐树木，修筑炮楼。

杨四虎得知消息，知道事情的严重性——如果鬼子炮楼修成，以后，杨庙地区就没有新四军活动的余地了。

晚上，独立团召开了领导会议。

---

① 淮西地区方言，指父亲。

不能让鬼子的炮楼修成！这是大家的一致意见。

"我们趁它还没修好，端掉它！"杨四虎果敢地说道，然后立即派出侦察员……

东圩子村的西边，树木林立，遮天蔽日。

上午十点时分，鬼子的工地上一片繁忙景象。被强拉来的一百多名民工一部分在砍树，一部分在挖壕沟，一部分在修筑炮楼。

四周，鬼子荷枪实弹地戒备，一个鬼子军官在指手画脚，大声吆喝着。

杨四虎、李二蛋、杨守先等人率领十来位战士化装成老百姓，扛着铁锹，拿着绳索分别从不同方向向工地走来。

站岗的鬼子发现杨四虎、李二蛋两人，用枪拦住去路，喝问："站住！你的，什么的干活？"

杨四虎抖了抖手里的铁锹，讨好地道："太君，我们的，挖壕沟的干活。"

鬼子看了看两人，又看了看他们手里的铁锹，挥了挥手，欲让两人进去。鬼子军官看见了，立即走了过来，上下打量着李二蛋，见他身体强壮，突然抽出指挥刀架在他的脖子上，恶狠狠地问："你的，新四军的干活！"

李二蛋不慌不忙，笑着说："太君，我们的，苦力，苦力的。"

鬼子军官见李二蛋如此镇定，打消了怀疑，露出笑脸，张嘴道："呦西，呦西，你们苦力的好，大大的好。"说着挥了挥手，示意两人赶快进工地干活。

杨四虎、李二蛋一边走向工地，一边观察着。

工地上一共有六个鬼子，除了那个鬼子军官，有四个鬼子持枪在四周站岗，不远处一棵大树下，还有一个鬼子架着机枪对着民工。同时杨四虎也发现战士们已经全部进来了。

杨四虎拿下草帽当作扇子扇着，这是向战士们发出信号做好准备。两名战士见了，扛着铁锹慢慢靠近鬼子的机枪手，在他附近装模作样地挖着壕沟。其他战士也四下分开，分别到鬼子的岗哨附近，再不动声色地慢慢靠近他们。

杨四虎假装干起活来，过一会儿，看到战士们一个个都到位了，停下手里的活坐了下来，故意大声地说："太累了，歇歇，吸袋烟。"这是预先设定的信号，告诉战士马上动手了！

四周的战士听到杨四虎发出的信号，观察着身边的鬼子，手都慢慢伸向怀里。

鬼子军官看到杨四虎偷懒，走了过来，恶狠狠地训斥道："你的，起来的，赶快的干活。"

"是，是。"杨四虎答应，慢慢站了起来，装作向怀里装烟，突然掏出怀里的手枪。

"砰！"鬼子军官的胸脯中弹，倒地身亡，几乎同时，"砰砰"一阵枪响，其他五个鬼子都到阎王那里报到去了。

杨四虎往四周看了看，只见四周的战士们手里都拿着鬼子的枪在向他扬着，他用脚踢了一下鬼子小队长的头，道："到阴间修炮楼去吧！"然后弯腰拾起鬼子军官的手枪，再解下鬼子的指挥刀拿在手里，站在高处，向惊魂未定的民工宣传道："乡亲们，我们是新四军，专门打鬼子的，你们不要再为鬼子修炮楼了，赶快回家去吧。"

"哗"的一声，民工四下散去。

这一仗，缴获一挺机枪，一把短枪，四支大盖，而独立团毫发未伤。更重要的是，这一仗使鬼子在东圩子村的炮楼再也修不起来了。

第四章 绞杀

"新四军神兵天降,不费吹灰之力,就灭了几个鬼子。"这样的神话在淮西地区传开了!鬼子、伪军吓破了胆,人民群众拍手称快,形成了一股参加新四军的高潮。其中就有后来的战斗英雄王怀珍、新四军"淮西三大宝"之一的车头陈太胜等一大批英雄人物。

为了站稳脚跟,杨四虎、方正文带领独立团继续努力建立抗日统一战线。

通过挖掘,杨四虎得知杨庙乡陈老圩子住着一个叫陈晓风的文人,他曾经是国民党岗集乡乡长。日本鬼子占领岗集后,他毅然辞去乡长一职,表现出了文人的高风亮节和深明大义的民族气节。现在他虽然避居乡间,但是与岗集、杨庙两个乡的乡长及保长等上层人士都有交往,并且很能影响他们。

九月十二日,杨四虎、方正文亲自前去拜访他,找他谈心,希望他能团结进步力量,协助新四军抗击日本鬼子。

"对不起,鄙人现在是两耳不闻窗外事,一心只读圣贤书。"陈晓风冷淡地说。

二人吃了闭门羹,只好出来。

回来的路上,杨四虎发起了牢骚,道:"文人就是难缠,国家都没了,还读什么圣贤书?"

"可以看得出,这个陈晓风还是有骨气的,他对我们这样,对鬼子可能更不客气，只要我们有耐心，相信能把他争取过来的。"方正文很有信心地说。

一次，两次，三次，杨四虎和方正文不断地前往拜访。杨四虎开玩笑地说陈晓风就是潜龙、卧虎，自己是三顾茅庐。不把陈家的门槛踏坏，誓不罢休。

到第四次的时候，陈晓风终于被杨四虎和方正文的诚心所感动，答应出来为抗日效力。

没几天，陈晓风便把涂拐乡的伪保长陈亚东、陈汉三介绍给杨四虎。通过努力，杨四虎把他们俩都争取了过来，为新四军所用。接着，陈晓风又把孙涛成、张聘之等地方上层人物介绍了过来。这些人对后来的抗日斗争和抗日政权的建立起到了很大的作用。

时值秋季，各政权开始征粮。淮西人民特别是夹在日伪政权和国民党政权之间的群众要受到双重征粮，负担非常重。

杨四虎看到这种状况，有心帮助群众减轻负担，动员群众少交粮。可是尽管杨四虎磨破了嘴皮子，群众都不敢少交一粒粮。

"我们的好心成了驴肝肺！"杨四虎无奈地说。

"老百姓慑于鬼子的淫威，我们说话他们不听，但是，有的人说话他们可能听。"

"谁？"杨四虎不解地问。

"陈晓风他们。"

杨四虎、方正文于是把陈晓风等人找来商量对策，他们想出"一拖二顶"的办法，并亲自去动员说服群众。群众很快地接受了。结果，还真的搪塞过去了，少交了二成粮食，减轻了群众的负担。

紧接着，经董吉善的介绍，方正文又前去拜访了钱集的伪乡长杨贯之。

方正文和杨贯之促膝长谈，向他阐述了当前全国的抗日形势，共产党的抗日统一战线政策，指出面对国家民族灾难，所有不愿意做亡国奴的中国人都应该拿起武器和日本鬼子决一死战，最后，方政委希望杨贯之做个有良心的中国人，帮助新四军打鬼子。

杨贯之为人正直，富有正义感，在当地很有声望。当上伪乡长后，从不欺压群众，反而利用特殊身份为群众办了不少好事。

他看不惯国民党的腐败无能，对于鬼子、伪军残害老百姓，更是气愤，但是又无能为力，常常在背后哀叹不已。

现在，听了方正文的一席话，他感到新四军是真的打鬼子，真的为老百姓好，满口答应愿意为新四军效力。

第二天，杨贯之就辞去伪乡长的职位，一心一意为新四军服务。从此，他的家就成了新四军的联络处。他还动员自己的儿子也参与进来，为新四军带路，掩护交通员，把新四军的伤员接回家医治。

杨庙的开明人士胡白云也被方正文政委、董其道副政委争取了过来，又通过胡白云的帮助，杨四虎做通了古楼岗伪军排长陈麻子的工作。

一次，鬼子"扫荡"，独立团两名战士陶子浩、方振被打散了。鬼子在后面紧追不舍。前面就是古楼岗伪军据点，二人没有办法，准备强行通过。陈麻子看见，命令伪军打开大门，招手让二人进去，躲过了鬼子的追杀。

到这个时候，杨四虎才知道身边这个眼镜政委的厉害。

通过方正文的不懈努力，淮西地区抗日统一战线终于有了雏形。

很多开明人士纷纷表示，天下兴亡匹夫有责，愿意为抗日出力。大多有良心的乡、保长也愿意为抗日出力。可是很多人是墙头草，虽然口头上表示愿意，但他们想到当时新四军所处的环境，行动上还在犹豫，采取观望的态度，有的居然通敌。

杨庙乡伪乡长胡迪生就是这样的人，在他当伪乡长之前，害怕新四军找他的麻烦，曾经通过熟人找到杨四虎，并做出承诺，上任后坚决不欺压群众，不向鬼子报告新四军的活动。当上伪乡长初期的一段时间内，他还能规规矩矩、老老实实，可是过了一段时间，看到日军占了上风，新四军处于劣势，认为鬼子"剿灭"新四军是早晚的事，于是露出了汉奸的庐山真面目，开始为非作歹，欺压百姓，鱼肉乡里，为鬼子通风报信。

一日，杨四虎、方正文等人到杨庙乡宣传我党的政策，听说了胡迪生的作恶之事，于是来到胡迪生的乡公所，想敲山震虎，尽力挽救他。

胡迪生一见，立即脸上堆满了笑，道："我说怎么早晨就听到喜鹊叫呢，原来是杨团长大驾光临，快坐，快坐。"然后吩咐手下赶快去烧水、泡茶。

杨四虎瞥了胡迪生一眼，含沙射影地说："胡乡长好风光啊！"

胡迪生当然领会了杨四虎话里的含义，可是脸色并没有变，而是说："都是为了应付鬼子，都是为了应付鬼子。"

"记得胡乡长上任之前，向我们承诺过要做一个有良心的中国人，不知道是否还记得？"方正文说。

"记得，记得，兄弟怎么会不记得呢？"

"我们的政策是，只要不为鬼子真心效力，不做民族败类，不欺压老百姓，我们就不会对他怎么样。"

"是，是。"胡迪生一面答应着，一面心里打着鬼算盘，他想通知鬼子杨四虎他们来了，可是苦于走不开。

"杨团长、方政委，你们在这里吃饭，我去叫他们割肉、打酒。"说着喊人进来一面吩咐，一面悄悄使着眼色。

乡丁会意，拿着钱出来向鬼子炮楼跑去。

屋子里，胡迪生继续和杨四虎他们闲拉胡扯着，目的是拖住杨四虎一行。

杨四虎、方正文下午还要赶到涂拐去宣传，站起来要告辞。

"吃过饭再走，吃过饭再走。"胡迪生竭力挽留。

"不了，我们还有事，希望胡乡长以后多帮助我军，多为老百姓做好事。"方正文劝导着，然后一行人离开了胡迪生的家。

胡迪生眼巴巴地看着杨四虎等人离去，有心组织伪军拦下，又担心自己力量不够，那样会偷鸡不成蚀把米，犹豫了半天，还是没敢动手。

一会儿鬼子杀到，追了一会儿，也没有看到杨四虎等人的影子，气得进到附近村子，抢了农民周理顺家的一头猪。

对于这样铁了心要当汉奸的人，如不铲除，独立团在淮西的局面就很难打开；中间派的乡、保、甲长们就会改变立场投向鬼子的怀抱；建立抗日统一战线，创建抗日根据地将成为空话；鬼子汉奸就会更加猖獗，人民群众就会受到更大的残害。

"除掉胡迪生！杀一儆百！"杨四虎坚决地说。

八月十六日早晨九点多钟，天空，白花花的太阳照耀着，没有一丝风。这样闷热的天连狗都不敢动，趴在地上，吐着舌头，喘着粗气；树上的知了吱吱地叫个不歇，让人烦躁。

虽然是逢集，但是杨庙街上冷冷清清，只有卖水的、卖西瓜的摊贩前偶尔有人走过。

伪乡公所门前行人更是稀少，突然，从东边走来三个人，他们挑着柴，一边走一边喊："卖柴火，卖柴火。"

"卖西瓜，卖西瓜。"西边又走过来两个人。

打扮成阔商的杨四虎戴着墨镜，李二蛋则打扮成跟班，二人大模大样地向乡公所大门走来。

三拨人来到乡公所门口，似乎不期而遇。他们放下担子，有的擦着汗，有的摘下草帽当扇子，偷偷地观察着周围动静。杨四虎则带着李二蛋径直向乡公所大门走去。

走到大门边，杨四虎伸头看了看，见无异常，立即摘下墨镜在手里扬着。这是在向其他人发出信号。

卖柴的迅速从柴草里抽出枪，卖瓜的从担子底部拿出短枪，立即向乡公所冲去。

乡公所内，三十多名伪军被突如其来的新四军战士吓呆了，没有反应过来，黑洞洞的枪口就对准了他们。

"缴枪不杀！缴枪不杀！"新四军战士喊声四起。

伪军一个个乖乖地举起手来。

可是找了半天，也没有看到胡迪生。

"胡迪生呢？"杨四虎喝问一个伪军。

"在……在那里。"伪军指着后面的一个房子说。

杨四虎提着盒子枪带着战士奔去，打开房门，没有发现胡迪生。旁边后院的后门大开着。看来胡迪生肯定是从这里跑了。

杨四虎等人冲出后院门，远处，一个人在拼命地跑着，可不就是胡迪生！

"胡迪生，站住！"杨四虎大喊，抬手啪啪就是两枪，可惜距离远没有打着。几人追了一会儿，一直追到鬼子炮楼附近才停止追击。

这次行动虽然没有打死胡迪生，但是也把他的胆吓破了，他再也不敢当伪乡长了，第二天便辞去职务回老家了。

这一仗，杀鸡儆猴，影响力巨大，给那些中间派很好地上了一课，使得他们不敢真正投进鬼子的怀抱，从而和新四军保持着合作关系。

这样，在淮西就出现了一些奇怪现象，那些伪乡长、保长往往是两面人物，甚至三面人物，他们和新四军、国民党、日军都有联系。更为重要的是新四军在淮西建立了比较牢固的群众关系，发展了武装，扩大了共产党新四军的影响。

但是，驻守在杨庙据点的伪军排长胡麻子不听劝告，以"剿共"名义经常带领伪军到乡下抢劫，祸害地方老百姓。

杨四虎命令道："铲除这个毒瘤！"然后命侦察员随时侦察杨庙伪军的动向。

八月二十六日下午三点多，胡麻子带领四十多伪军又出了炮楼，一路抢劫。

侦察员立即把这一情报报告了杨四虎。杨四虎立即率领部队插到敌人回来的必经之路——蒋店。

在蒋店的西边，有一大片高粱地。此时，高粱已经成熟，硕大的穗子，一丈多高的秆子及茂密的叶子，正好适合埋伏部队。杨四虎命令特务连埋伏在左侧，警卫排则埋伏在右侧。

一会儿，远处大摇大摆地走来胡麻子一伙伪军，一个个手里拎着抢来的鸡鸭，赶着猪羊，他们正美滋滋地想，今晚又要美餐一顿了。

伪军慢慢进入独立团的埋伏圈。

"打！"杨四虎挥枪命令道。

砰砰几枪，几个伪军应声倒地。

"冲啊！"特务连、警卫排从高粱地里杀出，冲向敌人。

"缴枪不杀，缴枪不杀！"一时间，喊声四起，震天动地。

伪军被吓傻了，一个个举起手来，乖乖地做了俘虏。

这次战斗，俘虏了伪军四十多人，缴获四十多支长短枪。

胡迪生也被抓，考虑到他罪行极大，杨四虎根据群众的要求，处决了他，其他伪军经过一番教育全部释放了。

通过这样的锄奸，很多伪军吓破了胆，再也不敢胡作非为，有的还主动和独立团联系，如伪乡长方家道等。他们对独立团的帮助很大，经常送情报、送子弹，帮助独立团伤员疗伤，等等。

鉴于当前情况，建立我抗日政权的时机已经成熟，1941年9月，独立团成立了淮西第一个抗日民族乡政府——涂拐乡政府。

这一天，锣鼓齐鸣，鞭炮轰响。

杨四虎请来的嘉宾坐在主席台下，当杨四虎上台宣布涂拐乡抗日政权成立的时候，台上台下掌声如雷鸣。

方正文上台演讲说："我们打鬼子，首先要发展武装，有了枪炮，才能建立政权，有了政权，才能打仗，才不会孤军奋战。今天我们建立了一个乡政权，可别小看它，有了第一个，就会有第二个、第三个，我们不仅要建立乡政权，而且要成立县政权、区政权。所谓星星之火可以燎原，我们要在整个淮西地区都建立起我们的抗日政权！"

杨四虎插话说："老乡们，有了政权，我们就会有粮食，就会有钱。"

方正文又说："现在，我们的乡中队人数还不多，只有一二十人，一二十条枪。"

杨四虎插话："敌人来了也可以对付他们！"

方正文接着说："虽然我们乡中队的人数、武器还少，但我们会壮大起来的，我们不怕，因为有人民群众的支持！"

底下有人问："方政委，原来的那些保长、甲长怎么办？"

方正文说："现在是特殊时期，允许两面政权的存在，原来当保长、甲长现在可以继续当他的保长、甲长，但是，不能欺压群众，应该为抗日效力。"

第五章 纠缠不休

涂拐乡抗日政权的建立极大地惹怒了大田大佐，他亲自率领鬼子伪军前来"扫荡"。鬼子伪军所到之处，烧杀抢掠，无恶不作，可就是抓不住独立团。在这种情况下，大田大佐不得不采取新的措施，命令下塘区伪区长李洪甫召集人马，准备在涂拐成立伪政权，和涂拐乡抗日政权对着干。

李洪甫——铁杆汉奸，是最早投靠大田大佐的下塘人，并被任命为区长。他纠结一伙地痞流氓，为鬼子效劳，欺压百姓，残害新四军家属。

李洪甫接受命令后，写信给钱集乡伪乡长陈太春（绰号陈小老四）、新集乡伪乡长陶满子（绰号大矮子）、涂拐乡伪乡长金传翠等人，准备于第二天晚上在钱集开会，商讨成立涂拐伪乡公所事宜。

在钱集乡公所，陈小老四看完信，走了出来，吩咐手下人说，明天逢集多买些好酒、好菜。

旁边，正在修理家具的木匠阮宏勇笑着问："陈乡长，看来要来贵客了。"

"那是，明晚李区长、陶乡长、金乡长他们都来我这里作客。"陈小老四得意地炫耀道。

"他们都到您这里？天！陈乡长，您真有面子，看来又要高升了。"

"那是，等到涂拐乡公所成立，我的地盘又扩大了。"

"恭喜，恭喜！"阮宏勇连连道喜。

这个木匠阮宏勇是新四军在钱集乡的地下党，现在打听到这么有价值的情报，立即来到涂拐把这一消息告诉了杨四虎。

"坚决铲除这些民族败类！"杨四虎用拳头捶着桌子说，随即命令李二蛋把政委方正文他们找来开会，研究对敌之策。

第二天，钱集逢集，早晨，秋阳高挂，人们三三两两地前去赶集。

这时候，钱集乡伪公所门口走来两个人——杨守先和李二蛋，他们装作赶集的样子，一边走，一边观察着乡公所周围的情况。

钱集乡伪公所戒备森严，周围用铁丝网围着，铁丝网里面是壕沟。

杨守先把周围情况一一记在心里，下午回到团部，向杨四虎汇报了钱集乡伪公所外围的情况，接着阮宏勇介绍了伪乡公所内部的情况。

根据情报，杨四虎和大家制订出了作战计划。

傍晚，晚霞满天，群鸟归巢。杨四虎带领四连披着晚霞从大程集出发。

路边，农民陈再红正带领全家在挖山芋，看到杨四虎一行，打招呼道："杨团长，又要去打鬼子啦？"

"是的，老陈，今年的山芋收成怎么样？"

"马马虎虎，来，吃几个。"陈再红说着便拿起几个山芋塞到杨四虎的怀里。

天黑时分，四连赶到钱集附近。

"大家先休息一下，等天黑了，我们再去掏狼窝！"杨四虎命令道。

一会儿，天完全黑了下来，杨四虎命令道："出发！"

战士们乘着夜色，悄悄包围了敌乡公所。

此时，敌乡公所里酒肉飘香，热闹非凡。

"八匹马呀，五魁首呀……"李洪甫等几个汉奸正在喝酒、划拳行乐。

此时，敌乡公所南面，游击队队长陈明义悄悄摸到铁丝网前，用大铁剪剪断了铁丝网，然后率领三个战士蹚过水沟，再悄悄潜入敌乡公所里。

大门口，一个伪军在持枪站岗，陈明义从黑暗里冒出来。他大摇大摆地走过来，热情地说道："兄弟，抽支烟。"

"兄弟，你是哪个乡的？"敌岗哨毫无戒备地问，他认为陈明义是那几个汉奸带来的。

"我是跟着李区长来的。"陈明义说着把香烟递了过去。

趁着岗哨伸手来接香烟的工夫,陈明义跃到他的身后,伸胳膊勒住他的脖子,再加上一刀,结果了他。这时候躲在暗处的另一名战士看到陈队长得手,赶紧跑去打开了大门。

杨四虎看到大门开了,指挥人马冲进乡公所。

"啪啪!""砰砰!"乡公所里,枪声四起,子弹乱飞,顿时一片大乱。

杨四虎等人直奔汉奸酒席的房间。

枪声惊动了屋内的几个汉奸,他们知道情况不妙,正要夺门而出。

"不许动!"埋伏在外面的两名战士冲进屋子,用黑洞洞的枪口对准他们。

陈小老四看到只有两名战士,抬起手里的枪。

杨四虎及时赶到,眼疾手快,砰地一枪,陈小老四胸口中弹倒地。

"不许动!缴枪不杀!"几名战士齐声呐喊。

陶满子、金传翠只好乖乖地放下手里的枪。

杨四虎四下看了看,连地上陈小老四的尸体,也只有三个人,立即用枪顶着一个矮子喝问:"李洪甫呢?"

"他……他刚才上茅房去了。"

"赶快找!"杨四虎命令道。

杨守先带领几名战士随即向茅房扑去,可是厕所也没有,于是又在伪乡公所里到处找,可把乡公所翻了个遍,也没有找到李洪甫。

原来,刚才在独立团攻击前一刻,李洪甫肚子不好,去了茅房,突然听到枪声,知道不妙,趁乱逃脱了。

"新四军饶命,新四军饶命!"屋子里,陶满子、金传翠一个劲地求饶。

"你们都是中国人,甘于当汉奸,残害人民,要你们何用?"杨四虎用枪指点着说。

陶满子、金传翠一听,脸都吓白了,扑通跪在杨四虎的面前,不停地叩头,道:"我们知罪,我们知罪,只要饶了我们的命,干什么我们都愿意。"

"真的吗?"

"真的！真的！假如我们说谎，天打五雷轰，出门被撞死！"

"那好，今日饶了你们的狗命，以后，就看你们的表现了。"杨四虎说着挥手示意二人站起来。

"感谢新四军的不杀之恩，感谢新四军的不杀之恩。"陶满子、金传翠一边说，一边站了起来，满脸都是汗珠。

"你们走吧。"杨四虎手指着门外。

两个伪乡长不相信地看了看杨四虎。

"还不快走？再不走，老子就把你们留下！"李二蛋呵斥道。

二人听了，慌忙向门外跑去，消失在黑暗中。

陈小老四的死，对那些死心塌地为鬼子卖命的汉奸敲响了警钟，起到了很好的震慑作用。

大田大佐遭到这个挫折后并不甘心失败，通过汉奸李洪甫的推荐，任命李洪甫的亲戚、汉奸杨四为涂拐乡伪公所乡长，派下塘伪军连长王秃子率领一个连护送。

阮朝勇探得这个情报，立即报告了杨四虎。

在会议上，大家主张等王秃子一伙走后，立即捕杀杨四。

"杨四在那里跑不了！我看先歼灭王秃子一伙，消灭敌人的有生力量。"杨四虎说道。

大家觉得有理，同意了杨四虎的意见。

杨四虎立即进行了作战部署，命令陈克非率领特务连埋伏于王秃子回下塘集的必经之地——戚堰，自己则带领警卫排埋伏于村庄后面，待战斗打响后，从后面包抄敌人。

下午，王秃子率领队伍往回赶，走进特务连的埋伏圈。

"打！"陈克非命令道。

一阵子弹射过去后，前面的几个伪军倒地，后面的慌忙向后退。

"啪啪！"接着，杨四虎带领队伍从后面杀了出来。

王秃子见被前后夹击，慌忙带着部队向左侧逃跑，退到黄小庄、陈香楼，负隅反抗，企图等待下塘援军的到来。

"乘胜追击，一网打尽！"杨四虎命令道，指挥队伍包围了敌人。

夕阳西下，这预示着这伙敌人的末日到来了。

"你们被包围了,赶快投降吧!"战士们一起呐喊。

"砰砰!"村子里射出子弹回应着新四军的喊话。

"冲上去,歼灭他!"杨四虎命令道。

战士们逐渐缩小了包围圈,再纷纷甩出手榴弹。

"轰,轰!"手榴弹在敌群里炸开了花。

村子里,伪军哭爹叫娘,乱作一团。

"中国人不打中国人!"

"缴枪不杀,新四军优待俘虏!"

喊声四面响起,震耳欲聋。

敌人已经被吓破了胆。

王秃子见突围无望,援军无影,只好率领伪军举手走出村庄。

杨四闻讯,官瘾也不过了,第二天上午就卷起铺盖逃回了下塘。

"巴嘎!"敌人指挥所里,大田大佐挥着指挥刀一阵乱挥,然后拿起电话……

第二天,大田大佐亲自率领一百多名鬼子及两个连的伪军杀气腾腾地奔向涂拐乡。同时,杨庙的鬼子接受了大田大佐昨天的命令,也开始出动。可是两路鬼子搜索了半天,也没有找到独立团的人影。

大田大佐兽性大发,挥着指挥刀指向村民的房子。

鬼子、伪军纷纷点燃老百姓的草房,一路扫荡,一路放火。涂拐、黄小庄、戚小圩子、河墩集到处是一片火海。

在河墩集,大田大佐指挥鬼子点燃了谷聋子家的房子,自己则站在一边欣赏着。

谷聋子见自己家的房子着火了,急得嗷嗷叫,不顾一切拎水救火。

大田大佐挥了挥手,旁边的狼狗猛地窜出,扑向谷聋子。

"啊!啊!"谷聋子惨叫声不断,一会儿躺在地上不动了。

"聋子,聋子!"谷聋子的老娘哭着喊着欲过去,幸亏被旁边的儿媳拉住。

面对日本鬼子的滔天罪行,涂拐人民恨之入骨,更加坚定地拥护新四军独立团了。

同时，涂拐乡抗日政权的建立让国民党顽军也寝食难安，他们连忙派兵试图"剿灭"。他们指派陈东指在九龙寺成立了国民党涂拐乡公所，和新四军对着干。另外，隶属于国民党一七二师情报处和安徽别动队的陈杰三、吴冬也组织特务经常出没，专门刺探新四军情报，捕杀新四军战士。

　　十月五日，涂拐乡小队刘四槐等三人到大顺集宣传抗日工作，被敌特发现跟踪，于下午被包围在一块玉米地里。几人英勇战斗，直至子弹打光，最后全部壮烈牺牲。

　　敌特在了解到独立团战士陈逢先、陈太富、陈伯琴等人家属的情况后，多次派人洗劫他们的家，家人也多次被抓。敌人居然用踩杠子、烧油香、蹲水牢等手段折磨他们。

　　当杨四虎得到这些消息，气得大骂道："他娘的，给老子玩阴的，老子一定奉陪到底！"

　　"敌人在动摇我们的军心，我们得想办法对付他们。"方政委说。

　　"以其人之道还治其人之身，团里要成立短枪队，专门来对付这帮龟孙子的。"

　　"我看不光团里要成立短枪队，乡里也要成立短枪班。"

　　"短枪班不好听，你给这支队伍起个名字吧。"

　　方正文略一思考，道："那就叫模范队吧，队长由陈明义来担任。另外，我看我们也要建立自己的情报网。"

　　"对，这个很重要。"

　　接着二人开始商讨建立情报网的问题，准备利用各种关系，让我们的人打进敌人内部。正是这次二人会议，对以后的几次战斗起到了关键性的作用，为后来的全面胜利奠定了基础。

　　最后二人决定不惜代价，发动一切关系，把独立团战士的家属尽可能地捞出来，同时在经济上尽一切所能，救济受迫害的新四军战士家属。

　　会议后，杨四虎立即着手组建模范队，他挑选了一二十名精明强健的战士成立了淮西第一支模范队。接着，模范队一成立就立了大功。

　　国民党寿县县党部特务头子张君宏经常带领特务渗入涂拐、大顺集一带，他们昼伏夜出，四处搜集新四军情报，捕杀抗日军民，搅得涂拐乡抗日政权人心惶惶。

"一定要铲除这伙害人精!"杨四虎对模范队队长陈明义命令道。

陈明义接受任务后,带着模范队队员们昼伏夜出地蹲守,四处寻找这伙特务的踪影,可是一连十几天都没有结果。一天晚上,陈明义带着大家蹲守了大半夜,依然一无所获,眼看天即将亮了,陈明义带着大伙正往回走。

前面朦朦胧胧地出现了几个黑影,模范队员甄宜亮眼尖,一眼认出了前面带头的人就是群众所描述的特务头子张君宏。

这确实是张君宏他们一伙,他们到涂拐乡一带伏击新四军,现在也正往回赶,没有想到和模范队不期而遇了。

"真是踏破铁鞋无觅处,得来全不费功夫!"甄宜亮想着,立即对陈明义低声说道:"张君宏!"

几人立即掏出枪。

此时,张君宏等人也发现了模范队,随即也掏出枪。

甄宜亮眼疾手快,抬手一枪,可惜只打中了张君宏的左胳膊。张君宏是个左撇子,手里的短枪掉落在地。

模范队员连续开枪猛射,敌特务一人中弹倒地,剩下的四散逃亡。模范队各自寻找目标在后面紧追不舍。

敌特四人慌不择路,前面一口大塘恰好堵住了去路。逃命要紧,慌乱中四人跳进了水塘里。

陈明义指挥模范队包围了水塘,准备举枪射击。

敌特知道逃跑不了,连声喊:"不要开枪,不要开枪,我们投降!"

特务头子张君宏死里逃生回到老巢后,从此再也不敢轻易进入涂拐乡抗日根据地了。

惩罚了敌特的骚扰后不久,国民党第十二游击大队司令张晴川率领部队进驻瓦埠湖东岸,准备偷袭独立团。

为了配合独立团打开局面,我军旅部命令十八团团长陈庆先率领两个营越过铁路进入淮西,准备配合独立团歼灭这股顽军。

夜晚,杨四虎和陈庆先团长等人正商议对敌之策。

杨四虎说道:"我看这样……"

第二天，拐集、大井两个街道上，陈明义带领模范队开始光明正大地开展抗日宣传活动。他们在街道上张贴标语，散发传单，举行集会，向群众宣传我党抗日政策。

活动于寿县的国民党顽军第四中队队长汪杰得到情报后，立功心切的他十一日带领顽军悄悄行进到拐集，并在附近埋伏下来，企图在第二天趁着逢集来个突然袭击，包围拐集，将我游击队一网打尽。

而这正好中了杨四虎所设的圈套。原来那些模范队是杨四虎故意派出去的，意在暴露目标，引诱顽军上当。本来，杨四虎是引诱张晴川的，没想到汪杰倒送上门来了。

送上门的肥肉当然要吃掉！

大战将至，作为指挥员，熟悉地形是必需的，可是杨四虎一点儿也不着急，坐在那里优哉游哉地抽烟、喝水。

"杨团长，我们得去查看一下地形。"陈团长按捺不住地说。

"去，把陈太胜找来。"杨四虎对李二蛋吩咐道。

一会儿，陈太胜来了，他带着杨四虎团长、陈庆先团长出去勘察。

陈太胜带着两个团长指说着，东边是什么，西边是什么，对这里的地形了然于胸。

这让陈庆先团长很是惊诧，问陈太胜是不是附近人。

"不是！"杨四虎回答。

"那怎么对这里这么熟悉？"

"这就是他成为我独立团三大宝之一的原因！"杨四虎得意地说。

"哟，说来听听。"陈团长饶有兴趣地说。

接着，杨四虎向陈团长介绍起他的这个宝贝起来。

这个陈太胜可不简单，他自幼走街串巷做小生意，因此对周围三五十里的道路、地形非常熟悉，又加上他的记忆力特好，所以自从参加独立团后，每当行军，他总是走在队伍的前面带路。杨四虎非常喜欢他，把他调到警卫班，负责侦察。

他虽然不识字，但是，他有自己的土办法。他有一个小本子，用符号代替文字，村庄画"〇"，道路画"—"，水塘画一个"口"，日积月累，他对淮西地区方圆百里的道路、河流、村庄、敌人的工事、炮楼位置等基本上了如指掌。

"哈哈，简直就是一张活地图，是个宝，是个宝！"陈团长一个劲地夸赞。

几人来到一个村庄，杨四虎、陈庆先都停了下来，拿起望远镜观察着。

"前面是什么村庄？"杨四虎问。

"倪大郢子。"陈太胜回答。

"可以在这里设伏。"杨四虎说道。

"嗯，村庄很大，我的两个营埋伏在里面不容易暴露，同时可以出其不意、攻其不备。"陈团长说。

"我打主攻！"杨四虎争着道。

"我打！"陈团长毫不相让。

"我是主，你是客，哪有客人不听主人安排的？"

"好好，便宜你小子了。"陈团长终于妥协。

"哎，陈太胜，那里是什么？"杨四虎指着西边的高地问。

"那里叫老虎岗，岗上有一口塘，现在没水了。"陈太胜不假思索地回答。

"老陈，你们可以在那里设伏，一方面可以阻击顽军的增援部队，另一方面可以切断汪杰的退路。"

"好，但是，我还得亲自去看看。"陈团长不放心地说。

几人来到老虎岗，一切果如陈太胜所说，陈团长不由得对着陈太胜竖起大拇指。

几人正准备回去，杨四虎突然想起什么来，对警卫员李二蛋说："去，告诉地方武装，让群众连夜撤出去，要不，战斗打起来，肯定会伤着他们。"

"是！"李二蛋答应着走了。

万事俱备，只等汪杰送上门来！

当天夜里，汪杰骑着马带领一百多名顽军向拐集飞奔而来。敌人怎么也没有料到半路上会有埋伏，一个个大摇大摆地经过倪大郢子，慢慢进入独立团的伏击圈。

"打！"杨四虎团长一声令下，独立团战士一齐开火，前面的几个顽军当场毙命。

顽军被打了个措手不及，抱头鼠窜。汪杰看了看形势，知道我军实力强，又有村庄作掩护，只好带领士兵向西逃窜。陈庆先率领两个营的战士正等着他们呢，等到顽军走近，两个营的战士一齐开火，顽军慌忙退却。

汪杰前无进路，后无退路，要做最后挣扎，他指挥部队再次对陈团长两个营的阵地发起进攻。陈团长指挥部队一阵猛打后，敌人丢下几具尸体退了下去。这时候，杨四虎带着队伍冲出村子也向敌军杀来。汪杰只好带着残兵败将从侧面逃窜，迂回进入倪大郢子，企图从村后逃跑。

这时候，陈太胜这个车头又起了作用，在他的引导下，杨四虎率领警卫排抄近路赶到村后，堵住了汪杰的逃路。

汪杰只好缩回村子里，利用圩子、围墙、房屋作掩护，一边负隅顽抗，一面等待援军。

新四军从四面发起攻击，战斗一直持续到拂晓，敌人的火力越来越弱，眼看要撑不住了。

"团长，发起进攻吧？"一营长汪大奎说。

"不急，看我的。"杨四虎说完，开始喊话："国军弟兄们，我是新四军独立团团长杨四虎，我们的政策是中国人不打中国人，你们应该掉转枪口，和我们一起打鬼子，只要你们放下武器，我杨四虎保证你们的生命安全！"

村子里一片安静。

杨四虎对李二蛋命令道："去，告诉部队，大家一起喊，我就不相信这帮人能撑得住！"

杨四虎带头喊道："缴枪不杀，新四军优待俘虏！"

"缴枪不杀，新四军优待俘虏！"好几百人一起大喊，声音震天动地，一会儿周围群众也参与进来，一千多人一起喊："枪口对外，一致抗日！"

本来顽军是要等待援军的，现在看来援军已经无望了，听着这排山倒海的喊声，顽军士兵个个被震撼了，已经动了投降之心。

"汪、汪队长，你看怎么办？"众军官巴望着汪杰问。

汪杰知道自己今日是插翅难逃了，挥了挥手，垂头丧气地说："还是投降吧，起码能保住一条命。"

打谷场上，九十多名顽军垂头丧气地依次走过来，放下手里的枪，解下子弹袋放在地上。一共有三挺机枪，一百多条长短枪，几千发子弹。

太阳升起来了，群众自发地送来饭菜，战士们高兴地吃着。饿了半天加一夜的俘虏们，看到战士们香喷喷地吃着，不停咽着口水。

看着他们那可怜相，杨四虎让群众把饭端来也给他们吃。

群众倪四富悄悄把杨四虎拉到一旁，小声地说："杨团长，怎么给他们饭吃？这不是糟蹋粮食吗？"

"他们虽然是敌人，但是，他们现在是我们的俘虏了，宽待俘虏是我们新四军的政策。"

"这个我不懂，反正我觉得不妥。"

"你会慢慢懂的，我和你打个赌，通过我们的教育，他们中的很多人会参加我们新四军。"

"有可能，有可能，不和你打赌，我肯定会输。"倪四富说着走开了。

吃过饭，方正文、陈庆先把顽军军官集中在一起，进行训话，指出在国难当头之时，作为军人，应该杀敌报效国家，可是他们居然破坏抗日，罪大恶极；同时也指出，他们也是受到别人的蛊惑，不要担心，只要老老实实，不会有生命危险。

几个军官当场表示一定老老实实。

上午，陈庆先团长带领部队押着长长的俘虏队伍回路东根据地。周围群众自发唱起："青纱帐里，抗日英雄逞英豪……"新四军战士们听了个个兴奋不已，和俘虏的狼狈不堪形成了鲜明对比。

国民党十二游击大队司令张晴川获悉倪大郢子的汪杰部全部被"歼灭"，带领部队仓皇向瓦埠湖以西逃去。

可是国民党顽军不甘心，不久，寿县县大队在乡长陈东指、特务头子陈杰三一伙武装的配合下，驻扎涂拐，企图长期占领，逼迫我军撤回路东。

深夜，下塘集街道一片寂静。街道拐弯处，悄悄伸出了一个脑袋——阮宏朝，他观察着周围情况，见四处没有动静，手一挥，随即跑出来几个人，他们分头行动，到处张贴标语。

第二天，下塘街道上，到处贴满了宣传标语：打倒日本帝国主义！打倒侵略者！小鬼子们，快回去吧，你们的家人正等着你们呢！还有漫画，上面是日本鬼子军官，左手拿着酒瓶，右手搂着女人。

几个鬼子走来，见一张撕一张。

大田大佐指挥部里，大田大佐手里拿着标语、漫画，气得手直发抖。突然外面传来"轰"的一声巨响。

"什么的干活？"大田大佐问。

跑进来一个鬼子军曹，报告："新四军地下党炸弹的干活。"

"巴嘎！"大田大佐骂着，随即拿起电话，召集周围据点的鬼子，准备第二天"扫荡"涂拐乡。

阮宏朝从敌人内部得到情报，立即把这一消息报告给了杨四虎。

现在，涂拐抗日政权处于鬼子、伪军与国民党顽军东西夹击的境地，情况万分危急。

杨四虎立即召开会议，商讨对敌之策。会议上，有人提议唯有暂时转移出去。

杨四虎一直没有吭声，半天才道："我看这么办。"接着把自己的想法说了出来，大家听了兴奋不已，纷纷夸赞说："妙！妙！太妙了！就这么办！"

杨四虎立即进行了部署。

第二天凌晨，大田大佐纠集了下塘、钱集、打石坑、杨庙等地的鬼子、伪军浩浩荡荡向涂拐杀来，杨四虎率领队伍在陈小郢准备迎击。

与此同时，陈克非受杨四虎的命令，正带领乡中队袭扰涂拐乡的顽军。

"砰砰！"游击队向顽军开枪。

顽军见只有几个游击队员，立即追赶着杀了出来。

陈克非带领大家赶紧撤退。每当顽军停止追击，乡中队就放几枪，顽军气得接着再追。陈克非一直把顽军引到陈小郢周围的茴草地里，然后从河湾安全撤出。

与此同时，鬼子大队人马也进入我独立团的射击范围。

"打!"杨四虎命令。

战士们一阵手榴弹后,再用枪一阵猛射。

鬼子凶狠,遭到埋伏后并不慌乱,他们架起机枪、迫击炮,准备发起攻击。

还没等鬼子开火,杨四虎挥了挥手,战士们悄悄向西撤出了战斗。

鬼子见新四军"逃跑"了,立即追击。而此时,顽军向东赶来,两股敌人恰好相遇,随即展开了激战。

"嘟嘟……"机枪射击着,爆豆子似的响,双方连炮都用上了。不用说,双方死伤惨重。

听着炮火声,杨四虎笑着说:"这次,小鬼子倒是帮了个大忙。"

"哈哈……"战士们一阵笑。

"走,我们趁机去端顽军的老窝。"杨四虎说。

当夜,杨四虎率领部队端掉了顽军的塘圩子据点,击伤了顽乡长刘培兰夫妇。

就是这样,独立团粉碎了鬼子、伪军、顽军对涂拐乡抗日政权的进攻。

第六章 二打涂郢

涂郢在涂拐乡的西边，它位于瓦埠湖与杨庙、吴山中心地带，位置十分重要。

国民党派遣魏大发在这里当乡长。这个魏大发，一心一意反共，独立团的几次行踪被他发现后，他都立即报告了国民党寿县保安队，让他们前来"清剿"。还有两次，我游击队路过该地，魏大发见其人少力量弱，便率领乡丁发动攻击。

独立团在涂拐建立抗日政权后，魏大发更是恐惧，千方百计地妄图消灭我抗日政权。

一日傍晚，我游击队侦察员杨黑蛋到瓦埠湖畔侦察敌情，踏着晚霞而归，突然发现前面四个人在东张西望，而前面不到二里路的村子就是团长、政委的驻地。杨黑蛋不由得警觉起来。

"你们是什么人？"杨黑蛋走上去问，因为前面就是我独立团驻地，所以并没有担心他们能把他怎么样。

"小兄弟，我们在找这个。"一个精瘦的小个子说着伸出四根手指。

"你们找这个干什么？"

"我们想参加。"

杨黑蛋听了非常高兴，问他们叫什么，哪里人，是干什么的。这些人一一回答。这四个男人分别叫文成章、朱富贵、吴四、王彪，都是本地的老百姓。

杨黑蛋听不出破绽，于是带着这四人向团部驻地走来。一路上，杨黑蛋试探着问这问那，这四人对答如流。

"看来这几人真的是老百姓。"杨黑蛋这样想。可是做了这么多年的侦察工作，他依然不放心，貌似不经意地道："听说杨老岗的老歪头昨晚赌钱把家里仅有的一亩地输了。"

"老歪头前年就死了。"文成章说。

"哦，我记错了，是李二狗。"

"李二狗不是输了一亩地，而是把老婆给输了。"

这次，杨黑蛋彻底打消了怀疑，带着四人来到独立团驻地。

杨四虎、方政委听了杨黑蛋的介绍，很是高兴，当晚就留下他们。为了保险起见，方政委又找了几个本地人与他们拉家常，故意试探他们，可是，依然没有试探出什么。

第二天上午，四人来到团部，一进门，文成章就迫不及待地说："杨团长，发给我们枪吧，我们要打鬼子！"

杨四虎听了很是高兴，夸他们积极性高，但是告诉他们，现在还不行，要枪，必须从鬼子、伪军手里夺。

四人很是扫兴，嘟嘟囔囔地走了。

这四人可不是什么老百姓，他们是魏大发派来的特务，企图混进我独立团，刺杀杨团长、方政委。

他们来的时候并没有带武器，可是没有武器就不敢动手。本来他们都商定好了，魏大发会及时送武器，可是独立团经常转移，居无定所，文成章等人几次都错过了去约定地点取武器的机会。

第四天傍晚，独立团到了二道圩子，下午，文成章来到村边，说要去水塘里洗澡。

那个时候，独立团每到一个村子，都要封锁消息，实行严格的进出制度，除非万不得已，只许进，不许出，这是死命令，岗哨拒绝了文成章的要求。

可是文成章就是不走，死皮赖脸地央求着，不时递烟说好话。

岗哨经不住他的纠缠，又加上水塘不远，就在村边，在他视线范围内，于是放他出了村。

文成章来到水塘边，脱了衣服，下水洗澡，趁着岗哨不注意，溜到旁边的一棵大树下，取出武器——四支短枪，四把匕首。

武器取出来了，要想不被岗哨发现带进村子可不容易。

文成章用褂子包着武器往回走。这个时候，按照约定，那三人出来接应。三人围住岗哨，不停地逗他，一人还伸手蒙住岗哨的眼睛。

文成章趁机把武器放到吴四带来的篮子里。

这四人得到武器后，准备当晚就动手，刺杀杨四虎、方正文。

晚上八点多，车头陈太胜去杨庙侦察敌情，披星戴月而归，向杨团长、方政委汇报了杨庙的情况。出来的时候，遇到李二蛋。李二蛋香烟抽完了，正犯烟瘾呢，问陈太胜要香烟抽。

二人抽着香烟，闲聊起来。

"车头，我们的队伍又壮大了！"李二蛋高兴地说。

"怎么壮大了？"

"一下来了四个人！"

"是吗？"陈太胜漫不经心地问，"四个，都是什么人？"

于是李二蛋把杨黑蛋路遇文成章四人之事简要地叙说了一遍。

陈太胜听着，眼睛眯着，嘴里"嗯嗯"答应着。

"带我去看看。"陈太胜说。

"那有什么好看的，都是人。"李二蛋不情愿地说。

"还是带我去看看吧。"

李二蛋听陈太胜话里有话，立即带着陈太胜来到文成章四人的住所。透过窗户，借着微弱的灯光，陈太胜看了那四人半天，之后悄悄地走开了。

"怎么了？有问题吗？"李二蛋问。

"没什么，只是我觉得有个人很眼熟，可是一时半会儿想不起来了。"

团部，杨四虎、方正文、李二蛋都不说话，他们在等陈太胜说话。

可是陈太胜只是一味地抽着烟，眉头紧皱，他在冥思苦想。

半天，陈太胜一拍大腿，喊道："是他！"

"是谁？"几人异口同声地问。

"吴四，这人是特务！"

"啊！特务？"

"他不叫吴四，而叫吴四海，国民党寿县保安队特别行动大队特务，三年前，他从我手里为他相好的买过胭脂。"

"这狗日的！"杨四虎说着拔出枪向那四人的住所奔去。

此时，文成章四人正在谋划晚上怎么动手。

"不许动！"杨四虎等人冲进来，大喝一声。

四个特务愣住了。

"杨……杨团长，你……你这是干什么？"特务们还在故作镇定。

"给老子收拾起你们的鬼把戏。"

"杨团长，你这从何说起？"文成章说。

"吴四海！"陈太胜大声说。

几人听了，知道事情败露，文成章眼睛瞄着床下，李二蛋上前一脚把文成章踢翻在地，从床下搜出枪、匕首。

四人不再狡辩，乖乖就擒。

魏大发的刺杀阴谋彻底失败，可是他并不甘心，一计不成又生一计。

一段时间里，在瓦埠湖畔、涂郢、涂拐、杨庙、义井等地出现了一个货郎，这个货郎走村串户，很是热情。每到一个地方，总是问这问那，特别喜欢小孩子，经常用糖果、糕点、小玩具逗他们玩。

此人就是魏大发派出的另一个特务——李大嘴。

不久，独立团战士孙家满的家被魏大发派人洗劫一空，孙家满的父亲孙吉祥也被抓到涂郢伪乡公所，受尽了折磨。

杨四虎听说了此事，找到胡白云，最后胡白云花钱把孙吉祥捞了出来。

魏大发因此尝到了甜头，派出特务四处打听独立团和游击队家属。

"端了这个狼窝！"杨四虎捶着桌子说。

可是，端掉这个据点，谈何容易！据侦察员报告，魏大发为了防范我新四军，早就做好了防备。他在街北修建了炮楼，伪乡公所在一个圩子里，圩子四周是三丈多宽的深沟，深沟里面是一丈多高的围墙，而且国民党寿县行动特别大队也进驻在那里。

听完侦察员的报告，方政委对杨四虎说："看来，只能智取。"

"是的，马上从敌人内部寻找突破口。"杨四虎说。

然后杨四虎把这个任务交给了模范队。

模范队接受了这个任务后，立即开始在涂郢做顽军内部的工作。经过多方打听，模范队员陶如林联系上了给顽军烧饭的张良才，又通过张良才来做乡丁杨鼎新的工作。

杨鼎新是张良才的老表，家里有个漂亮的老婆，被魏大发看上，屡次勾引她。魏大发睡了杨鼎新的老婆，可能是做贼心虚，不久，他把杨鼎新升为班长。

杨鼎新外号老闷，看起来少言寡语，其实，内心非常敏感。他知道魏大发和自己的老婆已经勾搭成奸，表面装作不知道，只是把这种羞辱埋在了心里。而杨鼎新这座火山总有爆发的一天。

一天，陶如林请杨鼎新喝酒。杨鼎新酒后发牢骚，说自己不想在魏大发手下干了，想远走高飞，找个安静的地方生活。

"听说你有难言之隐。"陶如林说。

这话戳到了杨鼎新的心窝上，羞得他满脸通红，大骂道："老子总有一天宰了他！"

"好！"躲在一旁的杨四虎走过来说，"杨班长，你报仇的机会来了！"

杨鼎新不明白，接着，陶如林亮明了身份，介绍了杨四虎。

赫赫有名的杨团长就在自己眼前，杨鼎新彻底醒酒了。

杨四虎亲自做杨鼎新的工作，终于使他成为内线。杨四虎让他随时掌握魏大发的行踪并及时报告。

冬季的一天，陶如林接到杨鼎新的报告，说明天涂郢逢集，魏大发要去赶集。

陶如林立即把这一情报报告给杨四虎。

"老子要亲手宰了他！"杨四虎摩拳擦掌地说道。

当天，杨四虎、李二蛋、陶如林等十人怀揣短枪前往涂郢街，后来孙家满听说了，一定要前往为父亲报仇，这样，十人组就变成十一人组。经过侦察，杨四虎决定以二铁匠的铁匠铺为伏击点，十一人分成三组，街南头一组防止魏大发逃跑，街北一组防止他回窜，杨四虎、李二蛋、孙家满则负责击杀魏大发。

为了保险起见，击杀组三人分开。杨四虎隐蔽在铁匠铺，孙家满躲在对面的饭店里，李二蛋则站在肉案子旁，三人装作买铁锨、吃饭、买肉，等待着魏大发的出现。可是一直等到上午十点多，魏大发还是没有出现。

难道是情报有误？大家不由得这么想，正在大家焦急的时候，魏大发出现了！

魏大发怀揣两把盒子枪，带着杨鼎新一个班的乡丁大摇大摆地由街北向街南走来。

到了杨四虎的埋伏点，躲在铁匠铺对面饭店里的孙家满报仇心切，猛地窜出，对准魏大发"砰砰"就是两枪，可惜没有射中他的要害。

魏大发自知不妙，掏出枪来对准孙家满。如果开枪，孙家满非死即伤。

说时迟，那时快，杨四虎猛地从铁匠铺地窜了出来，伸手托住魏大发的胳膊。

"砰"的一声，魏大发的子弹射向了空中。

"砰砰！"孙家满补了两枪，结果了魏大发。

"不好啦，新四军来啦！"杨鼎新故作惊恐，一边对天开枪，一边大呼小叫地带着自己班的乡丁逃跑了。

"哗！"街上顿时大乱起来。

杨四虎飞身登上肉案子上，挥着枪喊道："老乡们，不要怕，我们是新四军，今天来，是为了镇压欺压我们老百姓、和我们作对的魏大发，以后，谁要欺压我们老百姓，与我们为敌……"他指着地上魏大发的尸体，"他就是榜样！"

魏大发死后，国民党寿县党部又派遣庞大傻子来当乡长。庞大傻子为了保住自己的性命加固了工事，加宽、加深了壕沟，在壕沟的外面又围上铁丝网，扎上铁蒺藜，在圩子的四角修建了四个土堡，每个土堡派一个班的人驻守，另外，增加了岗哨和流动哨，同时对过往行人进行严加盘查，稍有怀疑，立即逮捕，我游击队一名队员就因此不幸落入他们的魔掌。

有了如此牢固的老巢，加上有特别行动大队撑腰，庞大傻子就有恃无恐了，猖狂放言道："共产党就像头上的虱子，我们得经常用梳子梳，篦子篦才行！"

杨四虎听说了，笑着说："哈哈，老子是虱子吗？老子是老虎！老子要吃了他这个兔崽子！"

杨四虎和大家在一起商议，最好采取内外结合战术，如果内应不成就强攻。这次，杨四虎铁了心要拔掉这个据点。

时间定在农历八月十五，根据杨鼎新的情报，中秋节庞大傻子放假一天，特别行动大队的一部分人也回家过节了。

千载难逢的机会！杨四虎立即进行了作战部署。

中秋之夜，万家团圆。银盆似的月亮挂在天空，乘着月色，杨四虎率领一营和特务连行军到涂郢，在敌乡公所西边高粱地里埋伏下来。杨四虎派陶如林去和杨鼎新联系。

一会儿，陶如林回来了，告诉杨四虎，一切安排妥当。

独立团立即行动！

"啪啪啪！"陶如林拍了三声巴掌，一长两短，向杨鼎新发出暗号。

等候多时的杨鼎新随即打开了圩子的大门。战士们立即进到圩子里，按照作战前的部署，分别向四角的土堡冲去。

土堡里的敌人万万没有想到新四军会这么轻易进来，还没明白怎么一回事，就做了俘虏。至此，独立团还没有放一枪！

与此同时，杨四虎率领李二蛋等人直奔大厅。

大厅里，灯火通明，十几个人赌钱正酣，嘈杂声太大了，以至杨四虎等人进来，敌人都没察觉。

"都不许动，动一动，打死你！"十几支黑洞洞的枪口对着他们。

敌人只好乖乖举手投降。

可是找了半天，也没有庞大傻子，杨四虎正要询问乡丁，"砰砰！"外面突然传来枪声。

杨四虎随即带人向枪响的地方奔去。战士告诉他，庞大傻子就躲在上面的更楼里。原来，庞大傻子见情况不妙，悄悄躲到了更楼里负隅反抗。

杨四虎大喊道："庞大傻子，你睁开眼看看，你的圩子已经彻底被攻破了，再负隅反抗，唯有死路一条！老子给你三分钟时间，三分钟后再不投降，老子把你打成筛子！"

庞大傻子见大势已去，只好举手走下更楼。

攻下涂郢伪乡公所，对国民党寿县党部的震动很大，他们立即派出保安团一个中队联合桂系部队共计三百五十余人，携三挺机枪对我独立团进行"清剿"，涂郢再次落入顽军手里，但是，继任的乡长再也不敢和我独立团作对了。

第七章 抓"舌头"

一九四二年，蚌埠、淮南的日军准备对淮南抗日根据地进行"扫荡"。

新四军二师师部为了解日军在淮南、津浦铁路一带的兵力部署，需要抓个鬼子，旅部把这个任务交给了杨四虎。

杀死一个日本鬼子都不是太容易，何况是活抓一个具有"武士道"精神的日本鬼子。通过这些年和鬼子打交道，杨四虎是深知这一点的。日本鬼子大多宁愿自杀，也不愿投降。

杨四虎挠着头，道："要死鬼子容易，老子马上就有，要活鬼子还真的有点困难。"

"师部交给的任务一定要完成！"方政委说。

"那是，这是师长看得起咱独立团，才把这个任务交给我们的。"杨四虎得意地说。

"得好好琢磨琢磨。"方政委说。

"琢磨个屁！二蛋，二蛋！"杨四虎喊。

李二蛋跑了进来。

"去把人都给我派出去，看看鬼子最近有什么活动没有。"

"是！"李二蛋答应着出去安排了。

可是，一天，两天，派出去的人回来说都没有打探到鬼子最近有什么活动。

"不行的话，老子去他炮楼里抓！"杨四虎吼道。

"老杨，再等等，再等等，机会总会有的。"方政委耐心地说。

"再等，黄花菜都凉了，立即把侦察员都给我派出去！"杨四虎命令道。

第三天下午，杨四虎在屋子里急得如热锅上的蚂蚁来回走，还不停地伸头向门外望，嘴里念叨着："这些兔崽子怎么还不回来？"

"心急吃不了热豆腐嘛！"方政委劝导说。

话音刚落，李二蛋急匆匆地进来，把嘴对着杨四虎的耳朵叽咕了一阵子。

"好！终于让老子逮到了！"杨四虎不由自主地喊出声来。

"怎么？有机会了？"方政委问。

"过来，老方。"杨四虎招着手。

原来，刚才从敌人内部得到消息，驻守在打石坑的鬼子明天要到戚堰村锯树修筑工事。

真是个千载难逢的好机会，机不可失，时不再来。

可是杨四虎的顾虑来了，因为这个时候独立团驻在张焕之家的圩子里，如果从那里出击，必须征得张焕之的同意。

杨四虎、方正文征求张的意见。张焕之经过再三考虑，从民族大义出发，最终还是同意杨四虎从自家出发伏击鬼子。这可是冒着极大风险的！搞得不好，张焕之全家人的身家性命都会搭进去。

杨四虎等人立即召开会议进行研究部署。

按照部署，第二天上午，独立团特务连、团警卫排分别埋伏于通往戚堰大路的左右两侧树林里，模范队化装成老百姓在地里干活，另在周围派出数名便衣侦察敌情。

一张铺天大网已经撒开！

"走，快走！"上午九时许，五个鬼子、二十多个伪军押着几十个民工向树林走来。我侦察人员随即脱掉帽子在手里摇着，向战友发出鬼子来了的信号。

战士们看见信号，立即做好战斗准备。

按照作战部署，战士们放过前面的民工和伪军。接着，鬼子一个个挺胸鼓肚、耀武扬威地进入我伏击圈。

"打！"杨四虎发出命令。

顷刻间，枪弹雨点般射向敌人，走在最前面的鬼子机枪手随即倒地毙命。前面的伪军知道中了新四军的埋伏，他们早就掌握了新四军的规律，知道新四军不会打他们，胡乱开两枪就跑得没影了。

鬼子顽强，虽然只剩下四人，但仍在拼死反抗。

警卫排一阵子弹射过去，又有两名鬼子丧命。

剩下的两个日本鬼子继续和我军拼死战斗，按照战前部署，不能全部打死，因而，战士们只好继续和鬼子纠缠。一名鬼子中枪倒地后，最后一名鬼子边打边跑，最后慌不择路，逃进水田里。身强力壮的排长陶如维扑了上去。鬼子不甘心束手就擒，抱住陶排长两人格斗在一起，从水田打到旱地，又从旱地打进水田，格斗了十几个回合仍然不分胜负。

这小鬼子还真的有两下子！李二蛋看了手痒，喊道："老陶，让开，我来！"

陶排长听到，闪在一旁。

李二蛋猛地扑了上去，抓住鬼子的前胸，顺势来了个背口袋，鬼子一下被摔翻在地。

李二蛋嫌不过瘾，勾着手道："来，再来。"

鬼子蹒跚地爬了起来。

正在这个时候，方政委赶到，命令道："速战速决！"

两个战士上前按住鬼子。

战斗结束，这次战斗打死鬼子四名，缴获轻机枪一挺，步枪四支，更重要的是完成了上级交给的"抓舌头"任务。战士们非常高兴，正要押着鬼子往回赶，不料合肥籍新战士王小三从后面赶了上来，见到鬼子，端着枪喝问："日你姐姐的，你杀了多少中国人？"手一动，扳动枪机，"砰"一声响，活鬼子变成死鬼子！

大家傻眼了！赶紧上前查看，鬼子已经死翘翘了，一点呼吸都没有了。大家的脸都气白了。

"你小子真有能耐！"战士们七嘴八舌地埋怨。

王小三知道自己捅娄子了，憋屈得要哭。

"算了，算了，谁让他小鬼子不是人呢。"杨四虎劝解道，接着装作满不在乎的样子拍了拍王小三的肩膀，道："死了，咱再抓就是了！"

话是这么说，但刚挪开的"千斤巨石"再一次压在杨四虎的心上。

一连两天，鬼子一点动静都没有。

杨四虎整天坐卧不宁，吃喝不香，嘴里一个劲地叨咕道："小鬼子怎么不活动了呢？"

正在一筹莫展的时刻，门口人影一闪，车头陈太胜带进来一个人。

"哪位是杨团长？"那人问。

"我。"杨四虎答应。

"陈排长叫我把这个交给你。"那人说着从里面口袋掏出一封信。

杨四虎一听就明白了，对陈太胜说，"好好招待这位兄弟。"

"是！"陈太胜答应着带着那人出去给他安排吃的了。

这封信是驻守打石坑的伪军排长陈麻子送来的，信里告诉杨团长明天鬼子要到戚堰去抢劫。

原来，最近几天打石坑的鬼子抢来的鸡、鸭、鱼肉吃完了，馋瘾犯了，鬼子把陈麻子叫去，告诉他明天配合皇军下乡弄些鸡、鸭，拉些牲口，顺便再抢几个花姑娘。

陈麻子立即派人送信给杨四虎。

"哈哈，真是雪中送炭！"杨四虎看着信拍着脑袋说。

方政委看了信，脸上也露出笑颜，道："确实是雪中送炭，我来给他回信。"说完，伏案写信。方政委在信中告诉陈麻子，只要他身在曹营心在汉，新四军独立团就不会打他们，并对他今天的表现大加赞赏。

来人走后，杨四虎、方政委立即着手准备，一共组织了八十多人，配备了七十多条枪。

方政委看战士们纷纷在准备着，不由担心地说："这次，千万不能再出差错了！"

杨四虎听了，大喊："二蛋，二蛋！"

李二蛋跑了过来，问："团长，你叫我？"

"去，把红缨队、大刀队给我叫来，准备和小鬼子进行肉搏战！"

"是！"李二蛋答应着跑去叫人了。

第二天上午八时许，杨守先带领一个班埋伏在村外沈小湾的小河两侧。方政委、董其道带领一部分战士埋伏于村西高粱地里。杨四虎则带领一部分人埋伏在戚堰村内。村内村外到处都是新四军的伏兵，就是村边的茅厕里都埋伏了人。

上午九点多钟，四个日本兵、四十多名伪军从炮楼出来。伪军在前，鬼子在后，经沈小湾小桥向戚堰而来。这些鬼子想着鸡、鸭、鱼肉及花姑娘，一个个美滋滋的，急不可耐地走向我军伏击圈。

敌人刚过沈小湾。担任侦察任务的陈太胜扬起手里的白头巾发出信号，告诉战士们鬼子来了，赶紧做好准备。

战士们有的用枪瞄准，有的紧握手里的大刀、红缨枪，准备随时发起冲锋。

前面伪军已经进入我伏击圈，陈麻子也在其中。陈麻子心里明白独立团埋伏就在附近，催着伪军赶紧走。

可是，鬼子到了村边却站在那里不走了！他们四下张望着。

杨四虎早就有所准备，手一挥，随即走出化装成大姑娘的王小三，"她"挎着篮子向村边走去，看到鬼子故意装作惊慌失措的样子，赶紧向村子里跑来。

鬼子看到村子里有一个穿着花衣裳的一闪，嘴里大喊："花姑娘的不要走！花姑娘的不要走！"一齐向村里追来。

待到鬼子进入我包围圈。杨四虎一声号令，我军集中火力向鬼子射击，"啊！啊！"两声惨叫，两个鬼子当场被击毙。

听到枪声，伪军惊慌失措。陈麻子趁机叫道："遇到新四军大部队了，快跑！"伪军一个个争相逃跑。

独立团战士手里拿着各种武器从四面八方冲向剩下的两个鬼子。这两个日本鬼子倒也不含糊，一边逃，一边回头射击。

最后，鬼子慌不择路，掉进一河沟，皮鞋陷在烂泥里拔不出来，但是拒不投降。其中一个日本鬼子端着枪不断向我军射击。我军只好射伤了他。

剩下的一个日本鬼子脱了鞋子拼命地逃跑。副班长单计云虽然负伤，但是依然在后面紧追不放。

鬼子见身后有人追，猛地转身，举起枪"砰砰砰"连射三枪。按说，单计云定会立即倒下，可这个鬼子定睛一看，单计云居然还站着！鬼子吓得魂飞魄散，这哪里是人？简直就是打不死的神！

这个鬼子撒腿就跑。

单计云大叫着猛扑上去，死死抓住鬼子身上的望远镜、皮带不放。二人厮打在一起，单计云因为身上有伤，渐渐落了下风。这时，其他战士也及时赶到了，用明晃晃的刺刀指向鬼子，同时喊道："缴枪不杀，缴枪不杀！"

鬼子却仍挥舞着手里的刺刀哇哇叫着。

"都给老子闪开！"杨四虎拨开人群，冲了进来。

"给我。"杨四虎把手伸到李二蛋面前。

李二蛋取下后背的大刀递给杨四虎。

杨四虎接过大刀，吐了口唾沫在手心，紧握大刀，喊道："来呀！"

鬼子挺枪刺来，杨四虎大刀"当"一声拨开鬼子的刺刀，抬起一脚，把鬼子踢翻在地，并一脚踏在鬼子的前胸上。

接着，上来两名战士将鬼子捆了起来。

"轰！轰！"驻守钱集的鬼子知道他们的士兵被包围了，连续向这里发射炮弹。

"老杨，赶快撤退！"方政委听到炮轰声，急忙说道。

我军迅速打扫了战场，押着俘虏，抬着那个受伤的鬼子撤出了战斗。可是，那个受伤的日本兵因为伤势太重，刚抬到团部就死了。为保险起见，杨四虎命令董其道连夜带领一个排把那名叫清水的日本俘虏押运到路东杜集。

这次战斗，收获颇丰。击毙鬼子三人，生俘一人，机枪一挺，步枪四支，东洋刀一把，子弹数百发。

当天，大田大佐得知自己的士兵被捉，立即集结周围据点几百人由他亲自带队到蒋店、涂拐一带进行疯狂"扫荡"，报复我新四军。

"啪啪！""轰轰！"前方传来枪炮声。

"走，谁让咱占了便宜呢？"杨四虎说，带领战士撤出临时驻地。

一会儿，大田大佐赶到我军驻地，可是一个人都没有！

"巴嘎！"大田大佐气得只骂，挥着指挥刀向我独立团撤退的方向一路追去，忽然，后面响起枪声，原来杨四虎命令乡小队在鬼子屁股后面袭扰大田大佐。

当夜，董其道带领一个排的战士把日本俘虏清水押到杜集，为免夜长梦多，第二天便押着清水向藕塘根据地师旅部行进。

抓住一个鬼子舌头可真不容易！为了安全起见，董其道命令两名战士在前面侦察。

果然不出所料，他们行至定远县永康镇以西三里路时，一队日本鬼子迎面而来！

"鬼子，鬼子！"前面的战士向后跑来。

鬼子也发现了董其道一行，"砰砰"地开着枪追了过来。

大家一边还击，一边掩护着俘虏向路旁的村庄跑去，进村后，一边做好战斗准备，一边立即派人到我新四军旅部请求支援。

鬼子在村口停下，不敢贸然进入。少顷，鬼子指挥官挥了挥手，立即从队伍里走出两个鬼子侦察兵向村子里摸来。

"打！"董其道命令道，一阵子弹射去，两个鬼子即刻毙命。

村外的鬼子听到枪声，改用机枪开路，冲进村来。董其道率领战士边打边撤退，最后，被逼到一个农家院落里。

随即鬼子包围了院子，开始猛烈扫射，欲冲进院子。

董其道命令用火力封锁住院门，敌人的几次冲锋都被我军火力压了回去。但敌人不仅用机枪扫射，还不时往院子里扔手榴弹，情况万分危急。

突然，从鬼子的屁股后面传来一阵枪声，原来是派到旅部求援的战士带领一个连的新四军及时赶了过来！

董其道知道救兵已到，立即率领战士往外冲。

鬼子彼时前后受到夹击，招架不住，十几个鬼子被我军当场击毙，剩下的则向村外逃去。

一个鬼子的小头目因腿部受伤，加上路不熟，被堵在了一个死胡同里。

"缴枪不杀！"新四军战士齐声喊道。

鬼子挥着指挥刀冲来。

"砰"的一枪，鬼子腿部中弹，跪在地上。

战士们立即冲了上去，活擒了鬼子军官。就这样，新四军又多了一个"舌头"。

师长、旅长看到两个"舌头"，非常高兴。连夜审讯，为师部提供了重要的情报。

后来，那个叫清水的鬼子经过我党的思想教育，转变很快，竟然参加到抗日活动中来，后来还入了党，新中国成立后在一家工厂里当干部。

第八章 报仇雪恨

庄墓街道北边有一条河横贯东西，把淮西一分为二。河上有一座桥叫庄墓桥，联通合肥到淮南的土公路。

这座桥的重要地位，杨四虎、方政委早就认识到了。独立团也加强了在这一带的活动，准备在河的北面建立新的抗日政权。

大田大佐不会放过战略地位如此重要的地方，亲自率领日伪军一千多人对庄墓发起攻击。

当时，驻守庄墓的是国民党第十四游击纵队黄岳忠部，黄岳忠准备死守庄墓。

鬼子的轮番进攻都被黄岳忠部打退，但是，部队也遭受巨大损耗。

大田大佐看久攻不下，命令部队集中火炮猛烈攻击，黄岳忠部死伤过半，不得不撤离庄墓。

鬼子占领庄墓后，实行惨无人道的"三光"政策，庄墓1/3的房屋被烧，牲畜、粮食、衣服被抢光，当地老百姓被杀三十多人。

话说鬼子攻打庄墓那天早晨，杨四虎正在和方政委商讨下一步如何在河北面开展工作，远处传来"轰轰"的声音，如打雷一般，但是，要比雷声密集得多，仔细一听，原来是炮火声。

杨四虎、方政委赶忙出来听、望，原来是鬼子在进攻庄墓。

"政委，你留下，我带部队过去看看。"杨四虎说道。

"等你们赶到，战斗恐怕已经结束了。"方政委提醒道。

"是啊，黄岳忠部肯定守不住，这样吧，鬼子攻下庄墓后肯定要回到下塘，我们就在半路上等他们，像马蜂一样叮大田大佐一口。"说着，杨四虎冲了出去。

杨四虎率领一营刚埋伏好，一队伪军手里拿着、身上背着抢来的东西大摇大摆而来，等其进入伏击圈，我军一阵子弹射过去，伪军死的死伤的伤，剩下的丢下东西就跑。

日军攻下庄墓后，在此修筑了据点。

杨四虎和方政委商量，趁鬼子立脚未稳，加强在庄墓一带的活动。于是，杨四虎派出小分队，经常出没于庄墓一带。他教给小分队一个办法：小分队整天纠缠着鬼子、伪军。白天，敌人一出来就打；晚上也去骚扰。杨四虎形象地把这种战法取名叫"麻雀战"，就如麻雀吃农民庄稼一样，每当农民来赶的时候，麻雀们就飞走，而农民前脚刚走，麻雀又飞回去吃食。

这个办法还真顶用。庄墓的鬼子、伪军被拖得疲惫不堪，而且人员不断减少，于是不得不向大田大佐求援。大田大佐准备派杨庙伪军支援庄墓。

这一情报立即被独立团内线送了出来。

"有多少人？"杨四虎问侦察员。

"大概有五十多人。"

"吃了它！"杨四虎斩钉截铁地说。

按照部署，方政委率领二营赶到杨庙以北埋伏起来，以防杨庙鬼子伪军增援。杨四虎则率领一营、警卫排埋伏于义井以南一里路之外的岗头上。

杨四虎带领战士挖好了工事，布好了"口袋"，只等伪军钻进来。

中午时分，一队伪军大摇大摆地走来。到岗下后却停了下来。马上的伪军军官似乎觉察到有点不对劲，拿起望远镜四处观察着，然后带着伪军向旁边的一条小路走去。后来得知，原来是岗头上很多战士抽烟，被下风头的伪军官闻到了，同时，他们也想到前面的村庄里捞点油水。

看来今天的埋伏要泡汤了！眼睁睁地看着伪军越来越远，大家都很着急,可是干着急没用。

怎么办?杨四虎也正在苦思冥想,这时候看到身旁的几位游击队员。杨四虎灵机一动,命令道:"二蛋,你带领他们几个人把伪军给我引过来!"

"是!"李二蛋答应着,随即率领七八个游击队员悄悄从旁边溜了过去。

"砰砰!"七八个人从伪军身后冒出,一阵扫射。

伪军一阵慌乱后,开始还击。

伪军军官从望远镜里见只有七八个人,不禁得意忘形,认为升官发财的机会来了,骑着马,吆喝着伪军向李二蛋他们扑来。

李二蛋带领大家一边打,一边向我埋伏圈方向撤退。

"站住,你们跑不了啦!"伪军号叫着在后面紧追不放。

敌人越来越近,战壕里的战士们屏住呼吸,一动不动。

"不要着急,沉住气,等敌人靠近再打。"杨四虎吩咐道。

伪军很快进入埋伏圈。

"打!"杨四虎一声令下。

顿时,子弹、手榴弹如下冰雹一样倾泻在伪军人群里。

伪军突然遭到打击,哭爹叫娘,往回直跑。

"冲!"杨四虎命令。

"杀啊!"独立团战士跃起,猛虎下山似的从岗头上冲了下来。

"缴枪不杀!举起手来!"漫山遍野都是这样的喊声。

这一仗,五十来个伪军无一人漏网。

为了加强河北面的统一战线工作,十月二十一日早晨,方政委要带领一部分战士去王集乡王家岗召集当地的各界人士开会。临行前,杨四虎要他多带些战士。

"不用,不用,两个排足够了!"方政委一边说,一边收拾东西。

"你这趟去,我怎么总觉得不放心呀,这左眼老是跳个不停,哎,老方,要不,你把二蛋带上吧。"

"二蛋还是留在你身边吧,你使着顺手。"

"那你快去快回。"

"放心吧，没事的。"方政委说着把文件夹放到马鞍子上，然后飞身上马，带着战士们向王家岗赶去。

杨四虎看着方政委一行离去，忐忑地说："他娘的，奇了怪了，这眼怎么老是跳个不停？"

到了王家岗，方政委立即派人去通知当地各界人士前来开会。下午来人众多，足有一二百人。

方政委滔滔不绝地宣传我党的抗日政策，对当前的抗日战争形势做了精辟的分析，越说越激动，最后，他站了起来，情绪激动地说："同胞们，国家兴亡、匹夫有责！我们都是中国人，祖祖辈辈都生活在这片土地上，现在，日本鬼子在这里残害我们的孩子，糟蹋我的姐妹，焚烧我们的房子，抢我们的粮食，拉我的牲畜，我们能答应吗？"

群情激愤，高叫："不答应！"

"对，我们坚决不答应，我们每个人都要拿起武器保卫我们的家乡，只要我们团结起来，共同抗战，就一定会取得最后的胜利！"

场下，掌声雷动，经久不息。

这次演讲，取得了很好的效果，很多人士都表示：有钱出钱，有枪出枪，没钱没枪的就出力。

傍晚，方政委带领战士们夜宿王家岗，受到了村里老百姓热情的接待。

此时，野外小路上，一个人神色慌张，急匆匆地向朱集鬼子据点走去……

淮南、寿县等地鬼子据点里，电话铃声不断。接着，鬼子伪军开始出动，杀气腾腾地向王家岗而来。这一次，鬼子还动用了骑兵。

凌晨，鬼子、伪军静悄悄地包围了王家岗。

鬼子指挥官挥着指挥刀，指挥鬼子、伪军向村子里摸来。后面，骑兵、炮兵已经做好了准备。

担任放哨的战士张本初发现了敌情，可是报告已经来不及了，只好"砰砰！"开枪报警。

"啪啪！"敌人射来两颗子弹进行反击，张本初中弹牺牲了。

鬼子见暴露了目标，便开始发起冲锋。伪军、鬼子潮水般涌进村子里。

枪炮声惊醒了正在熟睡的方正文，他立即翻身跃起，正要往外冲。警卫员进来报告说鬼子已经进村了!

"趁现在天还没亮,马上组织突围!"方正文命令道,然后提枪冲出门外,翻身上马,率领战士们向外突围。

突然,迎面冲来一队伪军。

"冲过去!"方正文喊道,随即催马冲了过去。后面的战士们边冲锋,边射击,终于冲出了敌人的包围圈。

"砰砰!"后面的鬼子紧追不舍,同时,担任机动部队的鬼子骑兵也杀了过来。

方正文骑着马带着战士边打边撤,撤退到老虎岗时,眼看着就要摆脱鬼子的追击了,突然,身后传来鬼子战马的嘶叫声。

方正文骑着的马是缴获鬼子的东洋战马,现在听到同类嘶叫,身子一抖,方正文随即被掀翻下来,然后它拼命向村子里跑去。

突如其来的变故是方正文万万没有料到的!看着战马向村子里跑去,他急红了眼,奋不顾身地去追赶,因为马背上放着他的文件袋,里面装有新四军重要的文件,如果落到鬼子手里,后果将不堪设想!

方正文追赶着那匹马,只身冲进敌阵,奋力拼杀,脑子里只有一个念头:千万不能让这文件袋落入鬼子之手!

子弹在他身边乱飞,方正文也顾不上。最后终于追上了那批马,他翻身跃上。就在这时,"哒哒哒"鬼子的机枪号叫着,在方正文身上打穿了几个洞,鲜血随即喷涌,他晃了几下,跌落马下……

方正文牺牲的消息犹如晴天霹雳,得知后,杨四虎愣站在那里,半天才醒悟过来,他一句话不说,冲出门外……

深秋的野外,一片荒凉,放眼望去,褐色的土地,斑驳的树叶,看样子,冬天就要来了。

"方政委啊!"杨四虎心里喊着,眼里一片湿润,远处的风景也模糊了。虽然自己和方政委相处才一年,但是,他战斗的英姿,他的执着,他的沉稳,他激动人心的演讲……都给杨四虎留下了不可磨灭的印象。正是由于他的努力,才有了现在淮西地区的大好局面。

当杨四虎回到营地的时候,战士们纷纷围了上来。方政委平时为人谦和,没有架子,和士兵同甘共苦,深受独立团战士们的爱戴。

"团长,为方政委报仇!为方政委报仇!"战士们义愤填膺,摩拳擦掌。

杨四虎被战士们的激情感染了，大喝一声："好！"

"是哪里的鬼子干的？"杨四虎瞪着眼问李二蛋。

"听说是朱集据点的鬼子。"

"灭了它！"杨四虎喊道。

"灭了它！"战士们也齐声高喊。

夜晚，杨四虎躺在床上，虽然自己号称一个团，到淮西后也壮大了不少（当时已经有三百多人和枪），但是，硬攻鬼子炮楼这还是第一次，困难肯定不会小，可是方政委的仇是一定要报的！

夜深了，杨四虎躺在床上辗转反侧，绞尽脑汁地想着如何攻击鬼子的炮楼，突然他坐了起来，大喊："李二蛋，李二蛋！"

李二蛋进来，揉着眼睛问："团长，什么事？"

"马上去路东，把李哑巴他们请来！"

当夜，李二蛋来到路东，找到了新四军游击大队队长张子道，说明了来意。第二天晚上，李二蛋带着李哑巴等三人回到团部。

这三人不是一般战士，而是罗炳辉师长亲自命名的"神枪班"！

更神奇的是这三人还是亲兄弟，分别是李秀道、李海道、李德道。说到这三人参加革命，这里面还有一段曲折的故事。

三兄弟是定远九子乡人，九子乡是蚌埠和合肥的中心点。

一九四〇年，日军由蚌埠向合肥进攻，日军在九子乡集结，并在那里堆积了大批武器弹药。

一天晚上，老二李海道趁着鬼子不注意，偷偷溜进鬼子的弹药库偷出两支三八大盖和几百发子弹。这事干得是神不知鬼不觉。

于是，弟兄三人拿着大盖枪去野外打兔子，打野鸡，没有想到弟兄三人的枪法一个比一个准，特别是老三李德道，他虽然是个哑巴，可是枪法奇准，打天上的飞鸟、地上奔跑的兔子百发百中。

可是不久，李海道偷枪这件事还是走漏了风声了，当时，九子乡伪乡长李江道闻讯，到李海道家里要枪。

李海道当然不承认偷枪这件事。

李江道便威胁说："小海子，你不要不懂事，你偷了皇军的大盖枪，上面已经知道了，准备来治你们弟兄三人的罪，是我看在弟兄情面上，才给你们包揽了下来，你现在把枪借给我乡公所用几天，不久就会还你。"

弟兄三人不得不把枪"借给"李江道。

二十多天后，李海道弟兄三人来向李江道要枪。李海道眼睛一翻，道："枪？什么枪？我们堂堂的乡公所还缺枪？还要向你们借？笑话！你们是在讹我！滚，都给我滚！"说着喊人把弟兄三人打出乡公所。

枪没有要到，还被挨了一顿打，弟兄三人生了一肚子的气，可是又没有办法，只好忍气吞声，吃了个哑巴亏。

一天晚上，李海道弟兄三又溜进鬼子库房，偷出两把枪，之后接连几天晚上，他们一共偷出五把三八大盖，一支盒子枪，几百发子弹。

这件事还是被伪乡长李江道知道了，他亲自带领联防队来要枪。

上过一次当，李海道这次吸取了教训，坚决不给。可是李江道又非要不可。这样，双方言语上开始冲突起来。李江道仗势欺人，又加上人多，抖着手里的枪，要来硬的。

说时迟，那时快，老三李哑巴顺手摸起一支枪，"砰"的一声，一个联防队员倒下。李江道吓得拔腿就跑，总算捡回来一条命。从此，李家弟兄仨就和李江道结下了梁子。

伪乡长李江道遭受了屈辱，心里哪能忍得了？不久，他集结了一百多人前来寻仇。弟兄三人得到消息后，慌忙逃跑，可是家里就遭殃了，东西被抢个精光，房子也被烧了。

三兄弟躲到外面，寻机报仇。

一日，李江道上街喝酒，李家兄弟闻讯在半路等着。下午，李江道带着几个乡丁返回。离老远，哑巴端枪瞄准后"啪"的一声响，李江道的脑袋开花。

报仇后，兄弟三人无地方可去，听说张子道带领部队在杜集乡打鬼子，于是带着枪投奔了他。他们在战斗中屡立战功，曾经一人射杀了三个鬼子。

一次，二师师长罗炳辉（之前是张云逸）听说了这件事，特地来到定远县根据地看望他们弟兄仨。张子道大队长还安排弟兄仨表演枪法给罗师长看。

张子道吩咐人用细麻绳拴住十个小葫芦，吊在竹竿架子上，放在四十米开外，让弟兄仨射击。

弟兄们端起枪,"砰砰"一阵射击,十个葫芦被打得粉碎,简直是弹无虚发。

罗师长看了非常高兴,亲自授予弟兄们"神枪班"称号,后来,因为老三哑巴战功赫赫,罗师长还在大会上亲自授给他一支钢枪。

杜集乡离独立团不远(中间隔了一条铁路),两地人员来往密切,也互相帮助,现在要攻打鬼子据点,杨四虎害怕吃亏,所以把弟兄们借来一用。

弟兄们见到杨四虎很是高兴,因为他们早就听闻杨四虎团长的赫赫大名,只是一直没有机会相见。

弟兄们来后,杨四虎便开始和大家商量如何攻打朱集鬼子据点。

根据侦察员报告,朱集鬼子炮楼四面是深沟,深沟外用铁丝网围着,里面驻守着一个排的鬼子,旁边的炮楼里驻守着一个连的伪军。

如果单纯攻打朱集炮楼还好点,但是朱集西边驻有寿县的鬼子;北边有淮南鬼子;东边有三和集、大孤堆集鬼子。

杨四虎分析之后,提出自己的思路:攻打朱集鬼子据点,必须速战速决,否则,不仅打不着毒蛇,反而有可能被蛇咬。

大家一致同意杨四虎的看法。

杨四虎开始进行作战部署:命令陈太胜立即前往朱集侦察敌情;命令模范队队长陈明义带领游击队立即向朱集进发,务必于我军攻击前割断朱集鬼子据点和周围据点的电话线;命令二营防范大孤堆、三和集方向之敌;三营之一、二连防范寿县之敌;三连和乡小队防范北面淮南之敌;杨四虎则亲自率领一营和警卫排攻打朱集鬼子据点,其中,警卫排负责包围伪军据点,但是围而不攻。

"务必在天亮之前结束战斗!听明白了吗?"杨四虎问。

"听明白了!"众人齐声回答。

"那就赶快去准备吧!"

"是!"众人答应着走了。

一场恶战即将爆发!

夜,静悄悄的,一弯新月挂在半空。

独立团各部乘着月色悄悄行军,准时到达各自的作战地点。

杨四虎带着李二蛋、神枪班弟兄三人悄悄来到鬼子据点前。此时鬼子依然没有发现独立团的行动。

月牙儿慢慢向西落去，已经是下半夜了。必须立即行动，否则时间来不及了！

只见杨四虎手一挥，几个战士随即向鬼子据点摸去，不一会儿铁丝网被剪断了。

"什么的干活？"接着砰地一声枪响，鬼子的岗哨发现了我军。

独立团只好开始强攻。爆破组在机枪的掩护下，炸开了一个口子，战士们随即从口子处冲了进去。然后从不同方向向敌人射击，可是，敌人有炮楼作掩护，独立团根本打不到他们。

"嘟嘟……哒哒……"鬼子炮楼里的机枪喷着火舌。鬼子并不慌张，他们知道只要周围据点的自己人听到枪响，肯定会前来支援。

慌张的是旁边炮楼里的伪军，他们猛烈射击。鬼子、伪军炮楼的火力点交错，独立团战士根本不能靠近。

李二蛋向伪军炮楼里喊道："黄大头，你狗日的听着，老子今晚来是找鬼子的，你放明白一点，要不，老子明天活扒了你的皮！"

这一喊，果然奏效，只见伪军开始胡乱地射击，并且也没有刚才那么密集了。

鬼子的炮楼有很多枪眼，可以转换射击，且居高临下，加上鬼子狡猾，扔出的手榴弹点燃了炮楼下的木头。战士们很难接近炮楼，如果强攻，肯定会造成很大的伤亡，而且还难以奏效。

可是时间不等人，此刻已经凌晨两点多了！天一亮，鬼子的援军就会到。因为杨四虎已经给二营、三营下了死命令：无论自己是否得手，凌晨七点前他们必须撤出战斗！

留给杨四虎的时间不多了！

怎么办？

"烧死这帮龟孙子！"汪营长望着炮楼下燃烧着的木头说。

这句话倒提醒了杨四虎，对，可以用火攻！杨四虎这么想着，查看着周围的情况。

如果用火攻，那就必须利用老百姓的住房作掩护，就是要逐一打通老百姓家的山墙，才能接近鬼子的炮楼。

第八章 报仇雪恨

杨四虎立即找来几家老百姓，向他们说明自己的意图。

老百姓们一听，马上同意。

原来这几家群众平时受尽了鬼子的欺压，其中一家的闺女还被鬼子糟蹋了，所以早就恨透了鬼子，巴不得他们早死。

战士们开始凿山墙，这几家老百姓也来帮忙，房子的山墙很快被几个战士打通了。

杨四虎命令几个战士抱来稻草，在上面浇上煤油，然后抱起稻草向鬼子炮楼下跑去。

炮楼里的鬼子发现后，嘟嘟嘟地用机枪扫射着独立团战士很难接近炮楼。

"神枪班！"杨四虎命令道。

神枪班三兄弟端起枪砰砰射击，鬼子的机枪顿时哑巴了。三兄弟并不停歇，连续不断地向鬼子炮楼的枪眼里射击。

十几名独立团战士立即抱着稻草再次冲向鬼子炮楼，然后将其点燃。

熊熊大火烧了起来，浓烟滚滚，大火向炮楼里蔓延，点燃了炮楼里的物品。炮楼本身就是一个大烟囱，里面的火势越烧越猛烈。

炮楼里，鬼子被烧得鬼哭狼嚎，有的甚至不顾身上冒着火直接从窗口跳下来，有五个鬼子从炮楼洞口爬了出来。

"噼噼啪啪！"李家三兄弟一阵射击，鬼子一一倒在火堆旁。

朱集鬼子据点就这样被拔除了，给方政委报了仇，战士们出了这口恶气。

这次战斗，是独立团第一次和鬼子真正意义上的硬碰硬，取得了良好的战绩。师旅部虽然不赞成杨四虎这样的做法，但是也没有批评他。

这次战斗，多亏了李家三兄弟的"神枪班"。杨团长更加钟爱他们。

"以后你们就留在我独立团吧！"杨四虎道，见三兄弟脸上现出为难神色，接着说道："你们大队长那里我去说，放心吧。"

就这样，"神枪班"三兄弟暂时留了下来，帮助独立团训练神枪手。

这次战斗对鬼子震动很大。下塘、淮南、寿县、蚌埠等地的鬼子纷纷出兵"扫荡"。独立团只好转移，国民党桂系军队也撤退后。鬼子侵占了庄墓桥河南河北大片地区，并建立了伪政权。

方政委牺牲后，师旅部又任命副政委董其道为独立团政委。

第九章 李家庙阻击战

一九四二年春,根据师旅部的决定,淮西成立寿县抗日民主政权,对外称办事处,师旅部派遣陈敬之来到淮西任县委书记兼独立团副政委。

同时,路东的杜集乡成立了淮南抗日游击大队,张子道任大队长,活动于南到下塘、北到炉桥一带,与独立团相互照应。

路西,杨四虎带领独立团以涂拐乡为基地,不断向周围发展。

为此,在义井乡杜师娘岗召开了有六十多名开明人士参加的座谈会。杨四虎作了《当前形势的报告》,他从总体上分析了当前的抗战形势,结合当前实际,指出日本是小国家,人口少,资源贫乏,经不起长时间的战争消耗,现在,美国又参与进来了,并且在太平洋上不断取得胜利。

众人听得津津有味,啧啧感叹,都说不虚此行,大开眼界。

"你们猜猜现在有多少国家在和鬼子战斗?"杨四虎问。

众人摇头,都说不知道。

杨四虎掰着手指头数着:"咱们中国、美国、英国、澳大利亚、印度、菲律宾、斯里兰卡……"

与会人员虽然说是开明人士,可是哪里听说过这些?都倾耳以听,生怕听漏了。

"双拳还难敌四手呢,一个小日本能打得过十几个国家吗?"杨四虎问。

众人纷纷摇头,道:"那哪能呢!"

"所以，大家要认清形势，不要看小鬼子一时猖狂，实际上，他们就是秋后的蚂蚱——长不了。"

众人兴奋起来，纷纷说："那是，那是，肯定长不了。"

"所以，我们大家要团结起来，共同抗日，争取早日把鬼子赶出咱们中国！"

"一定，一定！"众人纷纷表示。

接着，新上任二十多天的新四军寿县县委书记兼独立团副政委陈敬之作了《党的统战政策报告》，全面诠释了我党的抗日政策。

通过这次会议，参会的士绅们增强了抗战的信心，了解了我党的统战政策，认识到中国共产党是真正的抗日政党，激发了他们的抗日热情。

这些士绅虽然明着说拥护我党，但是他们鱼龙混杂，这主要是由当时淮西极其复杂的形势决定的，很多人还对国民党抱有幻想。其中，一个叫叶祥的就是这样的人，散会后，他立即把新四军召开会议的情况报告给了寿县国民党党部。

寿县国民党党部立即联系桂军，桂军立即派出一个营的兵力过来配合寿县特别行动大队。共计一千多人的部队在陈东指、陈杰三的带领下，从杜师娘岗向独立团扑来。

当时，杨四虎的团部驻扎在涂拐东北部的谭小圩子、黄小庄子一带，现在处于东有日伪碉堡，北、西有国民党追兵，南有杨湾河三面受敌、一面临水的境地，情况十分危急。

杨四虎当机立断，带领众人向南转移，至西冯坝子时，突然遭遇一支三百多人的顽军。

特务头子陈东指见新四军人数少，又是团部，立功心切，指挥顽军号叫着冲了过来。

"陈书记，你带领部队先撤到那里！"杨四虎指着旁边的小圩子村说，然后挥枪命令道："二蛋，跟我上！"随即带领特务连阻击敌人。

陈敬之带领众人向村子撤去。杨四虎带领特务连占领制高点向敌人射击。但是，敌人的火力太猛烈了，特务连的短枪根本压制不住敌人的长枪、冲锋枪、机枪火力。

战士们被敌人的火力压得趴在地上，动弹不得。

"他奶奶的！"李二蛋气得大骂，欲起身和敌人硬拼，被杨四虎一把拽住，按倒在地。

"二蛋，你干什……"话没说完，"嘟嘟嘟……"一排子弹射来，尘土飞扬，好险，生死就在一刹那间，要不是杨四虎眼疾手快，李二蛋肯定会被打成筛子！

"老子平时怎么教你的，好汉不吃眼前亏。"杨四虎边训斥，边啪啪地挥枪射击，一个顽军中弹倒地。

"这帮狗日的，和鬼子打也没见这么猛烈的。"李二蛋骂着，伸手抹去脸上的灰尘。

"嗨嗨，这叫窝里斗，懂吗？"杨四虎说着回头望，看见陈书记一行人已经进了村，命令道："二蛋，撤！"

一阵手榴弹后，杨四虎迅速向小圩子村撤去。顽军在后面紧追不舍，追到村边，又不敢贸然进村，站在村边向村里胡乱射击，不少群众躲避不及，伤亡不少。

"给我包围住，不让共匪跑掉一个！"特务头子陈东指号叫着，然后派人去搬援军。

杨四虎等人被困在村子里，唯一的办法就是等天黑了突围出去。可是，如果敌人的援军一到，突围就更加困难了。

杨四虎处于两难境地。

"团长，我带领警卫班吸引敌人，你们趁机冲出去，过了河就安全了。"李二蛋自告奋勇地说。

"团长，你们走吧。"警卫班战士纷纷要求。

"那好吧，记住，等我们一突围出村，你们立即撤出战斗！"杨四虎命令道。

"是！"李二蛋答应着立即带领警卫班向东突击，吸引了大批敌人。南边杨四虎、陈敬之带领大家趁机突围出来，刚出村就被敌人发现了。

"嘟嘟……"敌人的机枪吐着火舌。

一颗子弹射来，正中陈敬之的胸脯，这位上任才二十多天的县委书记壮烈牺牲了。庆幸的是杨四虎和团部大部分人员都安全突围渡过了河。

警卫班见大部队安全渡河，立即撤出战斗。敌人在后面紧追不舍，战士李士怀等三人不幸中弹牺牲，李二蛋的左臂也被敌子弹打穿，万幸的是没有伤着骨头。

顽军见独立团突围出去了，于天黑前收兵撤走了。

第二天，杨四虎等人来到小圩子村看望慰问群众。离老远，就听到村里村外到处都是凄厉的哭声。这次，小圩子村庄有四名群众被顽军的子弹打死，还有七八名群众不同程度地受伤。

看到此种景象，战士们义愤填膺，纷纷大骂："狗日的顽军！"

离这场战斗不到一个月，鬼子为了巩固合肥—淮南铁路线，准备向西"扫荡"国民党桂系。皖北人民抗日自卫军第二路指挥官李武德通过内线获得这个情报后，立即告知国民党桂系李品仙。

李山庙，扼守瓦埠湖畔，为国民党皖西之门户，地理位置非常重要。这里驻有国民党桂系一七二师一个营，营长萧凤岗。李品仙命令萧凤岗坚决抵抗，寸土不丢。同时联系我新四军和皖北人民抗日自卫军，希望三股力量共同对付来犯之敌。

当时，虽然国民党和我新四军时有"摩擦"，但是，还在抗日统一战线的大旗下，师旅部从大局出发，答应了国民党的要求，考虑到杨四虎的独立团离李山庙不远，上级把这个任务交给了他。

战士们听说要帮顽军打鬼子，昨日之事历历在目，很多战士非常有意见。

"怎么让我们去帮顽军打仗？"

"他娘的，顽军整天追杀我们，这不是帮他们磨刀杀我们自己吗？"

"让他们狗咬狗去！"

"对，不去，坚决不去！"

一时间，战士们七嘴八舌地议论着。

看到战士们闹情绪，杨四虎立即把全团召集起来，进行思想动员。

杨四虎看着大家，训斥道："有人不愿意我们去帮助国民党打鬼子，我看是小肚鸡肠，看你们那点出息！"

战士们都愣住了，疑惑地看着杨四虎。

杨四虎继续道："我们和国民党好比两个兄弟为了分那么点家产打打闹闹，但是，怎么打也是自家兄弟，如果外人来欺负咱的时候，兄弟俩的拳头还是要一致对外的。"

战士们一阵笑。

"你们说，现在，鬼子来欺负咱小兄弟了，我们这当哥的该不该去帮把手?"

"该去!"战士们一齐回答。

"想通了?"

"想通了!"

"哈哈,实话告诉你们,开始的时候老子也是想不通的,可是经过旅长一顿训斥,也想通了!"

战士们又是一阵笑。

下午,杨四虎带着李二蛋飞马前往李山庙和萧凤岗、李德武一起商量阻敌之策。

经过商议,三人决定:萧凤岗部从正面阻敌,独立团据守右侧,李德武部据守左侧。

第二天下午,杨四虎带领部队进入阵地,立即命令战士们连夜修筑工事,并亲自检查,每到一处,他都要仔细看看,特别是那些新战士修筑的工事;并告诫新战士,鬼子的炮火很厉害,工事一定要经得住鬼子的炮火轰击,现在多挖一锹,就有可能到时救自己一条命!

第三天早晨,北风呼啸,乌云滚滚,为即将爆发的大战增添了些悲壮的色彩。

上午,鬼子大队人马开了过来,漫山遍野都是。鬼子首先从正面攻击桂系萧凤岗部,鬼子像以前一样,先是一阵炮火准备,然后开始进攻。

一时间,炮火隆隆,杀声四起。

萧部知道鬼子的厉害,于战前做了充分的准备。他们征集了民工,在夜间开挖地道、壕沟,拖来树木,甚至征集了老百姓的房梁筑起工事。他们依托良好的工事阻击鬼子,又加上火力也不弱,所以鬼子几番攻击,也没有占到丝毫便宜。

这个萧凤岗营长还真是条汉子,亲自上阵督战,并慷慨激昂地对手下士兵说道:"我萧凤岗如果后退一步,不要鬼子杀我,你们人人即可将我击毙!"

国民党士兵深受鼓舞,誓与阵地共存亡!虽然鬼子多次逼近,眼看要突破阵地,可是士兵们人人不愿撤退,用自己的身躯堵住缺口。他们在鬼子面前所表现的勇气,连杨四虎等人看了都深受感动,改变了以往对国民党士兵的不少看法。以前,他们认为国民党士兵就是一批窝囊废。

一阵炮火后，鬼子发动了又一轮进攻！

萧营第一道阵地丢失，眼看鬼子要突破第二道阵地了，在关键时刻，萧凤岗手握大刀带领敢死队冲进敌群。

敢死队大刀的红丝带狂舞着，鬼子惨叫不绝，血溅李家庙。一阵肉搏战后，鬼子退了回去。

鬼子见正面攻击受阻，于是改变进攻方向，企图从侧面迂回攻击。

这时候，倾盆大雨哗啦啦地下起来，整个阵地雾气腾腾。

杨四虎拿着望远镜观察着敌情，发现鬼子已经集结完毕，即将对我独立团阵地发起进攻。

"看来鬼子要攻打我们了！"杨四虎道。

战士们纷纷将子弹上膛，手榴弹拧开盖，整齐地码放在面前，眼睛紧盯着前方。

"命令部队把帽子拿下放到阵地上，撤！"杨四虎命令。

汪营长以为自己听错了，趴在那里没动。

"命令部队把帽子拿下放到阵地上，撤！"杨四虎再次命令。

这次，汪营长听清楚了，赶忙跑去命令战士们。

战士们也并不明白为什么这样做，鬼子眼看要进攻我们，为什么还要撤出阵地？但是，命令就是命令，战士们一一把帽子取下，放到阵地上，然后悄悄撤出阵地。

刚撤离阵地，只听得鬼子的炮弹呼啸而来，在阵地上爆炸了，战士们的帽子飞到半空！

战士们这才明白杨四虎的用意，更加佩服自己的团长了！

狂轰滥炸十几分钟后，鬼子的炮火戛然而止。

"快！快！进入阵地。"杨四虎挥手命令。

战士们迅速进入阵地。

滂沱大雨还在下着，在阵地前拉上了无数层雨帘。

远处，雨雾中，鬼子如一个个黑点蚂蚁似的向独立团阵地冲来。

杨四虎大喊道："同志们，平时，国民党总是讽刺我们游而不击，今天，我们要做给他们看看，不要让桂系顽军小瞧了我们！"

"团长，你就放心吧。"战士们激昂地回答。

没多久，鬼子杀到眼前。

"手榴弹准备!"杨四虎命令。

鬼子靠近,再靠近,大雨中,影影绰绰地能看到鬼子黄黄的军服。

"打!"杨四虎一声令下,独立团的手榴弹雨点般投向鬼子。接着,我机枪嘟嘟嘟地开火了。

鬼子很顽强,前面的倒下了,后面的又在机枪的掩护下,拼死往上冲,步步逼近。

然而鬼子的火力比独立团要猛烈得多,好在独立团有牢固的工事,又加上我军居高临下,鬼子一时攻不上来。

担任这次扫荡的鬼子指挥官是佐藤春雄大佐,他拿着望远镜观察着,发现独立团人数不多,火力不强,于是把预备队用上,命令伪军在前,鬼子在后,又一阵炮火准备之后,再次发起进攻。

独立团死守阵地,英勇还击,可是鬼子的火力太猛了!炮弹不断地在我阵地上爆炸。

这样下去肯定不行!杨四虎看着阵地上飞起的泥土,操起大刀,嘶哑着嗓子命令道:"冲出去,和鬼子缠在一起!"随即跃出,向鬼子冲去。

独立团战士和鬼子肉搏在一起,敌人的大炮起不到了作用。

杨四虎手抡大刀,左劈右砍,已经成为血人,但是,鬼子、伪军还在源源不断地赶来。

独立团岌岌可危!

快到十二点了,左侧的李德武发现自己阵地前没有鬼子的一兵一卒,又听到我独立团阵地上传来密集的枪炮声,知道独立团处境危险,立即命令部队主动出击。

"杀啊!"李德武率领部队大喊着冲向鬼子。

鬼子一阵慌乱,慌忙派兵阻击。

此时,萧凤岗见李德武主动出击,也命令自己的部队立即出击。两股大军几乎同时杀向鬼子。

三股力量同仇敌忾,奋勇杀敌。鬼子在三面攻击下,不得不后撤。可是,鬼子穿着大头鞋,陷在烂泥里根本跑不动,纷纷脱下鞋子光着脚抬着死伤的同伴狼狈而逃。

这一仗,鬼子伪军出动八百余人,死伤五百多人,近百匹战马只剩十余匹,后来才知道,鬼子的指挥官佐藤春雄大佐也被击毙了。

这一仗，装备简单的独立团挡住了鬼子两个多小时的进攻！萧凤岗对独立团佩服不已，对杨四虎更是赞叹，为了表达自己的敬意，分手时，他把自己最钟爱的左轮手枪送给了杨四虎。

鬼子进攻李山庙遭受惨败，恼羞成怒，从杭州番月师团调来一个旅团一千五百人，对萧凤岗部进行"扫荡"，发誓消灭萧凤岗部，给他们的佐藤春雄大佐报仇。

桂系两个营奉命于三义集阻击，因为有前次的较量经验，萧凤岗这次做了更充分的准备。首先动员群众离去，然后把三义集村庄周围的树木砍伐了以修筑防御工事，在街道四周修建碉堡，碉堡四周留有机枪射孔，各个碉堡之间有堑壕沟通，并在三义集的来路设置了路障。

鬼子于拂晓开始进攻，依靠强大的火力和数倍于桂系的兵力不断发起冲锋。桂系两个营依托工事进行还击。

战斗异常惨烈，鬼子的炮弹雨点般倾泻到萧部阵地后，在机枪的掩护下发起数次进攻。桂系的两个营在不断消耗损失很大。

萧凤岗亲自参战，尽管一颗子弹射中其左臂，但他依然裹伤作战。

此时，独立团正在涂拐。中午时分，我侦察员得知这一情况，赶快回来向杨四虎报告！

杨四虎知道这次小鬼子是寻仇来了，萧凤岗部肯定凶多吉少，出于对他的敬佩，立即命令一营向三义集挺进。

"团长，我们这去还来得及吗？"李二蛋问。

"来不及也要去！就凭他萧凤岗是条汉子，就凭他送我的这只左轮手枪，我们也该去帮他一把！命令部队，加快速度。"

独立团一路小跑向三义集赶来。

此时，三义集已经危在旦夕，鬼子已经冲破萧凤岗的阵地。

"跟我上！"萧凤岗率领敢死队冲了上去。

敢死队装备精良，每人手里一把捷克冲锋枪，一把大刀。敢死队一阵猛冲，鬼子暂时被压了回去，但是，一颗子弹飞来，正中萧凤岗胸脯，他踉跄着倒下了。

桂系士兵见自己的营长牺牲了，杀红了眼，死守阵地，宁死不退。

眼看萧凤岗部要全军覆没了！

独立团在杨四虎的率领下，于下午五点左右到达三义集。

傍晚，西边夕阳如杜鹃滴血，地上，血流成河。

此时，鬼子指挥官拿着望远镜观察着战场，心中很是得意，以为这次胜券在握。他们哪里知道一支队伍正悄悄靠近他们的身后。

杨四虎远观鬼子阵地，不由得大吃一惊，鬼子太多了，漫山遍野都是，自己势单力薄，如果搞不好，会被鬼子包了饺子。

怎么办？

杨四虎细心观察着，发觉鬼子右翼有很多驴子、骡子、马匹，猜测其可能是鬼子的辎重部队，守护的兵力也不多，而且大部分是伪军。

就在这里敲他一下！

杨四虎立即进行部署：一营为前锋，二营和特务连护住左右翼，向鬼子辎重部队猛打、猛冲过去。

杨四虎的想法是猛冲进去，迅速退回，不能给鬼子喘息的机会，不然，等鬼子明白过来就危险了，那样，独立团就成了鬼子的饺子馅。

独立团随即从鬼子的屁股后面发起攻击，鬼子、伪军被打了个措手不及，一阵慌乱。

独立团虽然只有三百多人，但是鬼子见独立团如此勇猛，以为是一支强大的队伍，再加上这支队伍是奔着自己的辎重而去，一阵慌张后，大批鬼子立即向自己的辎重部队增援。

"杀啊！冲啊"战士们大喊着左突右冲，鬼子的辎重部队被冲散，但是增援的鬼子也围了过来。

桂系两个营剩余士兵听到鬼子后面响起的密集枪声，又见鬼子停止了进攻，知道援军到了，随即发起冲锋。

鬼子前后受到夹击，不得不撤退。这一仗，鬼子死伤三百余人，萧营几乎伤亡殆尽，但是由于杨四虎的及时救助全军才免遭覆没。

此役后，日军撤离了小甸集、李山庙等据点，只是偶尔派遣小股部队前来骚扰。而桂系基层连、营作战单位在没有上峰命令的情况下，不再对我独立团属地进行大规模"清剿"。寿县国民党党部在没有桂系正规军的协助下，也不敢轻易出击我独立团。独立团只须面对鬼子、伪军，得到了暂时的喘息机会。

就这样，独立团度过了最为艰难的时期。

第十章 拔除据点

一九四二年的清明节到了,杨四虎来到方政委的坟前祭奠。

春天的野外,麦子开始拔节,油菜花黄灿灿的一片。方政委的坟上已经长出青草。

杨四虎站在方政委的坟前,道:"老方,我来看你了。"

李二蛋点燃了带来的纸钱,一缕青烟随即升起。

杨四虎蹲下,向火里添着纸钱道:"老方,今天,兄弟我想和你拉拉家常。"说着,掏出两支烟,一支插在地上,一支放在嘴里吸着。

"老方呀,你这一走就是好几个月,我说你怎么这样狠心呢?怎么就把我一个人丢下了呢?唉,老方呀,兄弟我想你啊!"说完,杨四虎哽咽着,伸手揉了一下眼睛。

杨四虎伸手拔着坟上的杂草,一边拔,一边说:"老方啊,兄弟我对不住你呀,你活着的时候,我老是和你吵嘴,现在好了,想吵嘴也找不到人了。"

李二蛋等人过来,开始给方政委坟头添土。杨四虎捧着土放到方政委的坟上,继续说道:"老方,现在兄弟我向你汇报一下工作,告诉你一个好消息,现在形势有所好转了,不像以前一天要转移好几次,现在咱独立团有个窝了,起码能吃上热饭菜了。我再告诉你一个好消息,咱壮大了,现在,咱有三百多人,二百多支枪!老方啊,这一切都离不开你呀,是你帮了兄弟我,所以才有了我们的今天,兄弟我在这里谢了。"说着,杨四虎跪倒在地，向着坟头，重重地磕了三个头。

磕完头，杨四虎一屁股坐在地上，继续说："老方啊，记得你说过，要向庄墓以北发展，你放心，兄弟我一定完成你的遗愿，老子一定在庄墓以北给你建立起一个抗日根据地来！"

杨四虎说完站起来，向李二蛋招着手。李二蛋抱着一个新坟头过来。杨四虎接过来放在坟的顶部，然后把带来的柳枝插在方政委的坟头上，道："老方，你继续休息吧，明年的这个时候，兄弟我会再来看你的。"说完准备离去，突然，远处一个人提着枪飞奔而来。

几人顿时警惕起来，拔枪在手，喝问道："什么人？"

"不要开枪，不要开枪。"那人说着走近前来，原来是个年轻小伙子。

"你们是杨团长的部队吗？"

"我们就是，你是哪一部分的？"李二蛋问。

"你们真的是杨团长的人？"

"那还有假？告诉你，这就是我们杨团长。"李二蛋手指着杨四虎说。

那个小伙子上下打量了一下杨四虎，不相信地问："你是杨团长？"

"如假包换！"杨四虎说着看了看面前这个虎头虎脑的小伙子，又看了看他手里的那把枪——崭新的三八大盖，这引起了杨四虎的兴趣，问道："你找我有什么事？"

"你真的是杨团长啊！"小伙子兴奋起来，"杨团长，我要参加你们的队伍！"

"哦，为什么？"

"鬼子太坏了！"

"哦，怎么这么说？你这个又从哪儿来的？"杨四虎说着伸手拿来那把三八大盖，拉了拉枪栓，咔咔作响，不禁啧啧赞道："好枪！"

"从鬼子那里夺来的。"小伙子回答。

"从鬼子那里夺来的？就你？"李二蛋怀疑地看着小伙子问，心想眼前这个小伙子虎头虎脑的样子应该有这个力气，但是，不一定有这个胆量。

"是的。"小伙子点头道。

"那你说说是怎么一回事。"李二蛋说道。

杨四虎也来了兴趣，跟着说："对，说来听听。"

于是小伙子向杨四虎说起了他夺枪的经历来。

小伙子叫张大毛，徐庙乡拐集张小圩子人。前天，拐集逢集，街上熙熙攘攘，人来人往。张大毛肩膀上挑着五只鸡混在人群中，他准备卖了鸡去买些盐。

突然，街道上人吼马嘶，原来是几个鬼子骑兵不顾街道上人多，骑着马耀武扬威，见人就打，见东西就抢。顿时，街上一片混乱，叫声、哭声响成一片。

张大毛情知不妙，反应迅速，立即身子一转，躲进一个小巷子里。

一会儿，街道上似乎平静下来，张大毛伸出头来四下张望，已经见不到鬼子了，于是放心大胆地挑着鸡走出巷子。刚走上街道，突然，一个落单的鬼子骑兵从后面奔来，看见张大毛肩膀上的那几只鸡，大叫着飞马向张大毛冲来。

张大毛赶紧拔腿就跑。鬼子在后面紧追着，一边追，一边哇哇叫："鸡的，密西密西的，你的放下。"

张大毛可没有听鬼子的，家里已经两天没有盐吃了，全靠这几只鸡呢！他仗着对街道熟悉，左绕右弯，企图摆脱鬼子。也许那个鬼子对张大毛的鸡太有兴趣了，根本不担心自己的安全，骑着马肆无忌惮地追。

张大毛跑啊跑，最后实在跑不动了，在一个墙角处停了下来。鬼子骑着马来到跟前，挥着刀指向张大毛，嘴里大叫道："你的，鸡的，放下。"

张大毛只好把担子放下，站在原地不动。

鬼子翻身下马来抢鸡。

看到自己辛辛苦苦养的鸡就这样没了，想到自己家还欠着邻居几把盐，张大毛什么都不顾了！趁着鬼子拎着鸡转身的时机，抓起地上的木棍，向着鬼子的头顶狠狠砸去。

"当"的一声，鬼子一声不吭地倒下。怕鬼子醒过来找自己的麻烦，张大毛又朝着鬼子的头狠狠砸了几下，顿时，鬼子七窍流血，见阎王去了。

杨四虎、李二蛋津津有味地听着，哈哈大笑。

"有种！"杨四虎伸出大拇指赞道，接着问，"鬼子的马呢？"

"我怕太招眼了，把它藏在三姑家了。"

"去把它牵来。"李二蛋道。

"杨团长，你收留我了？"

"当然了，独立团就喜欢你这样的人！"杨四虎果断地说。

就这样，独立团不断吸收淮西广大子弟兵，不断发展壮大，在以后的几个月里，又接收了不少新兵，部队由原来的八十二人，发展到现在的三百五十六人，二百八十多支长短枪，六挺机枪。另外，乡中队还有二十多人。

在独立团进驻淮西一周年的庆祝会上，杨四虎那个高兴啊！端着酒碗，红着眼睛，结结巴巴地说道："刚来淮西的时候，你们也知道，那个时候，我杨四虎就是一个连长，多亏了兄弟们啊，现在，老子是真正的团长了！来，兄弟们，我敬你们！"说着杨四虎扬起手里的碗。

"团长，我们敬你！"

"以前，老子就是兔子，整天东躲西藏的，现在，老子不躲了！"

"团长，你是老虎，我们就是小老虎。"一营营长汪大奎说。

"对，老子就是老虎，你们都是老虎，我们的独立团就是老虎团，专吃鬼子、汉奸！"

旅部谭旅长听说了此事，对着参谋长说道："嚯，杨四虎这小子现在能耐了，"发财"了，居然比老子还"富有"，去，找他杨四虎，把他的机枪给我弄三挺来。"

杨四虎听说了此事，头摇得拨浪鼓似的，一个劲地说："不行，不行！老子就这么点家当，旅长他怎么能趁火打劫呢？不行，坚决不行！"

最后，杨四虎还是送了两挺机枪给旅部，这可把他心疼坏了，直抽自己的嘴巴，怪自己太多嘴。

陈敬之牺牲后，师旅部任命杨四虎为中共寿县县委书记，这样，他身上的担子又重了。师旅部命令杨四虎在站稳脚跟的基础上，乘胜发展，由乡向区，再由区向县壮大，争取早日建立淮西抗日根据地。

团里开会传达了师旅部的命令，然后讨论下一步的行动。大家认为，应该以涂拐抗日乡政权为中心，向周围辐射，争取早日在义井、枣林这两个乡成立抗日政权，这样，能够把三个乡连成一片，成立寿三区后，再向其他地区发展。

杨四虎不同意大家的看法，他不能忘记方政委的遗愿，道："我看应该齐头并进，一部分在庄墓河南岸活动，争取早日建立寿三区，另一部分拉到庄墓河的北岸活动，准备建立寿二区。"

"这样会分散我们的兵力。"董其道提醒说。

"我们初到淮西,不就是几十人、几十条枪吗?现在,我们强大多了,倒是胆子小了起来!庄墓河北面有很多有利的条件,那里,我们早先开展过抗日宣传活动,有着良好的群众基础,并且离我淮南抗日根据地很近,如果在那里建立了抗日政权,淮西根据地和淮南根据地之间就多了一条联系渠道。"

大家听了觉得不无道理,同意了杨四虎的建议。

"下面,我们来研究一下方案。"杨四虎招呼着大家围了过来。

"河北面,东边是水家湖、戴集,南边是庄墓。"杨四虎说着拿起一个碗放在桌子上做摆设,进行模拟,"西是朱集,北是三和集。"

此时,桌子四周已经摆满了大小碗。最后,杨四虎拿着一个碗在手,道:"中间呢?"

"徐庙。"董其道说。

"对,就是徐庙。"杨四虎说着把手里的碗重重地放在中间,"因此,我们要以徐庙为中心来建立寿二区!"

"对,趁鬼子现在还没有在徐庙修建据点。"一营营长汪大奎说。

"虽然鬼子没有在徐庙修建据点,但是,他们在徐庙以西的邵店集修筑了据点。"董政委说。

"小鬼子这招阴毒,邵店集比邻瓦埠湖,在那里设置据点,既可以把守瓦埠湖一大片地区,又可以呼应四周据点。"杨四虎指着桌子说。

"看来,要想在河北面建立根据地,必须拔掉这个据点。"董政委道。

"对!打蛇打七寸,端掉它!"杨四虎指着桌子中间的碗坚定地说。

邵店集是个小村,只有二三十户人家。今天逢集,上午八点多钟,街道上人们正做着买卖。这时,从乡村小路上走来一个人,他挑着挂面担子,一边走,一边吆喝:"卖挂面喽,挂面。"他就是徒手抢夺了鬼子三八大盖的张大毛,因为他是本地人,所以杨四虎派他前来侦察伪军据点情况。

张大毛在街上站了一会儿,装作没有生意,然后挑着担子向附近的寺庙——结缘寺走去。

现在的结缘寺可不是寺庙了,鬼子初到邵店集时,四处寻找适合修建炮楼的地点,最后看中了这座寺庙,因为它处于高地。鬼子把结缘寺里的和尚全部赶走，占领了结缘寺，再将其造改为据点。在周围挖了壕沟，壕沟外是铁丝网，壕沟内修筑了高墙，并在寺庙的四角建了碉堡。

"挂面，挂面！"张大毛嘴里喊着，慢慢向寺庙靠近，并一边观察着。

来到寺庙旁，张大毛停止了喊叫，装作过路，围着寺庙走了半圈，然后向寺庙东北角的小路走去，想看看东北角的情况。

突然，寺庙炮楼里一个伪军持枪喝道："站住！干什么的？"

"老总，卖挂面的。"

"快走，快走，再不走，老子开枪了！"伪军说着要拉枪栓。

前面没有村子，如果继续往前走，炮楼里的伪军肯定会怀疑，张大毛装作害怕的样子，结结巴巴地说："老总，不要开枪，不要开枪，我马上走，马上走。"说着往回走。

张大毛回到独立团，把侦察到的情况向杨四虎作了汇报。杨四虎立即进行了作战部署。

傍晚，晚霞满天，天际一片金黄。

杨四虎带领独立团一营、警卫排从义井出发，向邵店集挺进，霞光洒在战士们身上，一个个英姿飒爽。

天黑时分，部队赶到庄墓以西二里地的河边。

初夏的夜晚，天空星河灿烂，月光泻到河里，河水泛着银光。

河对岸，一片朦胧，不见船只。

杨四虎有些着急，因为按照计划，模范队应该早就安排好船只停靠在对岸了。

"怎么回事？"杨四虎问身边的赵子良。

赵子良也很着急，因为是他负责寻找船只的，难道是位置不对，可看来看去，就是在这里呀，难道……

正在大家等得不耐烦的时候，河对岸一点亮光摇着。

"来了！"赵子良惊喜地说，赶紧点燃麻秸秆摇着。暗号对上了，一会儿，从对岸划来三只小船。

原来张大毛根据赵子良的命令寻找船只，本来安排好了一条大船，可是临出发的时候船主又变卦了，船主因为听了老婆的劝阻，害怕出事，所以反悔了。

张大毛赶紧跑到庄墓码头上去寻找船只，可是那些船主平时被鬼子伪军欺压怕了，害怕一旦被鬼子伪军知道后果不堪设想，因而没有敢答应的。张大毛只好又跑到附近村子里寻找，寻了半天，才找到这三只打鱼的小船，此时已经晚了一个时辰。

部队上船渡过了河，因为刚才耽误了时间，杨四虎立即命令部队跑步前进，终于在子夜时分赶到邵店集据点附近。

根据张大毛的侦察，敌人结缘寺据点里只驻有伪军一个排。杨四虎等人认为今晚攻下敌人据点应该不成问题。

部队悄悄靠近伪军据点，准备乘伪军不备，发起攻击，一鼓作气，拿下据点。

"什么人？"突然从伪军据点里传来喝声。

行动暴露了！

原来，伪军据点里大门旁有两个角楼，张大毛只侦察出右边高的那一个，而没有发现左边矮的另一个。现在，杨四虎就是根据张大毛侦察的情况从左边靠近，结果被矮角楼里的伪军岗哨发现了。

既然暴露了目标，只好采取强攻。

"打！"杨四虎命令道，一营战士随即一起开火。

结缘寺据点里，伪军虽然人数少，可是依仗着牢固的工事进行猛烈的还击。

双方激战起来，机枪射出的子弹在黑夜里带着火光划出弧线，嘟嘟作响。

此时，伪军集中了所有火力封锁住大门，独立团一时很难靠近。两名战士手里拿着手榴弹，欲冲过去把大门炸开，不幸都被飞来的子弹射中而壮烈牺牲。

"团长，我去！"李二蛋手里拿着三颗手榴弹说。

"小心点！"杨四虎嘱咐道。

李二蛋猫腰冲了过去，左躲右闪企图靠近大门，"嘟嘟"一排子弹射来，李二蛋的帽子被射下了，几乎丧命，只好退了下来，大喊道："团长，敌人火力太密集了！"

从正门攻不进去，杨四虎只好指挥战士环绕攻击，可是，都被伪军角楼里的机枪压制住了。

这时，东方现出鱼肚白，再过一会儿，天就要亮了。

杨四虎看着东方，不由得担心起来，自己孤军奋战，假如四周据点里的鬼子伪军来增援，后果不堪设想，于是命令道："撤！"

这次攻打邵店集敌人据点，虽然打死了几个伪军，但是，独立团也牺牲了三名战士，只好暂时退到庄墓以南的涂拐。

由于情报不准，造成这次攻打邵店集失利，杨四虎很是气恼，但是并没有责怪张大毛，因为毕竟他参加独立团才不久。

这次战斗后不久，邵店集的伪军加强了工事，同时，鬼子又增派了一个排的伪军进驻邵店集据点，这样攻打邵店集就更困难了。

杨四虎重新调整了作战思路，决定先消灭邵店集据点外围的敌人势力，以削弱他们的实力，再瞅准机会，一举拿下邵店集伪军据点。

通过一段时间的侦察，杨四虎决定先解决掉徐庙乡伪乡长谢黑子。

谢黑子，大名叫谢大壮，庄墓人。他既是伪乡长，又是大地主。此人一贯反共，一九三八年以前就和我新四军多有摩擦，鬼子来后，投靠了鬼子。他仗着自己有权有势，经常欺压百姓，连街上饭店老板杨胖子的老婆都被他霸占了去。

一天上午，杨四虎派杨守道、张大毛二人到徐庙进行实地侦察。杨胖子家的事张大毛是知晓的，二人找到杨胖子，要他帮忙除掉谢黑子。

杨胖子要报夺妻之仇，非常乐意帮新四军的忙。中午，谢黑子家来了客人，从杨胖子饭店要了酒菜。于是，杨胖子带着杨守道向伪乡公所送菜，杨守道借机把乡公所里的情况探了个一清二楚。

第二天，徐庙逢集。上午九点左右，伪乡公所门口来了几批人。有挑着麻秸秆子卖柴的，有挎着篮子卖菜的，有卖鸡蛋的……这些人不断在乡公所门口走动。

这时，有两个"伪军"大摇大摆地向乡公所门口走来，他们就是模范队队长陈明义和队员张世仁。

陈明义来到大门口，看门的乡丁就拦住了去路。陈明义掏出一张纸当作介绍信递给乡丁以吸引他的注意力，趁乡丁把枪背在后面伸手来接"介绍信"的时机，后面的张世仁上前一把勒住他的脖子，乡丁折腾了几下就不动了。

陈明义向里一挥手，那些卖柴的迅速从麻秸秆堆里取出枪，卖菜的、卖鸡蛋的从篮子里拿出武器一拥而上，冲进乡公所。

乡公所里的乡丁有所发觉，但还没有等他们拉开枪栓，短枪队砰砰几枪就结果了三四名乡丁。

谢黑子见势不妙，拔腿就跑。陈明义从后面一枪击中他的大腿，再上前补了一枪，结果了这个罪大恶极的坏蛋。

这一仗，端掉了徐庙伪乡公所，缴获了八支枪，除掉了谢黑子，在当地影响很大，群众拍手称快，更加拥护新四军了。

解决了谢黑子，独立团接着就要来解决伪保长邵发魁。

邵发魁练过几年武术，身强力壮，也是反共积极分子，实际上他是国民党和鬼子的双面间谍。凭着自己会中医，他到处打听我新四军的消息，然后报告给鬼子或者国民党，以换取奖赏。我游击队员杨大宝就是因为他通风报信，才被鬼子逮捕杀害。

听说邵发魁会武术，杨四虎很不服气，道："老子要亲自会会这个家伙！"

七月的一天中午，杨四虎装成病人躺在牛车上，身上盖着单被，李二蛋负责赶车，张大毛陪着来到邵发魁家的院子。

二人把呻吟着的杨四虎搀扶进屋，连声喊："邵大夫，赶快救人，赶快救人。"

邵发魁闻声出来给杨四虎看病。他装模作样地坐下，开始给杨四虎把脉。观察了一阵子后，突然狐疑起来，说道："你不像病人。"

杨四虎对着李二蛋一使眼色，突然伸出手抓住邵发魁的手。

邵发魁情知不妙，欲反抗。站在他后面的李二蛋掏出匕首顶在他的喉咙上，低声吼道："别动，动一动，老子捅了你！"

邵发魁只好放弃了反抗，问："你们是……"

"告诉你，老子是新四军独立团团长杨四虎！"

邵发魁知道自己被新四军抓的后果，想要反抗。杨四虎一个擒拿，把他的双手反锁在背后。张大毛随即把一团布塞进他的嘴里，然后三人七手八脚地把他捆了起来，装进麻袋，丢上牛车，盖上被子，一行人就这样大摇大摆地走出了村子……

伪军邵集据点以西有个李嘴子据点，上次攻打邵集据点时，让杨四虎心里很有顾虑。杨四虎决定先端掉它，为此，他派模范队七八个人到瓦埠湖一带活动，以侦察李嘴子据点的情况。

一日，侦察员张大毛回来报告，说朱家湾保长孙老拐子和甲长朱大脑袋两家因为往地里放水闹矛盾而大打出手，结果打出了人命，明天中午，李嘴子炮楼里的伪军排长孙二糙子要去朱家湾为两家调解。

杨四虎听了嘿嘿地笑道："咱们凑凑热闹去！"

杨四虎、董其道等人立即研究出行动方案：杨四虎率领特务连在路上堵杀孙二糙子，汪营长带领二连趁机端掉李嘴子据点。

第二天上午，艳阳高照。十一点左右，孙二糙子骑着马带着七八个伪军大摇大摆地向朱家湾赶来。作为调解人，孙二糙子不想真正灭火，他老谋深算，动机不纯。他表面上两家都压一压，把两家的火气调小一些；而背地里，不断地往火里添点柴、加点油。通过这样的手段，他孙二糙子就会源源不断地捞到好处，就会有烟抽，有酒喝，就像今天中午的宴会。

此时，去朱家湾的路上，老虎岗周围的田地里，有的农民在除草，有的在挖花生，有的在打高粱叶子（一般回家喂牛），还有一个拾粪的人在到处转悠。

"他娘的，到这个狗不拉屎的地方拾什么粪？"孙二糙子看了大骂。骂过之后，马上疑心大起，立即拔出手枪，喝问："你到底是干什么的？"

这个拾粪的就是杨四虎。他镇定自如地回答："拾粪的呀。"

"我看你不像拾粪的！"

"老总，我真的是拾粪的。"

"你叫什么？家住哪里？"

"我叫杨四槐，家就在那里。"杨四虎指着旁边的村庄小杨户说。

"哦，哦。"孙二糙子答应着，看似漫不经心，谁知道掉转马头就往回跑。因为孙二糙子经常去骚扰小杨户，对那里的人比较熟悉，他知道村子里压根就没有这个"杨四槐"，同时，他看到周围几个除草的、挖花生的、打高粱叶子的人慢慢靠过来，知道情况不妙，于是打马就跑。

杨四虎眼疾手快，抬手一枪击中马的后腿。孙二糙子"扑通"一声跌落在地，随身几个护卫见了，上来架起孙二糙子继续逃跑。

前面，李二蛋带着两个人从旁边的高粱地里杀出，砰砰几枪，三个伪军毙命。剩下的伪军架着孙二糙子向旁边的小杨户村子逃去。

"二蛋，不能让他进村！"杨四虎喊道。杨四虎知道孙二糙子一伙一旦进了村子就麻烦了，他们可以借着圩子负隅反抗，也可以凭着路熟而趁机逃脱。

"逃不了！"李二蛋说着带人包抄过去，堵住了敌人的去路。

"缴枪不杀，新四军优待俘虏！"新四军战士一齐喊。

孙二糙子见前无去路，后有追兵，只好举手投降。

逮住了孙二糙子一伙后，杨四虎命令陈明义看着俘虏，自己则带着李二蛋几人向李嘴子据点奔来。

此时，汪营长带着二连正在和伪军激战。

二连虽然团团围住了李嘴子据点，但是，据点里的伪军凭借着炮楼负隅顽抗，激战了一个多小时仍然没有攻下据点。

形势容不得打持久战，必须速战速决，否则，伪军的援兵一到就麻烦了。

杨四虎等人来到阵地观察着，李二蛋看到据点里伪军不多，火力也不强，但就是攻不进去，不由得着急，请战道："团长，我带人冲上去！"

杨四虎伸手打了一下李二蛋的头，道："去送死呀，打仗得靠脑子。"说着用手丈量着，然后命令道："去给我找些高粱秆子来，要多！"

李二蛋带着几个人去了，一会儿，每人背来一捆高粱秆子。

"捆起来，捆得长长的。"杨四虎吩咐道。

大家明白团长的意思，李二蛋等人开始捆扎，不一会儿，一条几丈长的草龙捆扎好，杨四虎又叫在前头缠上稻草，点燃后迅速往伪军据点里塞。伪军赶忙开枪阻止，独立团长短枪一齐开火掩护。

伪军据点里顿时烟雾弥漫，大火点着了伪军炮楼里的家具，火势迅速蔓延，直冲楼顶。不一会儿，伪军炮楼腾腾地冒着浓烟。

二十多个伪军无处藏身，只好跑出炮楼企图突围。独立团火力一阵射击，几个伪军当场倒下，剩下的被吓破了胆，纷纷举手投降。

端掉了李嘴子据点，邵店集据点里的伪军感到末日即将来临，但是，他们还抱着侥幸心理，一面派人去鬼子那里请求援军，一面加固工事，企图死守据点。

鬼子知道邵店集据点的重要性，又增派了一个排的伪军，同时，还配给了伪军一挺重机枪、一挺轻机枪，这样，伪军的胆子大了起来，为了解馋，这些伪军经常到拐集一带抢劫，他们抓鸡抓鸭，赶猪拉牛，无恶不作。

通过打探，杨四虎得知张大毛的一个远房老表也在新来的伪军之列。为了探取伪军的情报，杨四虎派张大毛回到邵店集，经常拉他的这位老表喝酒。

一日中午，张大毛又把这位老表拉到杨胖子的饭店喝酒。酒过三巡，这位老表已经喝得差不多了。

"不能喝了，不能喝了，明天还要下乡呢！"

"哥，明天去哪儿？"

"老地方，拐集。"

下午，张大毛连忙赶到义井，把这一情报告诉了杨四虎。

"好，老子正愁没办法呢，没想到他们倒要送上门来了！"杨四虎听后高兴地说，然后命令汪营长率领部队连夜向拐集挺进，渡过庄墓河，于凌晨抵达拐集。

"告诉战士们抓紧时间休息。"杨四虎命令，然后带着汪营长、陈太胜、张大毛去侦察地形。

拐集西北有一大片柿园，七月里，柿子树正茂盛，遮天蔽日，正是埋伏的好地方，但是就怕伪军不经过这里。

张大毛忽然想起什么，说道："明天是伪军排长姚登山带队，听我那老表说姚登山最喜欢吃羊肉，而且越膻越好，人称羊司令，不如我们……"

第二天上午十点左右，伪排长姚登山带着一群伪军向拐集而来，远远地就听到羊叫声，随即带着伪军向羊叫声那里赶去。

此时，化装成放羊人的张大毛似乎也看到伪军来了，装作害怕的样子赶着羊就跑——向柿子园方向。

"不要走，不要走！站住，站住！"伪军在后面追喊着。

张大毛装作更加害怕的样子，赶着羊跑得更快。

"你娘的，让老子抓住，活剥了你！"伪军在后面一路骂一路追了过来。过了路冲，靠近西小圩子，前面就是茂密的柿园。张大毛赶着羊进到柿子园里不见了，只听到羊咩咩地在叫。

这一切显得不太正常，引起了姚登山的怀疑。他命令伪军停止追击，拿起望远镜观察起来。

观察了一会儿，也没有观察到什么，但是，想到李嘴子伪军的命运，姚登山还是小心谨慎起来，不怕一万，就怕万一，假如柿子园里有埋伏，自己的小命就难保了，于是命令伪军转头，准备往回走。

伪军的动向也被杨四虎、汪营长发觉。

"不好，伪军要逃！"汪营长喊道。

"汪营长，你带领一连、二连从左边包抄过去，我带领三连和短枪队从右边插过去！"杨四虎命令道。

两路人马如两把钳子向伪军猛冲过去！

顿时，枪声大作，双方激战起来。

姚登山刚才还庆幸自己没有进柿园子，但是，现在高兴不起来了，他的人数远远少于独立团，而且深陷于独立团的双面夹击之中。

伪军一个个在减少，剩下的被独立团的火力压制住了。

"逃！逃！"这是姚登山此时心里唯一的想法。往哪里逃呢？姚登山四处观望。左边是黄小圩子村，姚登山率领剩下的伪军向那里逃去。

独立团随即追了过去。

"给我包围住！"杨四虎命令道，独立团随即向村子四面扩散开来，紧紧地包围住了黄小圩子。

姚登山指挥着伪军利用村内的房屋围墙作垂死的抵抗，只是人数太少，哪里经得住独立团的冲击？

"嘟嘟……"李二蛋他们在机枪的掩护下，随即冲破了伪军的防线。

"冲啊！杀啊！"独立团战士大叫着冲进村子，伪军四散逃跑。

在"缴枪不杀"的喊声中，大部分伪军乖乖做了俘虏。

姚登山早就偷偷溜出阵地，企图单个逃跑。他刚要从一间茅房后面逃跑，就被我独立团战士顾风发现，顾风飞身追上去，一个老鹰扑食，扑倒了姚登山，活擒了他。

这次战斗后，杨四虎随即命令独立团准备向邵店集结缘寺伪军据点进发，争取早日拿下。

邵店集伪军已经成为强弩之末，每到夜晚，风声鹤唳，草木皆兵。伪军们一刻也不愿意多待下去,连夜逃到了大孤堆日军据点里。

邵店集结缘寺伪军据点被拔除后,庄墓桥、戴集、水家湖、大孤堆集之间已经连成一片,纵横三四十里,没有日伪据点。

庄墓河以北的局面就这样被打开了,独立团活动的空间更大。极大地鼓舞了人民群众的抗日斗志,人们群众热情高涨,年青男子纷纷报名参加独立团和游击队。

可是日本鬼子是不甘心的。为此,驻守水家湖的鬼子拼凑了二三十个地痞流氓,任命翻译官王祖耀为队长,进驻长岗集。他们砍树,扒老百姓的房子,强征民夫修建炮楼,建立了据点,企图以此为起点,一点一点地渗入、蚕食我独立团活动区域。

"必须趁鬼子、伪军立足未稳,立即拔掉这个据点!"团会议上,杨四虎斩钉截铁地说。大家也都同意杨四虎的意见,随后独立团立即派人侦察长岗集鬼子、伪军的情况。

时机来了,这一天,侦察员回来报告,翻译官王祖耀明天过40岁生日,准备大摆筵席。

杨四虎立即做了部署,命令汪营长带领一个连插到长岗水家湖中间的徐巷村去埋伏,一个排负责布好"口袋"防止敌人逃跑,另外两个排负责监视水家湖的鬼子、伪军动向,防止他们增援。

第二天,长岗逢集,街道上,热闹非凡。原来王祖耀为了借机敛财,邀请了地方的商人、保长、甲长等一大批人去给他过生日。

杨四虎、李二蛋等人化装成农民进入长岗街道,慢慢向伪军据点靠近。

当时,伪军的炮楼还没有修好,今天停工一天,伪军们都备好了礼物,准备送给王祖耀,也准备中午在他那儿大吃一顿。

今天是"喜庆"的日子,伪军很是松懈,连周围多了许多陌生的面孔他们也没有察觉。

杨四虎、李二蛋来到门口。

"喂,干什么的?"站岗的伪军问。

"来干活的。"李二蛋说。

"今天停工一天,明天来吧。"

现在正是动手的好时机,李二蛋的手向腰里摸去,看着杨四虎,等着他下命令。

可是杨四虎并没有命令动手,而是挥了挥手,示意侦察排撤到街道上。

"团长,怎么了?现在正是好时机!"李二蛋不解地问。

"傻小子,你没发现炮楼底座上有两挺机枪?整个据点都罩住了,如果我们现在动手,非吃亏不可。"

"吃亏怕啥,我们又不是商人。"李二蛋开玩笑地说。

"哈哈……老子就是商人,老子要用最小的成本,赚最多的利润。"

"团长,你是最最最坏的奸商,要做无本买卖。"

"那是,去,给我准备点礼物,老子中午要给王祖耀送礼,吃他龟孙子一顿。"

中午,杨四虎命令侦察排战士在外围等待,自己则和李二蛋去买了长袍、皮帽子,李二蛋又去肉案子上砍了两刀肉,然后二人走向伪军据点给王祖耀拜寿来了。

此时,伪军已经换岗,守门的伪军看到李二蛋手里拎着两刀肉,仔细地盘查了一番,见没有什么破绽也就放二人进去了。

中午共有十来桌酒席,摆满了整个院子。整个院子里熙熙攘攘,好不热闹。杨四虎、李二蛋进来后,拣了个僻静的地方坐下,酒席开始后一边大吃大喝,一边留意着炮楼上的那两挺机枪。

虽然王祖耀今日对街道上放松了警戒,可是这家伙跟着日本人多年,还是学到了一些,为了安全起见,防止新四军趁机混进来,他一方面命令岗哨在门口严加盘查,一方面又在没有修好的炮楼底座上放了两挺机枪,命令那两挺机枪时刻保持警戒,一挺对着大门,一挺对着大院。

酒足饭饱后,杨四虎对着李二蛋一使眼色。李二蛋会意,二人装作上茅房,离开酒席,向那两挺机枪摸来。

"干什么的?"炮楼上的伪军问。

"兄弟,来,我敬你一杯。"李二蛋一边扬着手里的酒瓶,一边靠近。

"不要过来!"伪军喝令。

"好,好。"李二蛋说着转身,突然掏出手枪,猛地转身过来。

"啪啪!"杨四虎、李二蛋同时开枪。

"嗷嗷"几声惨叫,四个伪军机枪手倒下。

外围的侦察排战士听到枪声,立即向据点里冲来。

顿时,大门口枪声大作,炒豆子一般。

枪声一响,院内顿时大乱。人们四散躲藏。

王祖耀知道坏事了,看到大门处新四军已经冲了进来,拔腿就跑,其他伪军跟着他向水家湖鬼子据点仓皇逃去。

杨四虎带领侦察排在后面追击,可是他们并没有猛烈地追击,而是偶尔放几枪。

王祖耀带着二三十个伪军拼命地逃跑,逃至徐巷林附近,进入我一营伏击圈。汪营长随即命令战士从三面出击,对伪军形成包围之势。

"杀啊!"战士们喊叫着冲锋。

"你们被包围了,缴枪不杀,新四军优待俘虏!"

伪军看到无路可逃,只好乖乖举起手了。

杨四虎等人找遍了,也没有见到王祖耀。

原来翻译官王祖耀知道自己罪行极大,被抓住也是死,他早就脱离伪军群,企图单溜逃跑。他跑到一个草垛旁,立即钻了进去。

杨四虎命令李二蛋等人四处寻找,一定要抓住这个一心为鬼子卖命的翻译官。李二蛋等人四处寻找,看到草垛不对劲,似乎稻草有新翻的痕迹。

"出来!"李二蛋喊。

可是里面一点动静也没有。

"啪啪!"李二蛋对着里面就是几枪,再扒开草垛,只见翻译官王祖耀全身都是血,已经毙命了。

这次战斗,大快人心,独立团更是声威大振,先后成立了禹庙、仇集、尹集、徐庙、朱集、史院等乡政权,各个乡成立了乡中队,在此基础上,成立了寿二区,下辖禹庙乡、仇集乡、徐庙乡、兴隆乡,并成立了区大队,区长董其道,区大队长陈克非。

第十一章 交通奇兵

独立团到淮西,一个重要的任务是保护大别山革命根据地与淮南根据地之间人员物资来往的安全。可是,当时淮西鬼子、伪军的碉堡、炮楼林立,伪军处处设卡,封锁极为严密。因此,在敌人鼻子底下开辟一条安全的地下交通线就极为重要。

正在杨四虎考虑如何建立交通站的时候,不幸的事发生了。

在这之前,独立团在杨庙发展了一个秘密交通站,佃户出身的刘家三兄弟是交通员。一天,从霍邱县来了两名新四军重要干部,他们要到路东地委去汇报工作,再到延安学习,路经杨庙,傍晚停留在刘家,准备半夜冒雨通过跌路,保护他们安全的两个警卫因为要去探路,所以把二人留在了刘家。

刘家兄弟热情地招待他们,吃晚饭时,本村大地主刘仁的儿子刘家辉来找三兄弟明天去他家干活,撞见了那两位操着外地口音的干部。刘家兄弟赶忙解释说是自家的远方亲戚,随即打发了他。

刘家辉岁数不大,也没有怀疑什么。回到家后,刘仁训斥儿子,怪他在刘家停留的时间太长了。于是刘家辉把在刘家遇到的情况向父亲说了。

刘仁在1938年以前是被革命的对象,因而对共产党一直心存不满,又加上伪保长许下重赏,刘仁动了邪心,连夜将情况告诉了伪保长刘大头。

当时,在敌占区,大田大佐命令实行连坐制,就是邻居家来了亲戚也要汇报的。伪保长刘大头也怀疑起来,赶忙又报告给了杜师娘岗的鬼子。

半夜，天下起了大雨。鬼子、伪军冒雨前来刘家抓人。

眼看刘家要被包围了，负责在外面放哨的刘家老大发现了鬼子，通知内屋已经来不及了。刘家老大急中生智，开始大骂起来，怪老二、老三平时太懒，猪圈塌了也不修补，现在猪都被炸雷吓跑了。

屋内，刘家老二、老三和那两位同志听见后，知道话中有话，立即让两位同志从后门跑了出去。

鬼子、伪军扑了个空，于是抢光了刘家，还把刘家三兄弟抓去严刑拷打，强迫他们说出那两位同志的下落。

刘家三兄弟很坚强，就是不说实情。

杨四虎听说了此事，开始担心起来。一方面害怕刘家兄弟经不住敌人的折磨，另一方面害怕那两位同志落入敌人之手，他们俩可是新四军重要的干部啊。杨四虎立即部署，一面找人，一面派人打听刘家三兄弟的情况，做好最坏的打算。

此时，鬼子伪军也猜测出那两位同志可能是我军的重要干部，立即通知周围据点的鬼子、伪军，四面捕杀。

因为人生地不熟，又是夜晚，那两位同志迷路了。当时夜太黑，又加上下着大雨，假如被人发现，光他们的外地口音就让人生疑。他们此时的处境真的非常危险！

两人不敢乱撞，害怕被鬼子、伪军发现，只好在野外河湾处待了一夜。天亮了，前面来了一个扛着铁锹的妇女，二人想躲开，可是那位妇女已经发现了他们并走了过来。

这位妇女叫方翠娥，因为昨晚雨太大，害怕大雨淹了她家庄稼，所以起早来田里看看，结果发现两个冻得浑身发抖的人，一猜便知可能是新四军，要不，谁会在野外待一个晚上？而且还是大雨天的。

"你们是新四军吧？"方大娘问。

二人赶忙否认，说自己只是过路的。

"你们不要怕，我不会对鬼子说的，我也知道杨团长他们的队伍，你们赶快躲起来吧！昨晚，鬼子、鬼变子①四处找人，可能就是找你们俩。"

"哦，哦。"两位同志答应着准备离去。

---

① 鬼变子即伪军。

"你们这样瞎走也不行的,肯定会撞见鬼子的!你们还是跟我走吧,我把你们藏起来。"方大娘说。

两位同志只好跟着方翠娥大娘悄悄回到村子里。方大娘把他们俩藏在自家墙角的柴火里,然后去烧饭给他们俩吃。

此时,天已经大亮。

饭还没烧好,鬼子、伪军号叫着冲进村子四处搜查。鬼子端着明晃晃的刺刀冲进方大娘的家里到处乱翻,结果一无所得。

一个鬼子把刺刀架在方翠娥的脖子上,恶狠狠地问:"新四军的,你家的?"

"太君,我家没有新四军。"

"你的撒谎的干活,死啦死啦的!"鬼子把刺刀压了压。

"太君,真的没有,你们都搜过了呀。"

鬼子见吓唬不出也就信了,等鬼子走远,方翠娥叫儿子赶快去给新四军报信。

此时,杨四虎他们正急得焦头烂额,派出的战士回来了都说没有找到那两位同志。杨四虎听了大发雷霆,命令道:"去,再找,把部队都派出去,无论如何都要找到!"

战士们刚准备出发,一营营长汪大奎带着方翠娥的儿子进来,老远就喊:"团长,有消息了!有消息了!"

众人一阵惊喜。

方翠娥的儿子把事情的经过一说,杨四虎立即命令李二蛋带领警卫班把那两位同志接了回来。通过这件事,那两位同志很有感触,连连夸赞淮西人民觉悟高,独立团工作做得好,人民群众真心拥护共产党。

"那是!"杨四虎得意地说。

可是,这两位同志经过一夜大雨的淋浇,都病倒了,其中一人病得还不轻。暂时是不能走了,杨四虎只好找郎中给他们看病。

三天后,这两位同志病情好转,能走了,可是护送他们过铁路也是一个问题,为了保险起见,杨四虎命令李二蛋亲自带领警卫班护送。

夜幕降临,李二蛋等人要出发了。

"二蛋,无论如何要把这两位同志安全送出去!"杨四虎命令道。

"是,团长,就是我这条命丢了,这两位同志也不会有事。"

"老子要你好好的回来,也要这两位同志好好的出去!"

夜深人静,李二蛋带着大家穿梭于青纱帐之间。前面就是下塘集鬼子、伪军据点了,几人躲在高粱地里,观察着动静。

前面就是铁路,一条窄窄的铁路,可也是一条死亡铁路,以前,很多同志就是为了翻越这一米宽的铁路,献出了生命。

李二蛋等人屏住呼吸观察着。铁路上,红绿信号灯如鬼火一般。鬼子炮楼上,黑黑的枪洞如魔鬼的大口一般恐怖。炮楼下,不停地传来"咔嚓、咔嚓"的脚步声,那是鬼子、伪军的巡逻队。

李二蛋不敢轻易下命令翻越铁路,他在等待,根据内部情报,鬼子一般在拂晓前戒备会松一点。

"喔喔喔……"村庄里传来鸡叫声。

"二蛋,再不走来不及了!"警卫班战士黄大伟焦急地说。

"再等等!"

话音未落,远处,两道亮光射来,接着"轰隆隆、轰隆隆"地开来了鬼子的铁甲巡逻车,巡逻车上,鬼子的机枪都能看得一清二楚。

好险!

鬼子的巡逻车一过,李二蛋手一挥,两个战士随即翻过铁路。见无事,李二蛋等人再护着那两位同志越过铁路,然后消失在青纱帐里。

最危险的一道坎过去了,大家都松了一口气。此时,东方鲜红的太阳已经喷薄而出。

正在大家认为很快就会完成任务的时候,突然,"砰!"传来一声枪响,黄大伟胳膊负伤。

不好,中埋伏了!大家赶快躲进旁边的高粱地里。

"嘟嘟……"一阵机枪子弹射来,高粱秆子乱飞。

什么情况?

原来,驻扎在杜集的鬼子知道下塘—杜集这条线路的重要,也知道我新四军经常在凌晨翻越铁路,于是狡猾的鬼子经常在早晨巡逻,他们发现了李二蛋一行,不管是老百姓还是新四军,他们举起枪就射击。当看到李二蛋等人身手敏捷地躲进高粱地里,知道是新四军,于是用开始机枪扫射,然后号叫着围了过来。

"黄大伟、庞大海,你们俩掩护!"李二蛋命令道。

"是！"二人回答，然后开枪射击。

李二蛋等三人保护着从霍邱来的两位同志从高粱地的另一端撤出。

这一次护送中，黄大伟、庞大海两位战士牺牲了，等找到他们俩时，黄大伟被机枪打成了血人，庞大海的肠子也被打出来了。

这两位战士可都是杨四虎的爱将啊，当他听说了两位战士的惨状，肺都气炸了，发誓道："老子一定端了它！"

于是，杨四虎立即给师旅部打报告，要求调动部队到路东攻打杜集的鬼子据点。

这次事件也引起了师旅部的高度重视。

杜集虽然很小，但是地理位置非常重要，它是路东新四军二师和路西独立团联系的必经之地。

独立团每次和鬼子、伪军、顽军战斗后所产生的伤员都要经过此地送往淮南抗日根据地的医院治疗，独立团招收的新兵也要源源不断地经过这里补充我路东主力部队。同时，独立团所需的被服、弹药等也要通过此地得以补给。

鬼子也认识到此地的重要性，日军驻蚌埠的鲁山大队专门派遣了一支战斗力很强的36人小分队进驻这里，另外还招募组织了一支六十多人的伪军。它们就如一个楔子，插在我淮西抗日根据地和路东淮南抗日根据地中间。

鬼子这支队伍装备精良、弹药充足，一到杜集，立即修建碉堡、炮楼，挖壕沟，拉铁丝网，没多久一个牢固的据点就建立了起来。鬼子企图依托这个据点，切断我淮西根据地和淮南根据地之间的联系。

鬼子这个小分队的队长叫山下敬吾，此人奸诈狡猾，为了笼络人心，达到"以华治华"的目的，他和朱巷伪军大队长杜大头等人拜把子，并亲自授予杜大头一把指挥刀。

汉奸杜大头等人得到了鬼子的如此厚待，更加死心塌地为鬼子卖命，经常配合这些鬼子对我路东、路西进行疯狂的"扫荡"、蚕食，杀害我地方干部和老百姓，强奸妇女，烧毁房屋，抢劫财物，真是无恶不作。老百姓们生活在水深火热之中，恨透了他们。

师旅部早就想端掉这个据点，加上又发生了这样的事，师长罗炳辉立即同意了杨四虎的请求，同时命令六旅十八团、二师独立团配合淮西独立团作战，务必在半个月内彻底消灭这股敌人，以绝后患。

得到命令后，杨四虎随即带领一营从戴集悄悄进入路东。

鬼子、伪军的据点牢固，如果贸然强攻，势必会带来很大的伤亡。为此，杨四虎和其他两位团长商议，一定要先把鬼子据点的情况摸清楚。

通过动员，他们了解到一名叫周四强的战士是杜集本地人，以前在杜集打过游击，于是命令他带领一个侦察员秘密潜入杜集。

周四强回到杜集，在以前的老房东杜雨亭处住下。杜雨亭知道周四强的身份，他看到日本鬼子做了那么多伤天害理的事，早就恨透了他们，主动要求帮助周四强他们。

杜雨亭夫妻俩经常给据点里的鬼子、伪军送柴，周四强于是化装成送柴的担着柴火跟着杜雨亭向鬼子据点走来。在据点门口，鬼子岗哨拦住去路，问杜雨亭后面的人是谁。

杜雨亭告诉鬼子，自己的老婆生病了，皇军又催得紧，只好让内侄过来帮忙。鬼子不再怀疑，周四强得以顺利进入鬼子据点里，他一边走，一边观察着，摸清了鬼子据点壕沟的宽度、深度，鬼子碉堡炮楼的位置，等等。

跟着杜大爷出来后，当天夜里，周四强又找来几个当地的熟人，向他们打听鬼子、伪军的人数、火力的配置及外出活动的规律等情况。

老乡们听说新四军要打鬼子据点，异常兴奋，把自己掌握的情况全部告诉给了周四强。

周四强根据自己今日侦察和众人提供的情报，连夜绘制了一张地图，第二天天不亮，二人就离开杜集返回了部队。

三位团长根据侦察来的情报一起研究作战方案。

本来陈团长要担任主攻，杨四虎坚决不同意。黄大伟和庞大海死时的惨状还停留在杨四虎的脑海里，其中黄大伟还救过他的命，那一次战斗要不是黄大伟奋不顾身地前来支援他，他杨四虎就不可能坐在这里了。

"不行，不行！坚决不行！"杨四虎的头摇得跟拨浪鼓似的说，"我们团必须作为主攻，老子要亲手宰了山下这个龟孙子，为我的弟兄们报仇！"

最后，三人达成协议，由十八团的一营、二营和杨四虎的一营担任主攻，十八团的三营负责阻击蚌埠方向的日军，二师独立团负责阻击朱巷杜大头方向的增援。

作战计划敲定后，立即报师部罗炳辉师长审批，很快便得到了批准。

作战任务明确了，三个团长回到部队作战前动员。

杨四虎："都给我振作点，这次，老子好不容易争来主攻，老子要让兄弟部队看看，虽然我们只有一个营，照样能攻下鬼子的据点！为黄大伟、庞大海这两位弟兄报仇！"

"是，保证完成任务！"战士们齐声回答，气壮山河！

动员会结束后，有的战士凑上来说："团长，这一次，我们好几百人攻打这一个据点，就是用牛刀宰杀一只小鸡。"

"团长，我们一人放一枪，就可结束战斗！"

"放屁！鬼子可不是吃干饭的，也不是黄泥做的，他们装备精良，又有牢固的工事，千万不可轻敌，骄兵必败，知道吗？"杨四虎训斥道。

大战一触即发，战士们纷纷摩拳擦掌，做好了战斗准备，只等团长一声令下，发起进攻。

二月十日晚八点是攻击的时间。

天空下起了雨夹雪，夜色如墨，北风呼啸。

野外，我小分队已经提前行动起来，他们敏捷地爬上电线杆，切断了杜集鬼子和其他据点的联系。

攻击的时间到了，杨四虎站在队伍前面，一挥手，战士们立即出发，消失在黑夜里。

这晚因为天气太冷，鬼子、伪军们都缩在碉堡、炮楼里烤火，他们哪里知道等待他们的将是死亡！

杨四虎带领部队直插鬼子和伪军的结合部并埋伏下来，因为根据战前的侦察，这里的鬼子比较放松，火力也较弱，所以，三位团长选择这里作为进攻的方位。

前面，一个伪军的哨兵抱着枪躲在炮楼的柱子后面躲着风雪。

"上！"杨四虎挥手命令道。

李二蛋早就迫不及待了，他要报仇！他拿着砍刀带着张大毛悄悄向伪军哨兵摸去。

待靠近后，李二蛋突然窜出，抡起大砍刀，伪军哨兵几乎被劈成两半。

见李二蛋得手，杨四虎手又一挥。尖刀连几位战士随即出击，他们把准备好的门板、木板放到鬼子据点的壕沟里，悄悄靠岸，用剪子剪断了铁丝网。

"什么的干活？"鬼子的哨兵发现了，啪啪直开枪。顿时，惊醒了据点里的鬼子。

"啪啪，砰砰，嘟嘟……"鬼子开始射击。

"打！"杨四虎命令，独立团的轻重武器一起开火。

友邻部队听到枪声，按照计划，也开始出击。

鬼子据点四周枪声大作，硝烟弥漫。

鬼子的小分队队长山下敬吾做梦也没有想到突然会冒出这么多的新四军，听火力的声音，知道不是一般的游击队。立即拿起电话，企图呼叫周围据点的鬼子前来增援，可是"喂、喂"了半天，一点声音都没有。

没有办法，山下敬吾困兽犹斗，命令鬼子、伪军拼死还击，希望能依托工事坚持到天亮，也许其他据点的鬼子能够察觉，前来增援。可是，四面都受到了攻击，鬼子、伪军顾了这边，顾不到那边。

结合部，杨四虎手指着鬼子的炮楼枪眼命令道："机枪！"

机枪手会意，独立团轻重机枪对着鬼子炮楼的枪眼一起猛烈开火，"神枪班"李家三兄弟也对着鬼子的枪眼不断射击。

鬼子、伪军的火力被压制住了。

杨四虎一挥手，爆破组战士随即抱起炸药包跃起，闪展腾挪、连滚带爬地靠近鬼子炮楼，再猛地跃起，来到鬼子炮楼下，点燃炸药包。

"轰"的一声，鬼子的炮楼被炸开半边。鬼子死伤大半，剩下的负隅顽抗，拼命还击。

新四军四下的火力齐射，顿时，鬼子的火力点哑巴了几处。半边的炮楼也摇摇欲坠，看样子马上要塌了。

山下敬吾挥着指挥刀，带着几个鬼子号叫着冲出炮楼。

"把那个拿指挥刀的给老子留下！"杨四虎喊。

啪啪啪几枪，几个鬼子纷纷倒地，只剩下山下敬吾了。杨四虎随即带领队伍围了上去。

"龟孙子，老子要亲手劈了你！"杨四虎手握大刀赶了过去。还没到山下的跟前，"啪！"飞来一颗子弹，山下晃了晃身子，栽倒在地。

"是哪个？"杨四虎回头瞪着战士。

"团长，不是我们，是他们。"李二蛋指着友邻部队说。

"他奶奶的！"杨四虎踢着山下敬吾的尸体，不过瘾地骂道。

摧毁了鬼子的炮楼，就只剩下伪军的炮楼了，它已经被我新四军团团包围住。

杨四虎、陈团长一挥手，新四军战士立即停止了射击。

大家一齐喊：

"你们被包围了，放下武器，立即投降！"

"新四军优待俘虏，缴枪不杀！"

"你们是中国人，只要放下武器，乖乖走出来，我们不杀你们！否则，我们冲进去，立即要了你们的狗命！"

这帮伪军成分复杂，有的是土匪头子，有的是国民党逃兵，有的是恶霸地主分子，他们大多是亡命之徒，与新四军交恶，平时干尽了坏事，特别是伪军中队队长尹麻子，原是作恶多端的土匪，鬼子来了，投靠了鬼子，和山下敬吾称兄道弟，他担心投降我新四军不会有好下场，号叫着说炮楼很牢固，新四军攻不进来，谁投降他就毙了谁。

"嘟嘟……"伪军用机枪扫射回应新四军的喊话。

"灭了它！"杨四虎大声说。新四军从四面八方对伪军据点进行猛烈射击，尖刀连伺机准备出击。

随着战斗的进行，消耗了伪军不少战斗力，被射中伪军的号叫声不断传来，炮楼里的火力越来越弱了。

杨四虎见时机成熟，命令道："手榴弹！"

战士们纷纷取下手榴弹，拧开盖子，拉出引线。

"预备，投！"

手榴弹雨点般飞向伪军据点，爆炸声不断，瞬间，伪军炮楼硝烟弥漫，燃烧起熊熊大火。

这帮伪军还真的是亡命之徒，硝烟中，尹麻子手里飞舞着大刀，带领伪军冲了出来。

"他娘的，要和老子拼刺刀！"杨四虎骂道，随即握刀在手，喊道："弟兄们，上！"说着带头向伪军冲去。

"杀啊，活捉尹麻子啊！"战士们喊叫着从四面八方冲了过去。

几个伪军哪里还有勇气拼刺刀？——放下武器，举手投降。

杨四虎手握大刀来到尹麻子跟前,虎视着尹麻子。尹麻子要作拼死一搏,持刀对峙。

对峙半天,尹麻子到底按捺不住了,先开始攻击。双手抡刀,"嗡"的一声,向杨四虎砍来。

杨四虎举刀迎了上去,"当"的一声,两把大刀撞在一起,火星四射。接着,二人大战在一起。

这个尹麻子早年练过武术,浑身的蛮劲,再加上是困兽,凶猛过人。杨四虎丝毫没有占到便宜,而且渐渐落了下风。

李二蛋见了,害怕自己的团长有闪失,举起枪,"砰"的一声,尹麻子身子晃了几晃,栽倒在地。

"谁让你射杀的?"杨四虎不领情地瞪着眼说。

"呵呵……"李二蛋只是一味傻笑,不作声。

这一仗,日军一个小队、伪军一个中队无一漏网。新四军活捉了鬼子三人、伪军三十多人,缴获重机枪六挺、迫击炮三门、轻机枪五挺、长短枪八十多支,可谓战果丰硕。

更为重要的是为民除了一大害,沉重地打击了鬼子、伪军的嚣张气焰,扫除了路东和路西之间的一个交通障碍,对巩固和发展我淮南抗日根据地起到了很大的作用。杨四虎等人因此受到了师部的表扬。尖刀连荣获师部颁发的集体三等功。

杨四虎心中也出了一口恶气,终于为黄大伟、庞大海报了仇。虽然铲除了杜集的鬼子据点,但是,并不意味着交通线就顺畅了,还有下塘集横亘在我交通线上,因此在下塘集发展我地下交通线尤其重要。

就这个问题,杨四虎召开了独立团和寿县县委会议。大家一致认为,做通下塘集伪军的工作非常重要,既可以掩护我军交通线,又可以从内部瓦解敌人。最后,团里考虑到马日光是地方上的领导,又是下塘集本地人,于是把这一任务交给了他。

马日光接受任务后,回到下塘附近的杨家庄秘密潜伏起来。通过一段时间的了解,得知下塘的伪军三中队是乌合之众,大部分是土匪出身,但是也有很多庄稼汉,他们只是为了养家糊口,才不得已参加了伪军。

假如从这个中队争取一个伪军过来为我独立团所用,岂不好?马日光这样想着,四处托人拉关系,寻找突破口。

机会终于来了，一天，马日光从村民王侉子口中得知，他的姑生舅养老表马然之在下塘集三中队当伪军。

马日光听了大喜，一天下午，他跟着王侉子来到下塘集看望马然之。

亲老表来了，马然之晚上请了假，然后把二人带到王胖子的酒店喝酒。

酒过三巡，马日光借着本家的身份，开始试探马然之，询问他在伪军处混得怎么样。

"不要说了，不要说了。"马然之一个劲地摆着手说。

"怎么了？兄弟。"

"兄弟，你不知道，像我这种一没权、二没势的人在里面混，整天就是装孙子，冒险、卖命的事倒要我们冲在前头，我们就是当官的和鬼子的炮灰。"

"有戏！"马如光心中暗暗惊喜。

"兄弟，你不知道，我们在里面，就是靠这个。"马然之挥着拳头继续倾诉，"里面根本没有老实人生存的余地，老子都干够了！"

"哦，哦，原来是这样呀，原来是这样呀，我原以为你们在里面很风光呢。"马日光嘴里应着，装作同情的样子。

"风光个屁！"马然之破口大骂道。

因为是初次见面，马日光不好往深里说，临走时，马日光掏钱付了酒钱，这让马然之很是高兴，说马日光够意思。

一来二去，二人就熟悉了起来，马日光逐渐向他宣传抗日思想和民族气节，马然之道："不是为了混口饭吃，谁愿意干？被老百姓骂成鬼变子，家里人脸上也没有光彩。"

看时机成熟，马日光向马然之亮明了自己的身份。马然之并没有感到非常惊讶，说他已经猜出了几分。

马日光向他说明了我党的抗日政策，要马然之为我新四军工作。马然之欣然接受，并说自己的班长韩士德也对鬼子、伪军心生不满，回去多做做他的工作，努力把他争取过来。

马日光大喜，嘱咐他一定小心谨慎，千万不要暴露了身份。

几天后，马然之通知马日光，他已经做通了班长韩士德的工作，约定明天晚上把他带来和马日光见面。

第二天晚上，夜色浓重，没有月亮，天空繁星点点。

马日光按照约定来到大黄庄野外一座坟头的大树下隐蔽起来，等待马然之和韩士德的到来。

可是左等不来，右等不至，马日光非常焦急，正在想今晚的计划可能落空时，突然远处传来隐隐约约的脚步声。

马日光隐蔽起来，打出暗号：咕咕地学了几声野鸡叫。

那边也传来几声野鸡叫，马然之和韩士德如约而至！

透过朦胧的夜色，只见韩士德身材魁梧，马然之向他介绍了马日光的身份。

韩士德听了，大吃一惊，踉跄着退后几步，问："长官，我有什么能为你效劳的？"

"你们都是土生土长的，怎么去当汉奸，帮助鬼子残害自己的父老兄弟呢？"

"唉，都是为了混口饭吃啊！"

接着，韩士德介绍了自己的经历，原来，他是本县大井寺人，家里穷得叮当响，于是给人家帮工，遭到地主的陷害，一气之下当了土匪，后来觉得良心上过不去，脱离了土匪，回到家后又因为养不起老婆、孩子，于是当了伪军。现在，全家老小的生活就指望着他那微薄的几个军饷。但是，看到鬼子残害老百姓，他也不由得气愤，早就想离开，可是又无出路。

"新四军，你要俺干什么？"韩士德惴惴不安地问。

马日光向他讲清了抗日的形势，指出鬼子在中国的日子不会长，当伪军没有出路，最后指出，只要他不残害老百姓，为新四军办点事就行。

韩士德一口答应下来。

马日光回到独立团团部，向杨四虎汇报了情况。为了慎重起见，杨四虎命令试一试马然之和韩士德。

过了两天，马日光根据杨四虎的命令，告诉马然之和韩士德今晚有新四军重要干部通过下塘集，要他们帮助。

韩士德、马然之听说后，立即答应，还说今晚正好是他们班的伪军执勤。

夜晚，模范队队长陈明义带着七八个人悄悄靠近下塘铁路线，其他的人则埋伏在旁边的高粱地里作掩护。

陈明义手一挥，两名战士随即弯着腰向铁路处走去。

韩士德走到站岗伪军旁边，道："狗剩，走，赌钱去，让马然之和你换岗。"

那个叫狗剩的伪军听了，非常高兴，马上跟着韩士德进屋赌钱去了。

模范队那两名战士翻越了铁路，然后又从原路返回，平安无事！

通过这次试探，说明韩士德和马然之都被我独立团争取了过来，接着，从这条交通线通过了两批人员和物资，都非常顺利。

马日光给韩士德、马然之规定了纪律，要他们平时多注意下塘集鬼子、伪军的动向，一有风吹草动立即报告，同时多做自己班伪军的工作，把他们都争取过来。

从此以后，韩士德这个班所驻守的炮楼就成了独立团和路东根据地传送情报、护送干部穿越封锁线的地下交通情报站。

到了八月，有两位女青年从霍邱来到独立团，她们俩要穿越淮南铁路到定合抗日根据地去，其中一位还是十八团营长赵壁的未婚妻。

杨四虎考虑到如果派部队护送，目标太大，危险系数增大，万一这两位女同志落入鬼子、伪军之手，后果将不堪设想。

"去，把马日光给我叫来。"杨四虎命令李二蛋道。

一会儿，李二蛋带着马日光来到团部，杨四虎把护送的任务交给了他。

"记住，一定给我万无一失地把她们俩送出去！"临行前，杨四虎一再叮嘱道。

为了安全起见，马日光把那两位女青年领到家里，如何把这两位女干部安全送出去完成杨四虎交给的任务，这让马日光急得直挠后脑勺。现在唯一的办法只有求救于马然之和韩士德了，于是他去把二人找来商量。

"这事就包在我们身上了！"韩士德拍着胸脯保证说。

"韩班长，一定得小心，千万不能有任何闪失。"马日光依然不放心地说。

韩士德想了想，道："过炮楼应该没有问题，关键是在路上不要让人怀疑。"

用什么办法呢？几人开始思考。

"有了！"半天，马日光说。

"什么办法？"

"叫她们俩一人化装成阔小姐，一人化装成侍女，你们俩就当她们的卫兵，护送她们上路。"

韩士德、马然之都觉得这个办法不错，于是去给那两位女同志找衣服，再打扮一番，一切准备妥当，马日光让几人演示一下。

两个女同志在前面走，韩士德和马然之背着枪在后面护卫。也许是有新四军领导在面前的原因，韩士德和马然之两人虽然衣着整齐，但行动拘束，马日光看出这样很容易露出破绽。

"你们俩带点兵痞流氓气就好了。"马日光说。

韩士德、马然之有所不解。

通信员马三娃说："你们在兵痞流氓窝里混还不知道？"说着取下马然之的帽子歪戴在自己头上，一只手插在口袋里，一只手拿着皮带摇晃着，吊儿郎当地向前走去，一副十足的兵痞流氓样。

大家看了都捧腹大笑，连韩士德、马然之也被马三娃逼真的模仿逗笑了。

当天下午，四人就出发了，还别说，一路上还真的没有让鬼子、汉奸怀疑，顺利过了炮楼，翻越了铁路，进入了游击区后几人又换上了便装，最后，两位女同志顺利地到达十八团团部。

有了韩士德、马然之的接应，我淮南抗日根据地和淮西根据地的人员、物资来往大多经过这条线。可是不久出现了变故。

一天临近中午，杨四虎正在和董其道研究成立寿二区的事宜，马日光带着韩士德、马然之急匆匆地来到团部。

这是韩士德、马然之第一次见杨四虎，不由地有些拘束，一连声地喊长官，手忙脚乱地又是立正又是敬礼。

"哈哈，早就听闻了你们二位的大名，你们俩为我们新四军做了那么多好事，我们不会忘记你们，人们也不会忘记你们，我代表独立团，代表淮西老百姓感谢你们！"杨四虎说着紧紧握住了二人的手。

原来，伪军中上下级之间级别分明，韩士德、马然之没有想到赫赫有名的杨团长如此平易近人，非常感动，连声说："应该的，应该的，无论如何，我们也是中国人。"

中午，杨四虎破例为韩士德、马然之准备了酒席，所谓酒席，就是多加了一个荤菜，再加上老白干，几人一边吃一边说。

原来，最近韩士德炮楼附近的村庄来了一个叫宋大个子的人，这个家伙无恶不作，欺男霸女，看到邻居的老婆很有姿色，于是霸占了过去，男邻居找他理论，他还把男邻居给打伤、赶跑了。韩士德看不过去，带着士兵去把宋大个子抓了起来，威胁要枪毙了他。宋大个子眼看狗命不保，才亮明了身份。此人以前是国民党特务，后来被鬼子宪兵队发现抓住了，因经不住酷刑的折磨叛变了，后来鬼子没有让他暴露身份，而是让他潜伏起来，搜集国民党和新四军的情报。

如果让这个家伙继续存在，势必会给韩士德、马然之的工作带来麻烦，也会给独立团的交通线造成威胁。

"干掉他！"杨四虎敲着桌子果断地说。

第二天下午，模范队一行五人出发了，李二蛋、张大毛穿上韩士德提供的伪军军服，大摇大摆地向宋大个子家走来，马日光等三人穿着便装也跟在后面。

几人来到马日光表叔甄老三所住的村庄。村民见鬼变子来了，纷纷避让，唯恐躲避不及。

表叔甄老三一见自己的表侄和鬼变子混在一起，惊讶得眼睛都直了！随即用身体堵着门不让一行人进屋。

马日光把自己此行的目的向表叔说了。表叔喜出望外，连声说："好！好！你们早就该来了，你们早就该来了！"然后赶紧把他们让进屋，又是沏茶，又是敬烟，还去树上摘了梨子款待大家，然后吩咐家人做饭、烧菜招待大家。

"表叔，那家的男人现在在哪儿？"马日光问。

"你说的是马二狗吗？他就躲在我们村里。"

"表叔，你能把他叫来吗？"李二蛋说。

"当然，当然。"甄老三说着去找那个被宋大个子霸占了媳妇的马二狗。

一会儿，甄老三带着一个头部受伤的男青年进来。当马二狗听说要除掉宋大个子时，恨不得跪倒在地给李二蛋、马日光等人磕头。

午夜，几人出发。四周一片死气沉沉，前面影影绰绰，马二狗指着一处房子说："那就是我的家！"

为了防止惊动四周的敌人，几人都用布包住了枪口。几人商议，不到万不得已，不开枪，最好抓活的，这样能够从宋大个子嘴里挖出敌特人员。

李二蛋派模范队李继春、杨二毛分别到村东、村西放哨，张大毛负责堵住大门，李二蛋、马日光两人负责抓宋大个子。几人分工明确后，立即开始行动。

马二狗悄悄地溜进屋内，再轻轻地打开了门。

李二蛋、马日光闪电般冲了进来。此时，宋大个子正搂着马二狗的老婆睡觉呢。

两个黑洞洞的枪口指向他。

"不许动！动就打死你！"李二蛋低声喝道。

宋大个子一愣，随即抓起床头的盒子枪。

如果宋大个子开枪就麻烦了，肯定会惊动四周据点里的鬼子、汉奸，再说，这个宋大个子是个彪形大汉，搏斗起来，肯定需要一番功夫，现在抓活的肯定不行了。

李二蛋、马日光随即开枪。

宋大个子受伤后，依然疯狗似的扑了过来，三人厮打在一起。

马二狗抡起铁锤，对准宋大个子的后脑勺狠狠砸下去，宋大个子的身子如一条死狗一般躺在地上。

李二蛋、马日光让马二狗赶紧搬家。新四军为马二狗报了仇、解了恨，他积极要求参加新四军。李二蛋只好让他把老婆、孩子安顿好后去找马日光。

为避免敌人报复群众，李二蛋、马日光几人把宋大个子的尸体拖到野外，然后胡乱开了几枪，再到韩士德的炮楼附近开了几枪，散发了一些传单，安全撤离了。

一九四二年的寒冬到了，没有了青纱帐的掩护，独立团的活动受到了限制，物资、药物、经费等严重匮乏。

更让杨四虎头疼的是大田大佐非常狡猾，对伪军经常进行换防。韩士德的班被调往了下塘尹家集据点，地下交通线眼看就要断了。

"这条交通线不能断,它就是我们的生命线!"杨四虎说。

可是有什么办法呢?大家一筹莫展。

"还是找找韩士德,看看他能否为我们发展另外一条地下交通线。"杨四虎说。

马日光把杨四虎的意思转达给了韩士德,韩士德思来想去,最后道:"有个人不知道行不行。"

"谁?"马日光问。

"谭老大,我的把兄弟。"

这个谭老大家住谭圩,是个大商人。鬼子攻下下塘集后,群众的油、盐、糖、火柴、煤油、布匹等生活用品奇缺,即使从其他占领区掠夺过来的也要凭"良民证"限量购买,当时,鄂豫皖边区正闹饥荒,日军处处设卡盘查,严密封锁,不准外运。日商见有利可图,便趁机开办商行,垄断经营。日商在下塘开有三家商行,分别是高喜三郎开办的"黑田商行",专卖杂货;荻庄七郎开办的"通源公司",专卖食盐;细见凡夫开办的"三和商行",专卖布匹。

谭老大和下塘集这三家日本商行都有生意上的往来,深受鬼子的信任。

马日光赶紧把这个情报告诉了杨四虎。

"我倒要亲自去会一会这位谭老大。"杨四虎说。

马日光赶紧去告诉韩士德,让他安排。

十二月的一天,杨四虎头戴礼帽,身穿羊皮大衣,手执一根文明棍,带着李二蛋、马日光、韩士德等人来到谭圩拜见谭老大。

一路上,李二蛋嘿嘿地笑。

"笑什么?"杨四虎问。

"团长,你真是大财主,装得真像!"李二蛋竖着大拇指说。

"告诉你,老子一天也没发财过,讨饭倒是讨了几年,不过,没吃过猪肉,还没见过猪跑吗?"

大家一阵笑,不知不觉来到谭圩,按照韩士德、马日光先前的介绍,杨四虎是孟家湾孟家大少爷孟富贵,常年在外做大生意。

一行人来到谭老大家,谭老大正躺在床上吸大烟。韩士德赶紧过来作介绍。

这位谭老大,四五十岁,秃头,见了杨四虎,腆着大肚子爬了起来。

杨四虎趋步过去,落落大方地抱拳行礼,道:"谭老大,久仰,久仰。"

"哪里,哪里,孟大少爷,请到床上烧几口。"谭老大说着做了个请的动作。

杨四虎坐了过去,顺手拿起烟枪吸了一口放下。

谭老大见了,赶紧说:"这烟土不好,请孟大少爷见谅。"

"谭兄如不嫌弃,日后兄弟我带点好的来。"杨四虎装作很在行的样子说。

二人就这么寒暄着,一会儿,酒席摆好了。

这次会面以后,杨四虎把缴获来的几斤烟土让马日光送给谭老大,就这样,和谭老大做起了生意。独立团用缴获的烟土换取了大量的布匹、药材等军用物资。同时利用和谭老大做生意的机会,传送情报、押运物资等,此后,独立团虽然不断地在鬼子伪军眼皮底下活动,但也没有被发现。

这一切都是韩士德、马然之的功劳,可是不久,二人出事了。

一天,马日光急匆匆向杨四虎报告,说韩士德、马然之被鬼子抓起来了。

原来,由于淮西根据地和淮南根据地物资、人员交流安全通畅,大田大佐怀疑韩士德所在的中队有问题,于是下令全部缴械审查,严刑逼供。

韩士德、马然之为了保护自己的弟兄们,挺身而出,承认是他们二人和新四军来往。

大田大佐气急败坏,开始审讯韩、马二人。无论大田大佐怎么刑讯逼供,韩士德、马然之都不说出新四军的行踪。

杨四虎虽然用尽一切办法营救,可惜二人被关进戒备森严的鬼子宪兵队,营救活动都没有成功,最后,二人被大田大佐的狼狗活活咬死,吃掉了。

第十二章 打开局面

一九四二年秋，寿二区建立后，鬼子对这个新成立的抗日政权虎视眈眈，三天一小次，五天一大次到寿二区来进行"扫荡"，再一点一点向前推进，企图蚕食寿二区。

王集地处瓦埠湖畔，我二区副区长陈克非带领区中队来到王集，准备在第二天逢集时张贴宣传标语，向群众宣传新四军抗日政策。

下午，陈克非到街上小商店里买纸墨时，被一双贼眼给盯上了，这个人就是埋伏在王集的汉奸特务王大眼。王大眼看到陈克非消失在远处，赶忙跑到朱集鬼子据点向他的主子报告。

第二天，街道上熙熙攘攘。陈克非和战士们有的张贴标语，有的在向群众宣传新四军的抗日政策。

"你们还在这里贴标语，朱集方向来了一大群鬼子、鬼变子。"一个上街的老百姓跑过来对陈克非说。

陈克非大惊，战士们都分散开了，一时难以聚集在一起，而鬼子大兵压境，怎么办？

陈克非情急之下，掏出枪，对着天空"啪啪"开了两枪。

散在四周的同志听到枪声，知道有敌情，赶快跑来和陈克非会合。

"撤，快撤！"陈克非命令道，随即带领大家撤出了王集。

鬼子、伪军进到王集，没有抓住新四军，便开始烧杀抢掠，街道上顿时一片大乱，火光冲天，哭声四起。

抢劫了一阵子后，鬼子伪军才离开王集。回去的路上，遇到上街的曹小庄曹定胜的老婆陈小井。鬼子见她有点姿色，又是单独一人，于是淫心大发，把她掳掠到据点里去了。三天后，鬼子用木板把她抬了出来，扔到野外，被一个拾粪的老汉发现，此时，她已经奄奄一息了。曹家全家老小哭成一团，特别是三个几岁的孩子，趴在娘的身上，哭着喊："娘！娘！你醒醒，你醒醒！"其凄惨状，让在场的人无不动容。假如陈小井死了，她这三个孩子怎么办？

曹定胜找到了陈克非，瞪着赤红的眼睛说："陈区长，你们新四军一定要为我家报仇雪恨啊！"

"我们一定给你报仇！"陈克非坚决地回答。

当天下午，陈克非就赶到庄墓以南的独立团团部，把二区的情况和曹家的遭遇向杨四虎作了汇报。

杨四虎听了，义愤填膺，一拳砸在桌子上，道："为了巩固二区根据地，为了保护广大乡亲，为了兑现我们给曹定胜的承诺，一定得狠狠地打击一下这帮畜生，坚决把他们的嚣张气焰打下去！"

当晚，趁着月色，杨四虎带领一营向王集挺进。和以往不同，这次，杨四虎命令在离庄墓街道不远的地方渡过了河。

大家都不明白杨四虎为什么这样做。这样不是有意暴露自己的行踪吗？

渡过河后，杨四虎命令道："把船送回对岸去！"

"团长，你这是干啥？"李二蛋望着河中的渡船不解地问。

"呵呵，老子这是给鬼子摆迷魂阵。"杨四虎说着指了指庄墓，接着说："也许鬼子的特务正看着我们呢，他们会马上报告给鬼子，说我们来了，又回去了。"

"嘿嘿，团长，真有你的。"

"这叫兵不厌诈，知道吗？"杨四虎说着带领队伍直插王集，然后在附近的村子里埋伏下来，并封锁了消息。

正如杨四虎所料，庄墓敌人的特工发现了独立团的行动，赶忙报告了鬼子。鬼子分析认为，独立团在北岸没有重大的行动，所以并没有告知其他据点里的鬼子。

按照以往的情况判断，第二天下午应该是鬼子、伪军的来犯之时。果然，下午一点多，侦察员回来报告说："鬼子来了!"

杨四虎立即带领部队赶到王集，然后埋伏在街道两侧。

一会儿，四十多名伪军在前，八名鬼子在后，杀气腾腾向王集冲来。

杨四虎布下"口袋"，只等他们往里钻。

战士们手握钢枪，屏住呼吸，眼睛死死盯着敌人。今天，这里就是这帮鬼子、伪军的葬身之地！

可是，敌人并没有钻进来，而是兵分两路：鬼子带着十几个伪军冲向前徐郢，剩下的二十多个伪军名迂回，向王集西奔去。

杨四虎当机立断，命令一营大部前去围剿鬼子，少数对付伪军。

部队刚布置好，鬼子、伪军就进来了。

"二蛋，先把鬼子的机枪手干掉！"杨四虎命令道。

"是，看我的吧！"李二蛋说着举枪，瞄准，又放下，从身边战士手里拿来长枪，瞄准鬼子的机枪手。

鬼子靠近，再靠近！

"砰"的一声，鬼子的机枪手随即倒地。

接着，一营长、短枪一齐开火。鬼子、伪军死的死，伤的伤。没有死的伪军四下逃亡，又被我军截住，只好举手投降。

鬼子虽然人数不多，但是比较顽强，立即就地还击。同时，一个受伤的鬼子爬向旁边的机枪。

"二蛋！"杨四虎说着把手伸了过去。李二蛋会意，把手里的长枪递给杨四虎。

杨四虎立即端起枪，瞄准，"砰"的一声，那个鬼子不再动了。

杨四虎看到鬼子不多了，挥着手大喊道："冲！"

"冲啊！"战士们猛虎似的冲向鬼子，和鬼子进行肉搏战。

三排长陶如维手握着刺刀奔向一个鬼子老兵。两人同时抓住了对方的武器死死不放，正在僵持不下之际，老鬼子腾出一只手，摸出腰间的匕首。战士赵周及时赶到，狠狠一枪托当头砸下，老鬼子身子软了起来。陶排长一脚把他踢翻在地，再一刺刀，结果了他的狗命。

半个小时后，战斗结束，八个鬼子，除了一个逃跑了外，其余都被消灭了。

此时，王集西的战斗也结束了，二十多个伪军，无一漏网，非死即投降。

曹定胜听说了这事，带着老婆、孩子来到王集。曹定胜的老婆陈小井看见一个鬼子的尸体，扑了上去，用牙撕咬着；曹定胜拿起菜刀，挥刀砍下鬼子的头。

这次战斗，鼓舞了寿二区人民的斗志，沉重打击了鬼子的嚣张气焰，朱集的鬼子再也不敢肆无忌惮地侵犯王集、糟蹋老百姓了。

寿二区的西北面是大孤堆集，此地本是个偏僻的地方，但是，地理位置非常重要。向西直抵杨公庙、朱集、瓦埠湖、寿县县城；北抵淮南；东接淮南铁路和水家湖；日军在这里修筑了一个中心炮楼，驻有鬼子一个排和伪军一个中队，配有机枪、迫击炮。同时在这里建立了伪政权，纠集了不少汉奸、特务、地痞。他们和鬼子狼狈为奸，经常窜到寿二区烧杀抢掠，糟蹋老百姓，残害新四军家属，严重威胁寿二区抗日民主政权。

寿二区游击队员仇二嘎子家住曹庵北的仇小庄，这里离大孤堆集较近。一天，地痞三老歪赌钱输了，为了得到一点奖赏，他走进大孤堆集炮楼，告发了二嘎子家。

8月27日下午，一伙汉奸冲进仇小庄二嘎子家，不由分说把二嘎子的父亲仇继发抓走。

鬼子汉奸使用了各种刑具折磨仇继发，硬是把六十多岁的他活活折磨死了，鬼子把他的尸体悬挂在路边，企图恫吓人民群众远离新四军。

鬼子的暴行激起寿二区战士们极大的愤慨。当晚，区长董其道带领战士们冲进赌博场抓住三老歪，狠狠地教训了他。谁知道三老歪执迷不悟、不思悔改，连夜赶到大孤堆集鬼子据点诉苦，企图博得鬼子的可怜，得到一点好处。

鬼子狡猾，让三老歪潜回曹庵，打探寿二区新四军动向并及时报告。为了笼络三老歪，鬼子对三老歪许下了重金。

三老歪背负高利贷，一心一意想得到酬金还债，回到曹庵后，四处打探寿二区新四军行踪。

一天，三老歪通过一个赌友打探到寿二区区小队伤员戴大宝在小杨户杨维文郎中家里治疗，并将其报告了鬼子。鬼子、汉奸把戴大宝和杨维文二人抓去不算，还烧了小杨户群众的房子，群众没有了住所，只好住在猪舍、牛棚里，凄惨无比。

杨四虎听说了此事，带领特务连来到寿二区，准备打掉大孤堆集鬼子的炮楼。

经过一番侦察，杨四虎发现敌人炮楼戒备森严，人数也比较多，火力很强。在敌强我弱的情况下，不能采取强攻。

"要是能把鬼子引出来就好了。"寿二区区长董其道说。

"对，我们来个引蛇出洞！"杨四虎道。接着，几人开始研究行动计划，并对部队进行了部署。

第二天，鬼子炮楼门口，急匆匆地跑来两个老百姓，说有重要情报要报告。

鬼子卫兵赶忙把两人带进炮楼里去见小队队长山本浩二。

"新四军的，哪里的？"山本浩二问。

"在、在王集那里。"

"有多少人的？"

"二三十人。"

"呦西，呦西。"山本嘴里说着，突然变脸，"唰"抽出指挥刀架在其中一人脖子上，恶狠狠地说："你们的，良心的坏啦坏啦的，你们的不是老百姓的，新四军的干活。"

"太君，我们真的是老百姓。"

"为什么的要告发新四军的干活？"

"我们只是为了这个。"其中一个老百姓的手指搓着。

"是，是，我们是为了太君的奖赏。"另外一个人点头哈腰地说。

山本浩二不再怀疑，拿出钱来奖赏二人，然后集结鬼子、伪军准备出发。

"你们的，带路！"山本浩二命令道。

那两个老百姓害怕起来，连忙说不敢，害怕新四军以后找他们的麻烦。

"不带路的，死啦死啦的！"山本号叫着，欲拔出指挥刀。

那两个老百姓无奈，只好极不情愿地带着鬼子向王集而来。

这两个老百姓是寿二区游击大队队员，一个叫张大牙，一个叫戴本凯，都是本地人，所以刚才狡猾的山本让当地的地痞来盘查也没有盘查出什么破绽来。

三十多个伪军在前，十几个鬼子在后，五十多人浩浩荡荡向王集奔袭而来。两名战士把鬼子引到王集以西二里路的地方，前面是一大片高粱地，一丈多高的高粱随风摇摆，哗哗作响，似有万千伏兵。

果真如此！杨四虎带领部队已经在此埋伏多时了！战士们见鬼子来了，一一子弹上膛，手榴弹拧开了盖，他们准备好好款待这帮鬼子伪军。

山本浩二看着满野的高粱地，也不由地谨慎起来。他命令部队停下来，拔出指挥刀，指着高粱地。

"哒哒哒……"鬼子机枪一阵扫射。

"唰唰唰……"高粱被打得乱飞。

埋伏在高粱地里的独立团战士紧张起来，难道是鬼子发现了吗？

"沉住气，这是鬼子的火力侦察！"杨四虎小声地说。

战士们趴在地上一动不动。

看高粱地里没有动静，山本浩二指挥鬼子、伪军再次前进，慢慢进入埋伏圈。

"打！"杨四虎挥枪命令。

路两边，独立团的战士一齐开火，专门向后面的鬼子射击，鬼子死的死，伤的伤。

张大牙和戴本凯也趁机溜进了高粱地里。这个时候，山本浩二才知道上当了。

伪军一听到枪声，就知道是中了的埋伏，也知道新四军重点是打鬼子，于是胡乱地开了几枪，丢开鬼子就跑。

鬼子很是凶狠，剩下的鬼子伏倒在路边的沟埂里拼死抵抗。鬼子的大盖枪比独立团的武器要强，并且他们还有两挺机枪。

"嘟嘟嘟……"鬼子的机枪喷着火舌。

"轰轰轰……"鬼子的手榴弹在独立团战士面前爆炸。

敌人的火力一时把独立团战士们压得抬不起头来。

"哒哒哒"一排子弹射来，杨四虎、李二蛋的面前尘土飞扬。

李二蛋一边抖着头上的灰尘，一边破口大骂："他奶奶的，小鬼子还挺厉害，团长，我们什么时候冲锋？"说着，射出一枪。

"急什么？现在冲过去，就成了鬼子的活靶子，老子就在这里趴着，看他们的子弹、手榴弹到底有多少！"杨四虎道。

双方对阵，互相射击，两个小时过去了，鬼子的火力渐渐弱了下来。

"嘿嘿，小鬼子，看爷爷登场了！"杨四虎说道，然后命令："准备冲锋！"

独立团战士上好刺刀，准备发起进攻。

突然，负责侦察的张大毛跑到杨四虎的面前，嘀嘀咕咕了一阵子。杨四虎的脸色立刻严肃起来，看了一眼被包围的鬼子、伪军，一挥手，命令道："撤！"

战士们不解地望着杨四虎，看到自己的团长离开战场，也只好跟着撤出战斗。

"团长，怎么了？到嘴的肥肉怎么不吃了？"李二蛋追上杨四虎问。

"他娘的，别肥肉没吃到，还被鬼子包了饺子。"

原来，刚才张大毛告诉杨四虎，朱集、大孤堆集鬼子、伪军已从两个方向包抄过来增援。敌我力量悬殊太大，恋战肯定对独立团不利，杨四虎权衡利弊后，只得命令撤退。

到嘴的鸭子飞了，战士们很不过瘾，一边撤退，一边恋恋不舍地回头望。

"轰！"一发炮弹打来，在刚才独立团埋伏的地方爆炸开了，高粱秆被掀到空中，再簌簌落下。

好险！假如刚才不撤退，独立团肯定要吃大亏。

通过这次战斗，大孤堆集的鬼子虽然没有被歼灭，但是，再也不敢轻易出动了。

杨四虎带着部队回到庄墓以南，可是刚一回来，就面临一次重大考验。

寿三区是在寿二区之前建立的，和寿二区不同的是，寿三区是建立在鬼子、伪军和顽军的夹缝中，因而不断受到鬼子、伪军和国民党顽军的东西夹击。

国民党寿县党部对独立团迅速发展起来的抗日政权很是惊慌，他们跑去联系国民党桂系军队，要求他们派部队支援剿共。国民党桂系军队本来是和独立团有默契的，但是，在上峰的命令下只好派出两股军队，准备在寿三区发起进攻。

早在一九四三年年初，杨四虎就着手开展情报搜集工作，各区都成立了交通情报站。程东耿是名学生，积极要求进步，参加了青年团组织，于是，杨四虎派他到六安中学念书，以学生身份作为掩护，了解国民党和桂系顽军的动向，搜集情报，及时报告独立团。

经人介绍，程东耿在六安结识了搞建筑的包工头程之和。此人是涂拐大程集人，常为桂军维修营房，和桂系军的魏、洪姓两个副官经常在一起吃喝，关系甚是亲密，简直到了无话不谈的地步。

程东耿为了能够搜集到情报，于是也经常参与他们的交往。

七月的一天下午，程东耿看到国民党桂系军队开始调动，知道有军事行动，于是来到程之和家，看从程之和这里是否能够得到一些情报。

到了程之和家，他家正在杀鸡、宰鸭，一片忙碌。程之和一见程东耿，说道："老宗家，你来得正好，快来帮帮忙，晚上我请两个副官吃饭，你不要走了，留下来作陪。"

程东耿正有此意，于是留了下来，和程东耿闲聊，问他为什么请两个副官吃饭。

"唉，老宗家，你不知道现在工程有多么难干！工程干完了，需要结算工钱，我要银圆或者粮食，可是他们非给我纸币不可，你也知道，现在，物价飞涨，纸币不值钱，我想请他俩行个方便。"

傍晚，魏副官、洪副官来了。程东耿、程之和二人热情地接待，不停地夹菜劝酒，特别是程东耿，更是一杯又一杯地劝酒陪酒，一会儿，两位副官就醉醺醺的了。

酒足饭饱之后，四人闲聊起来。程东耿一边殷勤地递烟倒水，一边留意着他们的谈话。

程之和问："魏大哥，我就不明白了，你们那么多人，怎么就打不过新四军？"

"老弟，你搞瓦工，打仗，你不懂！"

"怎么？"

"当兵的谁愿意拼命？"

"不拼命有长官命令呀。"

"当官的也不愿意，如果兵都被打光了，师长、团长、营长那不就成了光杆司令了吗？我们每次去清剿，也就是做做样子，放放空枪，抓几个讨饭的叫花子，应付上头，领些赏钱，再补充一下枪支弹药，这样，上下都喜欢。"

"这样啊！"程东耿恍然大悟道。

"老弟，这次李主席又下命令了，清剿路西新四军，三个月。"魏副官说着伸出三个手指。

程东耿得到这个消息，非常着急，回到学校后，联系了做同样工作的同学戚明春。二人连夜出发，抄近路，于第二天天亮赶到寿三区，向区委杨书记汇报。杨书记立即把这一重要情报报告了杨四虎。

果然，第三天，敌人的三个团一千多人于拂晓时分出发，分成三路袭击寿三区，企图一举歼灭独立团和我地方武装。

形势危急！山雨欲来风满楼。

杨四虎脸上现出少有的严肃，连忙召开会议商量对敌之策。针对敌强我弱的情况，最后杨四虎决定独立团暂时撤出，相机在外围袭扰敌人。区干部留在原地，一方面保护群众，另一方面迷惑牵制敌人。

当时，留下的是寿三区区长董其道，其他的还有董善云、董吉恕、董吉升、颜礼胜、董光颜等七人。这七个人多是亲戚关系，虽然人数少，可是面对强大的敌人，七人没有丝毫畏惧心理。

杨四虎分析了敌人来犯的路线，猜测第一条路线可能是从小甸集的东南方向经大元到董大柿园；第二条路线可能从李山庙而来；第三条路线可能是经过古楼岗来犯。杨四虎告诉董其道，一定要根据当时的情况，采取灵活的战术，适当游击一下，然后向河豕铺一带撤退，和独立团会合。随后，杨四虎率领独立团跳出敌人的包围圈。

董其道等七人根据杨四虎的指示来到敌人的必经之地——方堰坝，这里左右是湾涧，中间是一条高凸的堰埂，易守难攻，也容易撤退，于是七人在此埋伏了下来，准备迎头痛击一下敌人，挫挫他们的锐气。

深秋的夜晚，如钩的月亮挂在西天，稀疏的星星冒出寒光。七人忍受着寒冷埋伏在堰埂上，观察着远方的动静。

不知道过了多久，远方传来"喔喔喔"的鸡叫声，不一会儿，东方现出了鱼肚白，可是依然不见敌人的动静。

看来是估计错了，敌人走的不是这条线路。

"撤！"董其道说。

几人往后撤退，路遇一个起早放牛的老汉。老汉一见到董其道一行人，赶忙说："你们还在这里?! 昨晚，四周的村子里都住满了军队。"

这个时候，七人才知道他们被敌人包围了!

董其道想起杨四虎的交代，于是带领其他六人向河豸铺撤退，准备和独立团会合。离河豸铺还有几里路的时候，迎面跑来团部通信员胡独手。

"董区长，杨团长让我告诉你们，今天中午，杨团长要亲自率领一个排进行侦察、反击敌人，他命令你们暂时不要撤，留在原地，继续牵制敌人，适当呼应侦察排的进攻。"

大家听了都很高兴，根据胡独手的话来分析，敌人并没有传说的那么强大，独立团要开始还击了!

几人异常兴奋地回到董大柿园，隐蔽起来，等待战斗打响。

中午时分，几人正在吃饭，突然听到北方传来密集的枪声。

"杨团长他们行动了!"几人不由地喊出声来。立即放下手里的碗筷，不顾力量单薄，拿起枪向枪响的地方跑去。

此时，杨四虎率领一个尖刀排，趁着敌人吃中午饭的时候发起了攻击。敌人被打了个措手不及，一阵慌乱后，仗着人多，开始还击。

杨四虎是试探顽军的力量，所以并没有深入攻击，而是打了一阵子就撤退了。

可是，董其道他们兴奋得过了头，完全忘记了杨四虎的话。七人来到敌人后面，开始向敌人进攻。

敌人用机枪疯狂扫射，阻挡了他们的进攻。

董善云外号叫小黄牛，素以勇猛闻名。他一个劲地往前冲，尽管敌人的机枪子弹在身边乱飞，他也不顾。

"危险，回来!"董其道等人喊。

可是董善云就是不理会，他继续猛打猛冲。这小子命大，敌人的机枪居然没有射中他。

见董善云往前冲去，其他的六个人只好不顾个人安危跟在他后面冲锋掩护他。此时，他们已经完全忘记了游击战的法则。

"嘟嘟……"敌人疯狂扫射着。

几人一直冲到袁郢村子前面，旁边有一片坟场，七人冲了进来，趴在坟座后面向敌人射击。

敌人从三面包围过来。

此时，七人北、西、南三面是国民党顽军，东面是鬼子炮楼，已经陷入绝境！

敌人的十几挺机枪居高临下，雨点般向七人射击。七人危在旦夕！

七人知道自己已无退路，看来今日只有一拼了。几人抱着必死之心，坚守阵地。唯一的希望是杨团长知道他们的处境派来援兵。

敌人不知道我军只有七个人，所以只是用机枪扫射，不敢冒死冲锋。敌人的企图是围困住新四军，等待他们弹尽粮绝，再发起冲锋。

"砰砰啪啪！"敌人一起开火，子弹雨点般倾泻而来。

"噗！"的一声，一颗子弹射中董吉升的脚。他的脚被打断了，血肉模糊。虽然无法站立，但是董吉升坐在地上继续射击。

董其道知道这样下去唯有死路一条。他环顾一周，发现只能向东边鬼子炮楼方向撤退，于是大声命令道："光颜，你背着吉升，和善云一起向东撤退，我们掩护你们！"

此时，董善云这条小黄牛已经杀红了眼，大声喊："你们撤退，我来掩护！"

"我走不动了，你们走吧，我掩护你们！"董吉升抬起头大喊，就是这么稍稍一抬头，"嘟嘟嘟"！一排机枪子弹射来，董吉升又中了一枪，趴在地上不能动了。

"轰轰！"敌人开始用炮火轰击七人。

董光颜、颜礼胜等也先后被敌人的炮弹击中而壮烈牺牲。

现在，七人只剩下董善云、董吉恕、董其道三人了！三人陷于一百多名敌人的重重包围之中。

董吉恕此时白眼珠已经变成紫红色，爬到董其道的面前，道："二爹，打！打死一个保本，打死两个赚一个！"说着端枪瞄准，还没等他扣动扳机，一梭机枪子弹射来，在董吉恕身上留下几个窟窿。董吉恕身子抽搐了一阵子，猛地松弛了下来，倒在地上不动了。

此时，董善云左臂挂彩，好在不误射击。

敌人见新四军的火力逐渐弱了下来，于是渐渐地缩小了包围圈，步步紧逼过来。

"善云，你赶快撤，要不，我们俩今晚都会死在这里，现在我来掩护，用一个死的换一个活的！快跑！"董其道命令道。

"二爷，你一个人留在这里怎么办，还是一道走吧？"

"一道走都得死！我是你长辈，也是领导，现在我命令你赶快跑，跑出去一个是一个！"

董善云只好听从命令，抹着眼泪向东爬去，爬到一个水沟旁，一咕噜滚到沟里，顺着水沟向东跑去。

此时，鬼子炮楼里，鬼子们正在居心叵测地坐山观虎斗，所以没有派兵出来，董善云因此才得以安全撤离。

现在坟场只剩下董其道一个人，旁边，是几位战友的遗体。

董其道知道今天自己必然和他们一样，他已经做好了最后的准备。他想留下一份遗书，可是一摸口袋，纸笔什么都没有，只好作罢，点燃一支烟狠狠地抽着，等待着最后的结果。

天色渐渐暗了下来，西边天空血色一片，给今天的战斗增添了无尽的悲壮色彩。

敌人要在天黑之前结束战斗，于是用迫击炮开始连珠轰击。一发炮弹打来，"轰"的一声，冒出一股黑烟，在地上留下一个弹坑，一会儿，很多座坟头都被轰平了。

董其道不会坐以待毙，为了躲避敌人的炮火，他从一个弹坑跳到另一个弹坑，就是靠这样的办法，好几次都躲过了敌人致命的炮火而保住了性命。

天黑了下来，敌人在一步步靠近，居然能够看到前面敌人的黑影在晃动了！

人在绝望之时，求生的本能分外强烈，董其道急中生智，脑子里冒出：我怎么还待在这个地方？为什么不趁黑溜走呢？随即在黑夜的掩护下，在敌人没有赶到之前，他疯狂地向东跑去。

敌人发现前面一个黑影在跑，知道是新四军，一边开枪，一边在后面追，一边大喊："新四军，不要跑，你们跑不了了！你们已经被包围了！"

敌人的喊话，反而让董其道知道自己已经逃出了敌人的包围圈，于是他加快速度跑远了。最后终于逃出虎口，大半夜时分逃到了董小郢子。

此时，董小郢子的人根本没有睡，而是望着枪响的地方。特别是董吉恕的哥哥董吉权，因为担心自己的两个弟弟，所以一直站在村口张望。见到董其道，非常高兴，但是看到后面没有人了，忙问："吉恕、吉升他们呢？"

"吉恕已经牺牲了，就在葛圩北面洼地里的老坟头，敌人退后，我们明天托人去给他收尸，这里我不能久留，我得去找杨团长他们。"董其道说完就匆匆离去，迎面遇到董善云带着杨四虎一行人，原来他们来救援了。

这边，董吉权听说自己的两个亲弟弟牺牲了，回到家里，一声不吭地拿起粪耙，挎起粪箕直奔老坟场。这时候，国民党顽军还没有走，正在打扫战场。他们本以为这次战斗消灭了很多新四军，可是一清查新四军的尸体，才五具，不由得大失所望，看到董吉权，为了凑数邀功，几个士兵过来，不由分说地用乱刀刺死了这个老实巴交的农民。一天内，亲弟兄三人都被夺去了生命。

董其道的家也没幸免，家里的房子被烧得精光，财物被抢劫一空，敌人还杀害了他的弟弟、侄子和堂嫂，打伤了弟媳。

这次战斗，人民群众生命、财产受到了极大的损失，寿三区游击队遭受到了重创。独立团将士们纷纷向杨四虎要求说："团长，我们一定要以牙还牙！"

"是的，得想办法好好教训一下国民党顽军，给死去的战士们报仇！"杨四虎回答。

可是，独立团毕竟人数有限，武器装备也差，如果和敌人蛮干，肯定会吃亏。用什么方法呢？夜晚，杨四虎左思右想着。

深秋的夜格外空阔寂寥，弯月洒下清辉，更增添了寒意。

杨四虎望着天空，来回地走，突然他停住了脚步，大声地对李二蛋命令道："立即通知其他同志，马上到团部开会！"

团部里，营级以上的干部都到齐了，杨四虎首先问道："同志们，通过这一段时间和鬼子、顽军作斗争，你们发现了他们的特点没有？"

"鬼子、顽军都凶残，都想消灭我们。"大家七嘴八舌地说。

"我说的是他们的战斗特征。"杨四虎说。

战斗特征？大家疑惑地看着自己的团长，不知道他葫芦里装的什么药。

"你们发现没有，鬼子的特点是：如果我们白天去袭扰他们，他们轻易不出来,而是缩在炮楼里还击;而如果我们夜里去袭扰他们,他们会连夜联络附近几个据点的鬼子第二天到我区'扫荡'。"

众人纷纷点头称是,可发现鬼子这个特点有什么用呢?

杨四虎继续说:"而国民党广西顽军呢?他们的特点是:如果我们夜里攻击他们,他们不敢出来追击;而我们白天攻击他们,假如他们发现我们人少,他们就会追击我们,如果他停止追击,你转回去再放几枪,他们一气之下,会接着追击。"

"对,对。"大家纷纷赞同。

"团长,你不会凭空说这些,也不会没事这么晚了还把我们叫到这里开会,不要绕弯子了,直接说出来我们应该怎么打。"一营营长汪大奎说。

"对,对,团长,你有什么高招,尽早说出来吧,省得急人。"

接着,杨四虎把自己的行动计划说了出来。

"妙!妙!太妙了!"大家兴奋地称赞道。

接着,杨四虎进行了战斗部署。一场好戏就要上演了!

第二天夜里,张大毛带着一个班的战士向打石坑鬼子、伪军据点悄悄摸去。到了鬼子据点附近,几人埋伏下来。

"砰砰!"几人向炮楼里射了几枪,接着,几人开始大骂起来。

"小鬼子,日你娘的,有种的出来!老子一枪一个。"

"小鬼子,滚回你妈老家去吧!"

"小鬼子,老子早晚一个个都把你们灭了!"

"哒哒哒。"鬼子用机枪扫射,可就是不敢出来。

张大毛带领战士一会儿开几枪,一会儿大骂,就这样折腾了鬼子整整一夜。

第二天上午,果如杨四虎所料,附近几个据点里的一百多个鬼子、伪军集结起来,向涂拐我寿三区"扫荡"来了。

与此同时,李二蛋带着一个班的战士向小甸集、古楼岗一带的国民党桂系部队驻地赶来。到了广西军驻地旁,战士们"啪啪啪"开枪。

"广西猴子,日你奶奶,老子报仇来了!"几人一边大骂,一边开枪。

广西军被骂得火冒三丈,看到只是几个新四军游击队,立即派出一个营的兵力出动追击。

李二蛋带领战士们拔腿就跑,一边跑,一边还击,一边骂:"广西猴子，老子就在这里，你来抓老子呀。"

广西军军官被骂得恼羞成怒，追得更凶了。

每当广西军追击慢下来时，李二蛋他们就停下开始射击、大骂。广西军接着再追。

李二蛋一直把广西军引向东边——日军"扫荡"的地方，然后向东放几枪，向西射几枪。

鬼子听到枪声，立即向西扑来。此时，广西军还在拼命向东追击李二蛋他们。

李二蛋带领战士从涂拐大鸟郢一条深沟里撤出，而鬼子伪军和广西军就在野外相遇，双方彼此都认为对方是新四军而大战起来，顿时，枪声大作，轻重机枪、迫击炮都用上了。

躲在一旁的独立团战士听着枪炮声，对杨四虎竖起大拇指，夸道："团长，真有你的！"

"嘿嘿，老子这是在坐山观虎斗，等会还要坐收渔翁之利——去打扫战场。"

"哈哈……"战士们一起大笑。

枪炮声足足响了两个多小时，鬼子在机枪的掩护下开始冲锋，当看到是穿着国民党军服的士兵时，鬼子赶忙撤兵。

此时，广西军也发现是鬼子而不是新四军，气得大骂，然后也准备撤走，刚撤到河湾处，汪大奎带着一个营的战士正等着他们呢，广西军一进入一营埋伏圈，"打！"汪大奎一声令下。

一营的机枪吼叫起来，手榴弹雨点般砸向广西军。广西军被打了个措手不及，慌忙夺路而逃。一营在后面一阵猛追，广西军只顾逃命，丢下的武器、弹药不计其数。

这一仗，为寿三区牺牲的同志报了仇，独立团毫无损失，还缴获了大量的枪支弹药，战士们兴奋不已。

鬼子和广西军大战，损失不少，回去的路上放火烧了大鸟郢子，而打石坑杨户农民杨耕田正在地里收棉花，被经过的鬼子当作靶子射击导致身亡。

桂系军逃回驻地后，由于伤亡不小，很是恼怒，准备伺机报复。

一天，杨四虎在团部和几个营长商量如何铲除北桥湾伪军排长姚西山。以前独立团通过关系警告过这个姚西山，叫他不要和鬼子狼狈为奸，可是他不听警告，经常带队到杨庙、北湾桥一带抢劫，还向我独立团战士陶有功家属勒索钱财，勒索不成，居然把陶有功的父亲用铁钉活活钉死！这次鬼子"扫荡"，姚西山非常卖力，带头抢大鸟郢村子的耕牛，赶老百姓的猪羊。

"一定得把这个家伙除掉！"杨四虎牙根紧咬着说。

这时候，侦察员陈太胜进来报告，说国民党顽军向义井乡进攻了！

铲除姚西山的话题只好暂时放一放。

"大约多少人？"杨四虎问。

"一百多吧。"陈太胜回答。

"看来是小股敌人来袭扰，汪营长，你马上把四连叫过来，和我一起去消灭这股敌人。"杨四虎命令道。

"团长，要不要多带些人？"汪营长问。

"一百多个顽军，要那么多人干什么？一个连足够了！"

"是！"汪营长答应着去找四连了。

杨四虎带领部队向义井乡而来。到了义井乡，杨四虎命令队伍分三路：自己率领警卫排和四连的三排从中间进攻；汪大奎率领一排从右边进攻；支部书记司农率领二排从左边进攻。

敌人从义井以南的小圩子迎面而来，当距离四连一百米左右的时候，杨四虎命令队伍发起进攻。

顿时，双方大战起来，新四军三路军队把敌人压在小圩子村里。

令杨四虎惊诧的是这小股的敌人并不像以往那样看到我独立团就逃跑，而是凭借着小圩子村庄四周的水沟和房子不慌不忙地进行反击。凭着多年的战斗经验，杨四虎嗅到了有些不对劲。

果然，桂系的一个营和国民党保安队一个中队随即赶到，立即参加战斗。

原来，敌人阴险，用小股兵力吸引杨四虎，大部队则埋伏在附近，一旦交上火，他们立即出动，企图一举歼灭四连。

战场形势顿时风云突变，敌众我寡！形势危急！

"他奶奶的，没有想到国民党来这招，阴沟里要翻船了？"杨四虎大骂，随即命令通信员，道："赶快去通知汪营长，立即撤退！"

"是！"通信员说着向二排跑去，刚跑到一半，"哒哒哒！"敌人的一梭机枪子弹射来，通信员随即倒在血泊中。

"团长，我去！"李二蛋说着跃起，冒着敌人的枪林弹雨，连滚带爬匍匐前进，终于到达二排所在的旱塘，向汪营长传达了杨四虎团长的命令。

汪营长四下看了看，自己率领的一排被敌人的火力压制在右边的干塘里，司农率领的二排也被敌人的机枪压制在左边的干塘里，根本抬不起头来，更不要说往后撤了！

"回去报告团长，撤退已经来不及了！我们的四周都是开阔地，我们一撤，就成了敌人的活靶子了，现在，唯一的办法就是我们在这里死守，等到天黑以后突围。"汪营长道。

李二蛋左绕右迁往回跑，敌人的子弹在他身旁溅起阵阵灰尘，居然都没有打中他，回来后，他把汪营长的话传达给杨四虎。

杨四虎觉得汪营长的话有理，他拿起望远镜观察着。这个时候，敌人的火力更猛了，迫击炮弹呼啸而来，在旱塘里炸出一个个大坑。

这样下去二排、三排能否撑到天黑都成问题！杨四虎这样想，立即命令道："一排长，你们一排马上去支援二排，警卫排，跟我上！"说着跃起，向三排这边冲来。

战斗从中午一直持续到掌灯时分，双方僵持不下。

天黑以后，敌人的枪声渐渐稀疏起来，四周燃起了篝火，敌人一是为了防范四连趁黑逃跑，二是为了驱寒。

四连战士也趁机吃着随身带的炒米、炒面。

杨四虎拿着望远镜向四周观察着，又抬头看了看天空，知道已经是半夜了，如果这时候不突围出去就来不及了，杨四虎命令道："所有火力一起开火，要猛烈些。"

四连的一排和警卫排的火力一起开火，敌人以为新四军要突围，所有火力一起回击，子弹冒着火光在夜空中穿梭。

杨四虎仔细地观察着敌人的火力，对汪营长道："看到没有，右边敌人的火力弱些，我们就从右翼突围出去！"

汪营长立即命令通信员把这一决定告诉二排。

半夜，月亮时而冒出，时而躲在乌云后面。

杨四虎看到月亮隐藏到一大堆乌云后面，一声令下，四连和警卫排趁黑向右边发起冲锋。先由四连的机枪班开道,两边由李二蛋率领的警卫排雨点般地扔出手榴弹。

夜黑,桂系军队不敢乱调动,正面的敌人阻击一阵子后也放弃了阵地。四连终于杀开了一条血路,突围了出来。但是,四连支部书记司农和一名战士不幸中弹牺牲。

第二天,国民党顽军四下合围,但是什么也没捞着,也只好收兵回去了。

顽军走后,杨四虎立即着手除掉伪军排长姚西山。他派出陈太胜、张大毛、陶有模去北桥湾伪军侦察,了解姚西山的活动情况。

第二天,陈太胜、张大毛回来报告,说姚西山经常去下塘集的姘妇那里,一般早晨去,下午或者傍晚回来。

"紧紧给我盯住了!看他下一次什么时候去,争取下次就叫他上西天!"杨四虎命令道。

陈太胜、张大毛、陶有模又回到北桥湾,每天跟踪姚西山。第三天,三人回来报告,说早晨姚西山带着七八个人去了下塘集。

"你们特务连和我去干掉他!"杨四虎对特务连连长顾风命令道。

顾风接受了命令,立即从特务连和三区模范队选了二十一个人,十四个人化装成农民,准备携枪进入距离新集乡街道西南方向一里路处的牌坊村埋伏,七人腰里别着短枪,化装成扛着扁担去铁路边挖沟的民工。

下午时分,大家靠近新集北头大路口,并派出侦察员到前面侦察姚西山的动静。如果他一出现,一部分迎过去,剩下的留在村子里接应,争取打死姚西山,全歼他的跟班。

一会儿,远远的见一个人骑着自行车来了。

"姚西山!"侦察员陶有模说。

"真的是他?"杨四虎、顾风问。

"是他!没错。"

可是怎么就他一个人,他的那几个跟班伪军呢?战士们都很纳闷。

时不我待,如果现在不动手,姚西山马上就要过去了。特务连连长顾风一挥手,七八个人迎着姚西山走了过去。

姚西山一个人骑着自行车在前面走,把他的那几个伪军跟班落在后面二里地远。接近新集东北头的时候，迎面来了七八个人，看他们的装扮，姚西山也没在意，可是走近了，才发现那七八个人三三两两地分散开，似乎向自己包围过来，其中的两人——特务连战士陶维友、张大毛已经快到他的近前了，姚西山警惕起来，迅速下了自行车，一手扶住车子，一手去摸枪，一边问："你们是干什么的？"

"去前面挖沟的。"陶维友回答。

说话间，二人已经到了姚西山跟前，张大毛随即掏出枪来。

"砰"的一声，姚西山胸脯前冒出一个洞，身子摇晃着。

"砰！"又是一枪，正中他胸脯中心，姚西山身子随即倒了下去，自行车压在了他的身体上。

陶维友用枪口对着地上的姚西山，一脚踢开自行车，只见地上的姚西山胸脯、口腔都在流血，才不再补枪。

那几个伪军听到枪声，大吃一惊，慌忙停住脚步，看到自己的排长倒下了，撒腿就跑。

特务连害怕敌人有接应，所以也没有追赶。

除掉了姚西山这个让群众恨之入骨的汉奸，影响很大，起到了杀一儆百的效果。杨庙、北桥湾据点的伪军再也不敢出来抢劫了，群众无不称快，其他地区的伪军、汉奸也受到了极大威慑。

第十三章 战斗在敌人的心脏

随着淮西地区抗日乡、区政权的陆续成立,需要大批有经验的干部,特别是擅长组织宣传工作方面的。但是,当时独立团极其缺乏这方面的人才,杨四虎于是向师旅部打报告,要求派遣一批干部到淮西来。

师旅部同意了杨四虎的请求,一九四二年秋,从津浦路西区抽出一部分成熟的淮西籍干部来配合独立团开展工作。

党组织考虑到孙祝华、刘云峰、刘腾是淮西杨庙人,以前又曾经在那里开展过地下工作,对当地的情况比较熟悉,于是派他们回到自己的家乡工作。

当时,孙祝华大病初愈,身体尚虚弱,但是听到要回自己的家乡去,还是非常高兴的,身上的病痛似乎减轻了很多。

孙祝华拖着孱弱的身子,经过几天的急行军,回到了淮西,见到了杨四虎,也见到了很多以前的战友,分外高兴。

休息两天后,孙祝华来到独立团团部找到杨四虎,主动请缨道:"杨团长,你们尽快分配给我任务吧。"

杨四虎看着孙祝华,问道:"你的病怎么样了?恢复得还好吗?"

"杨团长,我已经彻底好了。"孙祝华说着站了起来,抖了抖身子。

当天下午,杨四虎把孙祝华、刘云峰、刘腾等人找来开会。

董其道首先介绍了当前的形势,接着,杨四虎道:"现在,寿二区、寿三区都风风火火地干起来了!我们准备乘胜扩大抗日政权,在河豕铺建立寿四区，把你们找来，就是准备派你们到河豸铺一带发展武装，建立寿四区，团部和寿县县委决定由孙祝华任区长，刘云峰、刘腾任委员，你们既是战斗组，又是工作组。"

"是！"几人兴奋地回答。

"你们可得做好艰苦斗争的准备哟，现在，我们的根据地还处在非常困难的阶段，形势错综复杂，三大敌人：日、伪、顽整天盯着我们，时时刻刻想吃掉我们，你们回去后一定多动脑筋，不能和敌人硬来，要以智取胜。"

"杨团长，您放心吧，困难我们知道，也有心理准备，以前，我们独自在那一带活动困难更大，现在好了，有你们大后方的支持，放心多了！"

"虽然不利的地方很多，但是也有很多对我们有利的。第一，河豸铺一带，鬼子、伪军、国民党顽军整天残害群众，老百姓对他们早已恨之入骨。第二，那里目前虽然还是游击区，但是群众基础较好，老百姓充分信任和拥护我们。你们的具体任务是要广泛发动群众，开展游击战争，发展地下组织，建立民主政权，保护寿三区门户，卡住敌人咽喉，抓住时机随时瓦解敌人、消灭敌人，你们在工作中要特别注意相信群众、领导群众，要善于在群众中发展武装，没有群众，就没有我们的武装，就没有我们的政权，至于你们的活动经费，还要你们自己解决，这个地方的群众深受日、伪、顽三方面的鱼肉，已经民不聊生了，在我们的政权没有建立之前，不能给群众增加负担。"

"是，团长，你放心，我们一定会完成党交给我们的任务！"三人信心满满地回答。

第二天上午，几人就身穿便装出发了，虽然独立团离河豸铺只有十几里地，但是敌人封锁严密，几人绕绕弯弯而行，整整走了大半天才赶到河豸铺。

孙祝华回到阔别已久的家里，同村的人都来探望。孙祝华和他们攀谈起来，有意把话题引向鬼子、伪军、国民党顽军。

"唉，别说了。"二大爷唉声叹气，摆着手说。

"老百姓苦啊！"三婶说着眼泪盈眶而出，掀起围裙擦拭着。

"怎么了？"孙祝华问。

二大爷道："还能怎么？自从鬼子在杨庙修了据点以后，三天两头来我们这里'扫荡',他们烧杀奸淫,坏事干尽,祝华,你在外还不知道,东头三老拐家的房子被鬼子烧了,只好住猪圈,老婆被他们抢进炮楼里去了,至今没有下落,有人说被鬼子玩死了,偷偷埋了。"

"这帮畜生!"孙祝华骂道。

"鬼变子是鬼子帮凶,他们要不就是吃、拿、卡、要,要不就直接来抢,村子里的猪牛羊鸡鸭一年到头不知道被他们要去、抢去多少!国民党顽军呢?放着鬼子不打,反而勾结地痞、流氓,绑架、敲诈、勒索老百姓,闹得老百姓鸡犬不宁,唉,还让我们老百姓活不?!"二大爷说着,气愤得额头青筋跳跃着。

"这是暗地里的,明的还有苛捐杂税!"孙铁头说道。

"我们当地编了一个顺口溜。"三婶道。

"说给我听听。"孙祝华说。

三婶张口道:

"鬼子兵,真凶狠,到处杀人放火又奸淫。

鬼变子,黑良心,卖国求荣害人精。

'清乡''扫荡'害黎民,粮款捐税交不停。

砍树拉夫天天干,闹得昼夜不安宁。

狗中央,昧良心,日军不打专打共产党。

勾结地痞和流氓,组成谍报就把抗属绑。

酷刑敲打施毒手,要钱要粮要献共产党。

敌伪顽,同合污,人民苦海向谁诉?

早也盼,晚也盼,新四军快来救救咱,救救咱。"

孙祝华听了,故意问:"杨团长、新四军来过?"

"来过,来过!"众人一听杨团长、新四军,脸上露出兴奋气色来。

"杨团长、新四军,这个!"孙铁头大拇指高高地跷起。

"这个世界也只有共产党新四军好!"二大爷感叹道,"人家是真正打鬼子的!"

"这么说,大家都喜欢杨团长、新四军啰?"

"那是,那是,人家真正为我们老百姓好,谁不喜欢?"

"假如新四军来了,你们会怎么样?"孙祝华问。

"祝华，你不知道，那天，一个新四军侦察员被几个鬼变子追，还是我把他藏起来的呢！"二大爷骄傲地说。

"假如杨团长、新四军来了，我要参加他们！"孙铁头说。

通过几次这样的"闲聊"，孙祝华逐渐摸清了当地的基本情况。一方面，对日、伪、顽狼狈为奸、残害家乡人民的罪恶行径无比愤怒；另一方面，也很高兴，因为家乡的群众对共产党新四军信任、拥护。

孙祝华开始秘密行动起来，向群众宣传一齐行动、共同反抗鬼子、伪军暴行保卫自己家乡的道理，不久就发展了几个积极分子。

一个月后，孙祝华来到独立团团部，向杨四虎汇报了寿四区的工作情况。杨四虎听了很高兴，赞道："比我预想的要快！要好！"

中午，杨四虎留孙祝华吃饭。

"祝华，你现在的职业是什么？"杨四虎问。

"还没职业。"

"这可不行！你离开家乡那么久，猛地回来，没有一个职业掩护，很容易暴露身份的，现在形势很是复杂的！"

"这个……我回去好好想想。"

孙祝华觉得杨团长的话有理，应该找个公开的职业掩护自己，回到河豸铺后，立即着手寻找。

干什么好呢？

晚上，孙祝华在院子里低着头、踱步思考着这个问题。猛一抬头，看到墙角处挂着一个旧药箱，那是自己以前行医时用过的。

"有了！"孙祝华欣喜地过去，取下了那个旧药箱。

当夜，孙祝华把刘云峰、刘腾找来，召开了区委会议。

会议上，孙祝华把自己的想法告诉了刘云峰、刘腾二人。二人都同意孙祝华利用开药铺作掩护，宣传抗日，争取早日拉起队伍。

可是开药铺需要钱，钱从哪里来呢？一分钱难倒英雄汉，三人一筹莫展，又不好向杨四虎团长要，因为当时独立团的经费也很紧张。

散会后，孙祝华把自己要开药铺的事向众乡邻说了，并说自己手头很紧，能不能向大家借一点。

左邻右舍、同族本家听说了此事，纷纷伸出手，你一元、我八角凑了三十块钱，经费就这样解决了。

那么，药铺开在哪里比较合适呢？

孙祝华左思右想，最后，选在河豕铺。

河豕铺虽然只是一个过路的小街，低矮破烂不堪的茅草房屋零零散地散坐落于几处，但是，它却是东、西、南、北的交通要道，是敌占区的心脏地带。街道后面是下塘集通往大童岗的公路，而大童岗的街南头就有一个鬼子的炮楼；河豕铺以西四五里地就是古楼岗，驻守着伪军第五连；向南十几里是四里墩，是伪军一个中队的据点；向东五里地是大木桥，驻扎着伪军一个排；向北五里就是杨庙，更是鬼子伪军重要的据点。可以说鬼子、伪军的这些据点似一堵墙，把河豕铺紧紧围在中间。

越是危险的地方往往越安全！把药铺开在敌人的心脏地带，不易引起敌人的注意，更何况当时驻守在河豕铺的只有一个排的伪军，这些伪军平时不敢轻举妄动，因而河豕铺很少受到敌人的侵扰。再说中药铺开在这里，很方便群众来看病、买药，也方便区委党组织秘密开展活动，同时通过看病、卖药，也可以为党组织筹集一些经费。

孙祝华向杨四虎汇报了情况。杨四虎听了，哈哈大笑，拍着孙祝华的肩膀，赞道："河豕铺，好地方，好地方！老孙，你这个药铺要像一根钉子，死死钉在敌人的心脏！"

河豕铺中药铺就这样开张了！

店面虽然不大，但生意兴隆。每次逢集，从早到晚，看病的、抓药的从四面八方赶来。为了联系群众，孙祝华采取"杀富济贫"的方法，也就是：穷人免费，富人多收钱。反正黄金有价药无价。通过这样的方法，很快就和群众建立了良好的关系，生意也越来越红火，收入很可观，这样革命活动经费也顺利地解决了。

在此基础上，孙祝华考虑建立抗日武装，并向杨四虎团长作了汇报。

"对，枪杆子里出政权！你们要尽快建立寿四区的抗日武装。"杨四虎道。

得到了杨四虎的同意后，孙祝华、刘云峰、刘腾立即开展秘密活动，筛选可信人员。

群众听说要建立抗日游击队，报名十分踊跃。到一九四三年的夏季，已经发展了二十多人，而且都是年轻小伙子，个个劲头十足。

可是问题来了，大家都缺少枪支、弹药，该不会赤手空拳和敌人战斗吧?

区委三人一起开会商量,刘云峰提出从敌人手里夺取。

"不行,我们在敌人的心脏里活动,力量单薄,搞得不好,会前功尽弃。"孙祝华说。

那怎么办呢?三人想了半天,也没有想出好办法。

"我前天到下塘集,你猜我遇到谁了?"刘腾突然说。

"谁?"孙祝华、刘云峰同时问。

"李洪甫!我们还说了话。"

"他?"二人都十分惊讶,接着问,"你们认识?"

"我在帮会里时他曾经是我的老师,唉,没有想到他竟然投靠了日本鬼子,当了伪区长!"刘腾十分气愤地说。

"而且还是死心塌地!"刘云峰补充道。

孙祝华没有吭声,半天才道:"刘腾,我们是否从你这位老师身上打打主意?"

一语惊醒梦中人,刘云峰、刘腾连声说:"对,对!"

接着,三人开始商量如何从李洪甫那里搞到枪支,最后刘腾说:"现在我身份还没有暴露,我去找李洪甫,看能否从他那里找个差事干干,然后再想办法。"

"好,就这么干!"孙祝华、刘云峰点头赞同,接着三人商量细节。

第二天,下塘逢集。刘腾拎着几十两烟土来到下塘伪区公所拜见大汉奸李洪甫。

寒暄了一阵后,刘腾直接说道:"老师,徒弟我现在没事可干,想在您老身边谋个差事干干,不知道您老人家有没有?"

"有!"李洪甫很干脆地答应道。这个大汉奸,现在也正缺少帮手,他知道刘腾身手不错,很想把他留在身边。

"谢谢师父。"刘腾说着呈上礼物。

"六儿(刘腾的乳名),有事直接说就是了,咱爷俩还见外了?还带着礼物,真是的,带回去,带回去!"李洪甫很江湖地说,接着问道:"你想干个什么差事?"

"我愿意在您手下领一个连的公事!"

"哦,哦。"李洪甫打着哈哈。

"团座，我当了连长，一定会实心实意为您老人家效劳，将来我有所成就，也一定不会忘了您老的栽培。"刘腾说着把手里的烟土塞到李洪甫的手里。

好半天，李洪甫终于接受了礼物，但是没有立即答应刘腾，而是高兴地说道："好小子，来来来，先吃饭，吃过饭再答复你。"

饭桌上，刘腾装作十分孝敬的样子，不停地敬酒，让李洪甫这个大汉奸很是高兴。

酒足饭饱之后，李洪甫朝床上一躺，"吱吱"地吸着刘腾带来的烟土。刘腾在旁边伺候着。

过足了烟瘾，李洪甫终于开口了，道："看在咱爷俩多年的情分上，我就把独立连番号交给你吧，枪支弹药我可以给你们一部分，回去后，你们自己再想想办法。"

刘腾做梦都没想到今日会如此顺利，赶紧说道："谢谢师父的栽培！"

"独立连建立后，你们要随时掌握共匪的动向，坚决消灭他们！到时候，我到皇军那里给你报功。"

"是！是！"刘腾满口答应着，心里恨道："你这个老不死的，真是一心一意为鬼子卖命啊！"

刘腾回来后，立即向区委和杨四虎作了汇报。

杨四虎听了，喜出望外，拍着大腿道："立即把队伍给我成立起来！"

刘腾回到河豸铺，孙祝华从药铺拿出一笔钱，买了几十两烟土，要刘腾送给李洪甫。

李洪甫见自己这个徒弟这么孝敬自己，非常高兴，很快就下了委任状，还给了刘腾二十多支枪，一千多发子弹。

就这样，刘腾正式走马上任为伪军独立连连长。

刘腾立即在自己的老家刘大郢子着手组建"伪军独立连"，以"防匪报家"的名义公开号召有钱的出钱，有人的出人。很多年轻人听说刘腾要拉队伍，心里明白这是抗日的队伍，纷纷踊跃报名参加，独立连很快就有了五十多人。

当时，日、伪、顽、匪横行，地方治安极乱，很多地主、富农从自身利益出发也积极响应刘腾的号召，出钱出枪，但是也有极个别的例外。

王家坝最大的土财主王旺财就是这样的人，他的一个外甥在国民党寿县党部当差,一个老表在下塘区替鬼子卖命,又仗着自己家有枪,有圩子护着,觉得自身安全根本没问题,对刘腾的号召无动于衷。

刘腾决定惩治一下这个一毛不拔的家伙,于是把自己的想法向杨四虎作了汇报。

"哈哈,应该让这个铁公鸡好好出一次血。"杨四虎道。

"团长,你说我们应该对这样的人采取什么样的行动?"刘腾请示道。

杨四虎略作思考,道:"这个好办!和他换几支枪。"

"换枪?"

"对,换枪。"

接着,杨四虎叫李二蛋去拿了三把已经坏了的盒子枪递给刘腾。刘腾明白过来了,嬉笑道:"团长,这个生意能做!"

"哈哈,你们这次肯定会让那只铁公鸡心疼死喽!"

大家一起笑。

第二天,刘腾拎着那三把枪,带着二十几个独立连的士兵来到王财旺的家里。王财旺一见这么多人进来,大惊失色,忙问刘腾有什么事。

刘腾笑了笑,道:"没事,没事,听说王大财主你最近从寿县国民党老表那里弄了几把好枪,想来看看。"

王财旺听了,更加惊慌,若新四军知道了自己与国民党有瓜葛,那是要被杀头的,连声说:"不是,不是,那些枪是我出钱买的。"

"我们今日来并无他意,只是想和你换几把枪玩玩。"刘腾说着一使眼色,旁边的人把那三把坏了的枪放在桌子上。

王财旺也看出来那些是坏枪,不由得皱了皱眉头,但是看到周围的人都虎视眈眈地看着他,立即嬉笑着点头说:"好好,既然刘连长喜欢,那就换着玩玩吧。"

这一次,刘腾用三把坏了的枪换了王财旺一把崭新的快慢机和两把长枪。

从此,刘腾掌握的这支武装展开了公开合法的斗争,维护着新四军和群众的利益,同时,队伍也在不断壮大。

为了彻底地控制这支队伍,杨四虎派了陶子浩等几个党员到独立连当排长、班长。这样,我党就更加牢固地掌握了这支队伍。

一次,孙祝华、刘云峰、刘腾共同向杨四虎汇报寿四区的工作。杨四虎在听了刘腾关于独立连的情况后，高兴地赞道："不错，不错，实在是不错，寿四区一下子就多出了一支队伍！"

"现在，这个连已经完全被我们控制了！"刘腾骄傲地说。

"看来时机已经成熟。"杨四虎道。

"团长，我们把这支队伍拉过来吧。"孙祝华说。

"好，拉过来就成立你们的区中队。"

"我这就回去准备！"刘腾急切地说。

"且慢，你们说一说如何拉过来。"杨四虎打断了刘腾的话。

"直接拉过来就是了，这支队伍平时我们都宣传教育好了，绝大部分都愿意跟我们抗日，不会出事的！"刘腾胸有成竹地说。

"我说的不是这个意思，我是说如果直接拉过来，你们考虑过没有，这支队伍都是本地人吧？"

"是的。"几人回答。

"假如直接拉过来，鬼子肯定要找他们家属的麻烦，特别是刘腾的家属和刘老郢子的众乡亲，肯定要吃大亏的！"杨四虎提醒道。

众人这才明白，赶忙问："杨团长，你说该怎么办？"

"我说应该这么办，你们看如何？"

接着，杨四虎把自己的想法告诉了大家。大家一听，喜出望外地说："还是团长想得周到！好，好！就这么办！就这么办！"

孙祝华等人立即回去准备去了，他们刚走，杨四虎立即让李二蛋把特务连连长顾风找来，对他吩咐一番。

第二天上午，顾风身着便衣来到刘老郢子，与孙华祝、刘云峰、刘腾共同商定了行动计划，时间定在第三天晚上。

第三天，刘腾无意中透露说今天是自己的生日。几个排长一听，说要热闹一下，好好给连长庆祝庆祝生日。刘腾装作很无奈的样子，吩咐晚上准备了酒菜。傍晚时分，几个排长陆续来到连部，一会儿，人到齐了，酒席正式开始。

刘腾装作非常高兴的样子，要大家不要客气，开怀畅饮，然后自己带头喝起酒来。大家被他的热情带动起来，猜拳喝酒，好不热闹。

此时，外面寒风凛冽，杨四虎带着独立团特务连悄悄地来到刘大郢子。顾风一人悄悄来到大门口，"啪啪啪"拍了三下巴掌。

陶子浩已经等待多时了,"啪啪啪"也回应了三下巴掌。暗号对上了!陶子浩立即打开了大门。杨四虎率领特务连冲进刘腾的连部。

此时,刘腾和众人酒兴正酣,突然冲进来一伙人,用黑洞洞的枪口指着他们,大声喝道:"都不许动!举起手来!"

几个排长都吓傻了,坐在那里一动不动。

"举起手来!"战士们晃动着手里的枪大声喝道。

刘腾装作无奈,慢腾腾地举起手来。几个排长看到自己的连长举起了手,也跟着举起手。随即,特务连战士上来缴了他们的枪。

"把他捆起来!"杨四虎指着刘腾命令道。

上来两个战士把刘腾五花大绑起来。

"这是干什么,这是干什么,你……你们是?"刘腾装作不解地问。

"老子是新四军!"杨四虎回答,指着门外命令道:"把他带走!"

顾风随即押着刘腾来到营房,大喊道:"都不准动,你们被包围了!"

营房的独立连士兵现在是群龙无首,一时不知道怎么办,慌乱成一团。

"你们连长在这里!"顾风喊道,随即一个战士举着火把放在刘腾的脸前。

独立连士兵见自己的连长被人捆绑着,纷纷端起枪瞄准。

杨四虎故意把枪顶着刘腾的头,命令道:"叫他们放下枪,要不,老子一枪打烂你的头!"

"兄弟们,都放下枪!都放下枪!"刘腾大喊道。

刘腾的命令大家不敢不听,纷纷放下手里的枪。特务连战士立即冲了过去,用枪把那些人逼到一旁并拾起地上的枪。

此时,村外西北方向突然传来枪声。杨四虎和特务连战士听了一点也不慌张,原来那是杨四虎安排警戒的区队,他们在伪装进攻。他们一会儿向营房上空放几枪,一会儿朝杨庙方向打几枪,再向北桥湾方向开几枪。

这边,杨四虎已经命令战士们把缴获的枪捆了起来,准备带走。对于独立连几十人的去留,根据杨四虎和刘腾事先的安排,留下共产党员,以便潜伏下来以后好开展工作,至于那些平时表现不好的也留了下来,其余的,杨四虎命令一个班连夜护送他们到庄墓以北的寿三区。

"走!"杨四虎对着刘腾喝令道。大家"押着"刘腾向寿三区方向撤退,到了黑暗处,立即给刘腾松了绑。

"哈哈……"今天这出好戏太精彩了,大家不由得大笑起来。

以后,果然如杨四虎所料,敌人被迷惑住了。李洪甫上报大田大佐说:"共匪以一个团的优势兵力包围了独立连,虽然独立连奋勇抗敌,无奈寡不敌众,全军覆没!"

李洪甫既然这么说,当然就没有去找那些战士家属的麻烦了。

特务连押着俘虏撤退到寿三区后,杨四虎立即派刘腾到淮南根据地去学习,并于一九四四年夏末回来,任寿四区大队队长,但于当年10月,在杨庙以南的海螺岗战斗中不幸壮烈牺牲。

通过这次"假被俘",杨四虎把独立连改编成寿四区模范连,秘密活动也由此转为公开的武装斗争,于是很快就成立了寿四区区公所,建立了区队。这样寿四区也由隐秘转为公开,并不断发展,不久,一个以陶楼乡为中心,下辖杨新、高塘等四个乡的寿四区真正成立了。

第十四章 击毙大田大佐

"假被俘"事件发生后不久,大田大佐为了加强杨庙据点的防守,把伪军第三方面军吴文化部的一个排调到杨庙,在街北头的高地上修筑了钢筋混凝土的碉堡,并驻扎了下来。

伪军刚住进来时,非常害怕我独立团和寿三区的游击队,整天躲在据点里不敢出来。可是过了一段时间后,他们看无事,又加上对当地也熟悉了,于是胆子逐渐大了起来,开始走出据点到周围活动。

一日,鬼子小队长宫本太郎来到伪军据点,对着伪军排长袁耀武命令道:"你的,去锯些树,皇军的修工事的干活。"

袁耀武两手一摊说周围的树都被皇军锯完了,没有树可锯了。

"周围的没有,那就到远些的地方锯,这是命令!"宫本说完就走了。

看着宫本太郎离去的背影,袁耀武心里大骂:"脏活、累活、冒险的活都要老子干,狗日的!"

虽然不太情愿,但是,鬼子的命令还是要执行,下午,袁耀武把当时涂拐伪乡长杨传满(外号叫杨四麻子)找来,告诉他明天要征用三十个民夫,要杨四麻子赶快回去准备。

"吴排长,要这么多民工干什么?"杨四麻子问。

"锯树,皇军要修工事。"

"哦,原来是皇军的命令。"

"杨乡长,哪里有大树?"

"周围的树都被锯光了。"

"听说杨柿园子那里有很多大树。"

"那里有倒是有,就是路太远了。"杨四麻子提醒道。

"路远也要去,军令不可违啊!杨乡长,劳驾你赶快回去准备吧。"

"好,好,我这就回去给您办。"杨四麻子满口答应着出了据点,往回走到了半道,转向新四军寿三区政府奔来。

原来这个杨四麻子虽然是伪乡长,但是,早已经被我抗日政权动员说服过来为我军所用,做了两面乡长。

寿三区区委得到这个消息,区长董其道让杨四麻子回去按照伪军的吩咐办,然后立即召开了区委会议,会议决定消灭这股伪军,考虑到区大队力量有限,立即派人向杨四虎汇报了此事,请求支援。

杨四虎立即率领特务连连夜赶到寿三区和区大队会合,并和区委立即研究作战计划。

按照作战计划,杨四虎命令顾风率领特务连一排、二排埋伏于杨柿园,从正面阻挡敌人;区委书记杨岗率领区大队埋伏于大程集;一排排长张大毛率领特务连一个排和区大队一部埋伏在肖小郢,等敌人进入包围圈后,立即向敌人后面穿插包围。

当夜,部队部署到位。

第二天九点左右,三十多个伪军押着二三十个民工,带着斧头、锯子、扁担、绳子朝杨柿园浩浩荡荡而来。

以前,伪军从来没有敢离开杨庙据点二里地远过,而杨柿园距离杨庙有四里,再加上这些伪军早已听说杨四虎和独立团的厉害,所以现在个个胆战心惊。他们端着枪,弓着腰,一步三回头地走着。

他们哪里知道前面就是埋伏圈!

眼看伪军快要进入独立团的埋伏圈了,张大毛随即带领一个排向伪军背后插去,堵住了他们的退路。

当伪军完全进入包围圈后,特务连放过前面的民工后。

杨四虎大喊一声:"打!"

瞬间,特务连长、短枪一起开火。

前面的几个伪军随即中弹倒地,剩余的伪军赶忙趴下还击。民工见状,一哄而散。

枪声一响，隐蔽在大程集、肖小郢的区大队随即出击。伪军排长袁耀武见自己被扇形攻击，赶忙率领士兵往回逃，还没有逃出多远，迎面遇到张大毛一个排的火力阻击。

"砰砰！"一阵子弹射来，伪军被迫退下。

袁耀武无路可退，四周看了看，发现肖小郢方向新四军火力较弱，于是想逃进肖小郢子，凭借村子抵挡一阵子，等待援军的到来。他这样想着率领伪军向肖小郢子冲去。

杨四虎、杨岗也发现了伪军的企图，率领队伍迅猛冲锋，缩小了包围圈，并用火力支援肖小郢子。同时，肖小郢子、大程集的群众也带着武器，自发地来帮助新四军。

伪军被铜墙铁壁地包围在旷野中。

伪军见自己被四面包围，无路可逃，新四军的火力又如此猛烈，慌乱起来，纷纷跳进旁边的旱塘里藏身，蜷缩在塘埂下反击，等待援军。

特务连和区大队随即合拢包围圈。

袁耀武困兽犹斗，指挥着伪军负隅顽抗。

"弟兄们，给我顶住，打！"袁耀武对着机枪手命令道。

"哒哒哒！"伪军的机枪喷着火舌，特务连和区大队被压制住了，不能靠近。

新四军虽然包围了这股伪军，但是，他们的武器比我们的好，如果硬冲上去，肯定伤亡不小，但是，如果围而不攻，又害怕时间拖长了，附近的鬼子、伪军联合出动增援，那样会前功尽弃！

怎么办？

顾风、杨岗、李伯祥聚在一起商量对策。

"这股伪军从哪里来的？战斗力不弱。"顾风看着不断射击的伪军问。

"听说从蚌埠调来的。"杨岗说。

"怪不得比本地的伪军强呢。"

"是啊。"李伯祥也有同感。

"通过这些年和伪军斗争，我发现这些伪军都有一个特征——不愿意死心塌地为鬼子卖命，更何况他们背井离乡。"顾风分析道。

"对，对！我们可以对他们采取政治攻势。"杨岗醒悟地说。

"那就试一试。"李伯祥说着安排去了。

"中国人不打中国人!"

"你们不要给鬼子卖命了!快投降吧。"

"新四军优待俘虏,缴枪不杀!"

"伪军兄弟们,你们不要执迷不悟!只要放下枪,我们保证你们平安无事,放你们回老家去。"

……

特务连战士、区大队人员、周围的老百姓一起呐喊着,声音震天动地。

伪军的枪声逐渐稀疏了下来。

"伪军动摇了,看样子喊话起作用了!"杨岗惊喜地叫道,然后让大家继续喊话。

此时,不光是伪军士兵,就是伪军排长袁耀武也被喊得心慌意乱。新四军的喊话很在理,自己为什么大老远跑到这里来为鬼子卖命,假如今天被打死了,岂不做了野鬼?家里的老婆、孩子怎么办?

顾风看到伪军在犹豫,站起来喊道:"伪军弟兄们,我是这里新四军的最高长官,只要你们放下武器,我们保证你们的生命安全!"

"排长,我们怎么办?"伪军们巴望着袁耀武。

"也不知道他们说话算不算数?"袁耀武说。

"听说新四军的政策就是优待俘虏。"一个伪军班长说。

袁耀武没有吭声,但是,伪军已经不再开枪。

顾风等人看到伪军停止了射击,知道动摇了他们的军心,大着胆子向旱塘走来。

伪军居然没有向他开枪!

机不可失,失不再来,顾风随即一挥手,战士们立即跃起向旱塘奔来。

"缴枪不杀!"战士们举着枪大喊。

伪军见状,纷纷放下武器,举起手来。

袁排长丢掉手里的枪,对着顾风说:"我知道你们新四军的政策,我们才到杨庙不久,没有干过坏良心的事,如果放我们回家,我们一定不会忘记你们的恩情,以后再也不给鬼子卖命了。"

"你们放心,我们新四军向来说话算数,只要你们改邪归正,以后不再替鬼子当爪牙了，我们会优待你们的。"顾风回答说道。

"谢谢新四军，谢谢新四军。"

顾风立即命令把俘虏押送到拐集，然后征求杨四虎的意见怎么处理这些伪军。

"既然你们保证过了，一定要兑现，只有这样，人家以后才相信我们！"杨四虎说道，然后来到俘虏面前，他要亲自给这些伪军上课。

"我就是杨四虎！"

伪军们惊呆了，没有想到眼前的这个人就是大名鼎鼎的杨团长！

"你们怎么这么没出息呢？替鬼子卖命，来锯我们中国人的树！"

"杨团长，还不是为了混口饭吃？"袁排长大着胆子说。

"就是饿死也不能这样！日本鬼子大老远来欺负咱们中国人，你们看看，鬼子对我们老百姓都做了些什么？他们杀我们的父老乡亲，奸淫我们的姐妹，抢我们的牲口，烧我们的房子。"

伪军们羞愧地低下了头。

"而你们倒好，当他们的帮凶！"杨四虎用手指头点着伪军大声呵斥道。

伪军吓得浑身哆嗦。

"不过呢，你们今天够意思，没有朝我们开枪，向我们投降了。"

伪军似落水之人抓到了救命稻草，纷纷抬起头，看着杨四虎。

"今天，看你们表现不错，老子给你们肉吃，然后呢，愿意留下来的留下，愿意回家的，一人两块大洋作路费。"

"谢谢杨团长，谢谢杨团长！"袁耀武连声道。

这次战斗，缴获了机枪一挺，步枪二十支，手枪一支，子弹一千多发，更重要的是送走了那些伪军俘虏，杨庙街北日伪的据点就自然而然地废弃掉了。

寿四区抗日政权的建立和杨庙街北据点的拔除，极大地激怒了大田大佐，又加上夏收在即，大田大佐为了保护粮食能够"正常"征收，一九四三年五月夏收前，大田大佐调动兵力准备对我杨庙抗日根据地和驻守在吴山庙的国民党桂系军队进行"扫荡"。

早在一九三九年七月，为了适应对敌斗争的需要，经新四军江北指挥部张云逸首长批准，由四支队独立营魏立诚营长负责，选拔了一些政治可靠、精明能干的同志，经培训后打入敌人内部，潜伏下来，专门收集日、伪军情报，并利用各种关系在淮南铁路沿线建立了一些情报站。

其中，朱巷情报站由杨国岭负责，当时，朱巷驻有伪军一个大队，大队长叫杜大头，是柘塘人，以前是土匪，魏立诚营长通过定远县杜集开明人士杜玉亭先生的关系，把杨国岭介绍给杜大头，因为杜玉亭是杜大头的亲堂叔，杜大头没有怀疑就收下了杨国岭。

杨国岭到朱巷伪军那里不久，以青帮的名义和杜大头结拜为把兄弟，杜为老大，杨为老二，得到了杜大头的信任。杨国岭有一手好枪法，杜大头让杨国岭做自己的贴身保镖。杨国岭因此能够得到很多鬼子、伪军的情报。

杨国岭得知大田大佐准备对独立团进行扫荡的情报后，立即通知了杨四虎，并且说大田大佐已经准备了大批军用物资堆放在下塘车站，看样子不久即将发起"扫荡"。

鬼子大兵即将压境，寿三区开始紧张起来，杨四虎立即召开会议商讨对敌之策。

如果按照往常的做法，独立团应该避敌之锋芒，撤出寿三区，可是这次杨四虎提出："联合国民党桂系狠狠迎击一下大田大佐这个王八羔子。"

国民党桂系能和独立团合作？对此，很多人怀疑。

"国民党虽然抗战不力，但是，真正涉及他们的地盘和利益，他们还是要反击的，再说，现在我们已经和桂系达成了停战协议，他桂系也欠老子两次人情！"杨四虎说。

"可是，不久前桂系还对我们发动了几次进攻。"有人提出。

"我们和国民党桂系就是这样，打打谈谈，谈谈打打，我们千万不可心胸太狭隘，我们新四军是谁？是宰相，宰相肚里能撑船的。"杨四虎劝导说。

大家终于被说服，同意了杨四虎的建议。杨四虎立即写了一封信，信中特别强调了鬼子这次"扫荡"是为了麦收和攻打吴山庙，然后派通讯员去吴山庙通知国民党桂系军。

晚上，外面狂风大作，杨四虎睡不着，他在屋子里来回走着，他觉得趁着这个空隙，应该干点什么。

应该干点什么呢?

猛然,杨四虎停止了脚步,对李二蛋命令道:"二蛋,去把顾连长找来。"

一会儿,特务连连长顾风冒雨而来。

"马上从你们特务连找几个精明能干的人,和我一起去捅大田大佐一刀!"杨四虎道。

"怎么捅?"顾风问。

杨四虎于是把自己的想法告诉了顾风。

顾风一听,兴奋地说:"是!"然后立即准备去了。

雨还在下着,笼罩了整个野外。

杨四虎带着十几个战士,在雨中急速行进着,向下塘车站进发。他们的蓑衣里是汤姆式冲锋枪和大刀,还有两包炸药和几个地雷。

到了下塘,已经快下半夜了,大雨改成了毛毛细雨,十几人立即脱了蓑衣,按照杨四虎事前的吩咐分头行动,杨四虎则带着李二蛋等六个人向车站摸来。

鬼子下塘据点车站北头一片寂静,只能听到细雨声,两个伪军岗哨蜷缩在货堆后面躲雨。

顾风用大铁剪剪断铁丝网,杨四虎带着大家爬进了车站。

两个伪军岗哨毫无察觉。

杨四虎手一挥,李二蛋、张大毛手握匕首随即出动,他们用货堆作掩护,悄悄靠近伪军岗哨,两人突然从后面窜出,一手捂住伪军的嘴,一手把匕首插进他们的喉咙里,再把伪军的尸体拖到货堆后面,扒了伪军的衣帽穿戴上,然后大摇大摆地站了出来。

看到李二蛋他们得手了,杨四虎立即带领大家向敌人的仓库摸去。

顾风用大钳子剪断锁链,几人进到库房。

敌人的库房里什么都有,粮食、煤油、军服……

"快快!"杨四虎命令着。顾风、李二蛋等人立即行动起来,他们把煤油倒在粮食、军服上,点燃,几人随即撤了出来。

仓库燃起熊熊大火。

"呜呜……呜呜……"鬼子的警报声刺耳地响起。

鬼子、伪军开始出动了,一部分救火,一部分向杨四虎他们追来。

"轰！轰！"鬼子、伪军踏上了李二蛋、张大毛刚才埋的地雷，胳膊、脚被炸上了天，受伤的敌人哭爹叫娘的。

杨四虎带领大家趁机撤出。鬼子、伪军见四下一片黑暗，天还下着毛毛细雨，又摸不清新四军有多少人，害怕中了埋伏，只好停止追击，回去全力救火去了。

接着，远处传来"轰轰！"两声巨响，陶子然他们也得手了。原来杨四虎命他带着几个战士们用炸药包毁坏了敌人两节铁轨。

大田大佐来到车站库房，看到满地都是烧焦的东西，气得哇哇乱叫，大骂驻守的伪军是"饭桶"。

这次杨四虎真的惹恼了大田大佐，他急切地要向寿三区进行"扫荡"，无奈路太湿，只好再等一天。

老天帮忙，正是这么一天时间，派去联系国民党桂系一七二师五一六团的通信员回来了。他们同意联合再一起共同抗拒大田大佐的来犯，同时桂系五一六团夏丁辉回信说他已经通知皖北人民抗日军第二路军总指挥李德武部前来助战，并约杨四虎前来共商对敌之策。

"这不会是陷阱吧？"董其道道。

"团长，不能去！"一营营长汪大奎道。

"这次，我肯定去！不要叫国民党小看了咱们，再说，这次我有八九成把握桂系是诚心的。"杨四虎道。

"那就多带些人。"

"不用，就我和李二蛋、顾风三人。"

"那我派一个营在外围接应，以防万一。"汪大奎说。

当天上午，杨四虎不顾昨晚一夜战斗的疲惫，带着李二蛋、顾风，骑上战马向国民党桂系驻地奔驰而去。

果然，这次国民党桂系是真诚的，他们热情地接待了杨四虎——这个让他们既最头痛也最佩服的人。

国民党正规军中大部分官兵还是真心抗日的，桂系五一六团夏丁辉团长就是这样的人，他曾经率领部队在黄土坡设伏打败过鬼子，一举收复了庄墓。夏团长对杨四虎摒弃前嫌今日敢于只身来到自己的驻地很是敬佩，对杨四虎在李家庙对桂系的帮助大为赞赏，说早就想见一见杨团长的尊容了，大有相见恨晚、英雄惜英雄的意思。

杨四虎对过去的摩擦只字未提，而是说："同为中国人，我们应该精诚合作，把日本鬼子赶出淮西，赶出中国！"

"对，对，杨团长，你我只是主义之争，可以先放一放，和日本鬼子的战斗就不同了，涉及国家民族利益。"夏团长说。

一会儿，李德武司令也赶到，一阵寒暄后，三人随即坐下来研究对敌之策。

夏团长认为还是和李家庙之战一样，他们的三个营从正面阻击大田大佐，杨四虎的独立团和李德武的第二路军分别护住左右翼。

杨四虎道："我们不能一成不变，大田大佐肯定从上次的战斗中吸取了教训，这次我们要变被动为主动，狠狠打击一下大田大佐！"

"杨兄的意思是？"夏团长不解地问。

"杨团长有何妙招，快说出来吧。"李德武催促道。

"我看，我们应该这么办！"杨四虎接着把自己的想法说了出来。

夏、李二人听了杨四虎的作战计划，拍着大腿，赞道："好！妙！这次大田大佐这个王八羔子肯定跑不了！"

"这次，我们同仇敌忾，一定会消灭这股鬼子！"杨四虎坚定地说。

"好！"三人三只拳头碰在一起。

中午，夏团长热情招待了二位。吃了饭，因为时间紧急，杨四虎和李德武立即骑马奔回各自驻地，然后按照杨四虎的作战计划进行了部署。

第二天早晨，大田大佐还没等路完全干透，就集合了周围据点一千多名鬼子、伪军分三路浩浩荡荡向杨庙、吴山庙一带杀来。这本是犯了兵家大忌，因为露面湿，非常影响行军速度，特别是骑兵。但是，大田大佐认为，无论是新四军独立团，还是国民党桂系军都是一群乌合之众，根本不是自己的对手，再说自己握有兵力和火力的优势。他哪里想到国共两党会联合起来共同对付他。在大田大佐的心目中，中国人只会窝里斗。

中午，大田大佐带着人马"扫荡"了杨庙周围的几个村庄，扑了个空，只有小股的游击队边打边向吴山方向撤退。大田大佐指挥骑兵在后面紧追不舍。

黄泥岗是杨庙通向吴山的必经之路。虽然只有十几户人家，但是地势较高，杨四虎派汪大奎率领一营埋伏在这里阻击敌人。

鬼子虽然是骑兵，但是由于路太湿，战马跑不起来。而区大队挑选的都是强壮之人，他们轻装上阵，为了便于在湿地上奔跑，个个都光着脚丫子，又加上他们对这里比较熟悉，所以，鬼子的四条腿并没有追上光着脚丫子的区大队。

区大队十几个队员边打边跑，惹恼了鬼子骑兵，他们一路追击，慢慢靠近黄泥岗。等待鬼子进入一营射程之内后，"打！"营长汪大奎命令道。

一营的五挺机枪随即猛烈开火，前面的几个鬼子躲闪不及被打得人仰马翻。后面的鬼子见前面的地形不利于冲锋，只好下马，在军官的组织下还击。

鬼子的骑兵只配有长枪、马刀，而一营的火力非常齐全，又加上居高临下，鬼子的骑兵被一营的火力压制得抬不起头来。鬼子的骑兵队长拿望远镜观察着，从对面的火力判断这是新四军的主力，立即派通信兵报告大田大佐。

大田大佐正在为没有找到新四军主力而烦恼，听了报告欣喜不已，立即指挥大军向黄泥岗杀来。

来到黄泥岗，大田大佐很是好奇，他想知道到底是哪一方的军队敢这样面对自己。他拿起望远镜观察着。

"新四军主力的干活！"大田大佐叫道，然后手向旁边的军曹一挥，军曹立刻跑到炮兵跟前，指挥炮兵做好准备。

"轰，轰！"鬼子的炮弹在一营的阵地上炸开了，泥土被掀起一丈多高。

一阵炮火准备后，大田大佐命令一小股伪军、鬼子作试探性攻击。

一营依托工事还击，步枪、机枪一齐开火，鬼子再靠近一点时，又是一阵雨点般的手榴弹，前面的伪军纷纷被击毙，剩下的伪军转头就跑。

剩下的十几个鬼子见伪军退下来，也跟着退了下来。敌人的第一轮攻击被打退了。

"巴嘎！"大田大佐大骂，对炮兵队长号叫道："前面的，轰平的！"

一阵猛烈的炮火之后，大批的伪军、鬼子在机枪的掩护下号叫着发起冲击。

一营也立刻组织还击，在抵挡一阵后，貌似抵挡不住了。

"撤！"汪大奎喊，随即带领战士们"仓皇"撤出战斗，"慌慌张张"向西边撤去。

好不容易逮住独立团主力，大田大佐哪里肯放过这样的机会？他指挥着人马紧追不放，死死咬住一营。

实际上刚才一营的"寡不敌众"是按照杨四虎的部署来做的。汪大奎看鬼子在后面紧追不舍，心里大喜。

鱼儿上钩了！

汪大奎一边组织还击，一边带领战士向杨老岗方向撤去。

而杨老岗高地上，杨四虎带领二营、三营和区大队人马正等着大田大佐呢！而右边的小杨户则埋伏着夏团长的两个营共七百多人；左边的李岗村子里则埋伏着李德武的两个营四百多人。

为了彻底迷惑敌人，一营撤退到杨老岗后还击了一阵子，然后一边射击，一边"狼狈"地撤退。

一营这么"溃不成军"，更让大田大佐忘乎所以，他立刻命令部队继续追击，逐渐靠近独立团的伏击圈。

前面，瞬间一营不见了踪影。

大田大佐知道可能有诈，但是他并没有太放在心上，此时，大田大佐心里还巴望着遇到独立团主力呢，那样正好一举歼灭之！他肆无忌惮地指挥日、伪军追击着，他倒要看看新四军葫芦里到底卖什么药，能奈他大田大佐几何！

骄兵必败，历来都是这样。今天，黄泥岗就是大田大佐的葬身之地！

伪军在前，鬼子在后，慢慢进入独立团的射击范围内。而新四军战士们也子弹上膛，开始瞄准。

距离战斗打响的时间可以以秒计算了，一秒、两秒、三秒……

可是杨四虎依然没有下命令。

李二蛋已经有些按捺不住地望着杨四虎。

"沉住气，等敌人靠近再打！"杨四虎镇定地说。

伪军、鬼子距离三十米、二十米。

"打！"杨四虎命令。

独立团一起开火，子弹雨点般射向鬼子、伪军。

前面的鬼子、伪军纷纷倒地。

此时，汪大奎听到枪声，立即带领一营折了回来，进入阵地，投入战斗。

虽然独立团的火力很猛，鬼子、伪军也有所伤亡，但是，大田大佐并没有慌张，而是傲慢地站在那里，手里拿着望远镜观察着独立团阵地。

"哟西，哟西。"大田大佐嘴里说着，脸上露出了狞笑，这次终于逮住新四军的主力了！机会难得啊！他认为杨四虎简直就是自不量力，敢和自己硬碰硬，这是拿鸡蛋碰石头！

放下望远镜，大田大佐命令炮兵准备。

随即，鬼子的迫击炮排成一排。

杨四虎在望远镜里已经观察到鬼子的动向，知道鬼子要开炮。

"撤！"杨四虎命令道，除少数战士坚守阵地观察敌情外，其他战士顺着战壕悄悄撤到后面。

"轰，轰！"独立团阵地上炮声隆隆，尘土飞扬。

炮声一停，杨四虎立刻带领战士进入阵地，阵地前，鬼子、伪军黑压压地冲了上来。

一时间，两军交火，枪声大作。

鬼子、伪军在机枪的掩护下，一步步靠近独立团阵地。

大田大佐观着战，得意扬扬，在他看来独立团已经成为他嘴边的肉了。

突然，鬼子左翼枪声大作，一队人马向其杀来，还没等大田大佐反应过来，右翼又冒出一队人马，两队人马边打边冲锋。

伪军吓呆了，抱头鼠窜，鬼子倒是顽强抵抗，但是纷纷做了枪下之鬼。

杨四虎见友军发起进攻，随即命令战士发起冲锋。

"冲啊！杀啊！"喊声震天。

鬼子虽顽强抵抗，用机枪阻挡，无奈三面受到攻击，只好缩小阵地。

大田大佐做梦也没有想到会有这样的事发生，他拿着望远镜观察着前沿阵地，然后再决定是继续抵抗还是撤退。

此时，夏团长也拿着望远镜在观察着鬼子阵地，当他看到大田大佐时，立刻命令道："集中所有炮火，向那个拿着望远镜的鬼子开火！"

三门迫击炮随即一字排开，校准，开炮。

"轰轰轰！"三发炮弹在大田大佐身边爆炸。

大田大佐身子晃了几晃，一头栽倒在地。

大田大佐一死，鬼子开始慌乱起来，架起大田大佐的尸体慌乱向后撤退。三路人马汇成一股，一阵穷追猛打，鬼子丢盔弃甲，狼狈逃窜。

这一仗，歼灭鬼子二百八十余人，俘虏伪军三百多人，战马三十多匹，缴获枪支四百多支。特别是击毙了双手沾满淮西人民鲜血的大田大佐，极大地鼓舞了人民群众的抗战斗志，极大地打击了鬼子的嚣张气焰。

杨四虎望着成堆的战利品说："夏团长，你看这些怎么办？我知道你们不在乎这些，你们有大靠山，我们就不同了，我们就是没娘的孩子，只好整天讨饭吃。"

"哈哈……"夏团长大笑，指着杨四虎说道，"你杨团长不但勇猛，而且还挺狡猾的！说实在话，这些东西我也看不上，就卖个人情，你们拿去好了，不过呢，全部都给了你们，我回去也不好交代，你看着给就是了。"

"那好。"杨四虎说着从李二蛋手里拿过一把鬼子的佐官指挥刀，递给夏团长，道："这个就算作纪念吧。"

"杨团长，你太抠门了吧？"夏团长接过那把刀说。

"穷人家的孩子，穷人家的孩子。"

夏团长走后，杨四虎送给李德武十几匹战马，剩下的二十多匹送给了师旅部。

"杨四虎这小子发财了！"师长罗炳辉看着那些东洋马说。

"这小子确实在淮西打开了局面。"谭旅长赞道。

"现在是到了我寿县抗日政权公开的时候了。"

"是啊。"

"马上通知杨四虎，公开新四军寿县抗日民主政权，要他们不断发展区、乡抗日政权。"

在师旅部的指示下，杨四虎公开了寿县抗日民主政权，这样，寿县抗日民主大旗树了起来！

与此同时，杨四虎和大家商量准备向北发展成立寿一区。

为了给大田大佐报仇，鬼子从蚌埠鲁山大队调来几百名鬼子，又调集了周围据点的伪军、鬼子总计一千二百多人，准备向独立团所在地的义井乡"扫荡"。为此，鬼子四下派出敌特打探独立团的驻地情况，收集情报。

最近一段时间，义井乡的西南几个村子经常有一个货郎在乡村中穿梭，这个货郎就是特务邓和尚。因为他经常出入这一带，所以群众和独立团战士也没有怀疑他。

傍晚，邓和尚回到鬼子的杨庙据点后不久，鬼子、伪军兵分两路出动，一路骑兵由回龙寺经杜师娘岗向义井迂回；一路由邓和尚带领经小孟冲从北面对义井西南一带村庄进行包围。

当晚，杨四虎的团部和四连驻守在距离倪大郢子南一里多路的小孟冲。早晨，哨兵发现了鬼子。顿时，枪声大作，四连和鬼子交上了火。

"马上掩护团部后勤人员向倪大郢子转移！"杨四虎对李二蛋命令道。

小孟冲的房东边一排大门向南，有七进，西边有三进，中间是一个南北方向的夹道。杨四虎带领警卫排掩护着大家向倪大郢子撤退。

四连的火力不及敌人的火力，敌人冲破了四连的防线，占据了小孟冲北部的一个高地，用机枪封锁了夹道。

大部分后勤人员都安全通过了夹道，只剩下李英阁等文教队的八名战士。

"快！快！"杨四虎挥着手大喊。

几人飞速地跑着。

"嘟嘟嘟！"鬼子的机枪响着，李英阁等五名战士倒在了血泊里，女文教员刘文翠腿部受伤，趴在地上动弹不得，鬼子的机枪子弹在夹道里乱飞，她随时都会牺牲。

杨四虎急红了眼，冒着鬼子的枪林弹雨，上前一把抓住刘文翠的胳膊，拖着她向前跑。

"哒哒哒！"一梭机枪子弹飞来，杨四虎的左肩中弹，即使如此，他还是把刘文翠拖到了安全地带。

杨四虎来不及包扎伤口，带着大家转移到了倪大郢子。鬼子在后面紧追不舍。

"团长，往哪里撤？"汪大奎问肩部满是鲜血的杨四虎，此时，疼痛已经让他满头大汗。

"你带领四连掩护后勤人员向西北方向撤退，然后穿插到敌人后面，我带领警卫排向东南撤。"杨四虎命令道。

"不行，团长，你们的人太少了！"汪营长道。

"不要再说了，再不走就来不及了，执行命令！"

"是!"汪营长带领四连保护着后勤人员，从倪大郢子中间穿过，向西北撤退，在黄老圩子遭到鬼子一部的阻截，此时，津浦路西独立营的一个连正好在义井休整，闻讯立即前来支援，打退了鬼子，然后迅速穿插到大队鬼子的后面，才得以脱险。

杨四虎则带领警卫排一边打，一边向东南方向撤退，由于对地形的熟悉，再加上人数少，机动灵活，一天后，他们终于摆脱了敌人的追击。

鬼子新任的指挥官叫村山，这个家伙阴险狡诈，他已经察觉到东南方向的逃敌可能就是独立团的首脑，一方面装作找不到目标而无奈地把大队人马撤回到下塘；另一方面，他暗地里留下了鬼子的便衣队和伪军的夜袭队，一路尾随着杨四虎的警卫排，伺机偷袭。

第二天晚上，杨四虎带领警卫排进驻炎刘庙土城村，这个时候杨四虎的伤口由于没得到及时的医治，迅速恶化，待部队驻下后，李二蛋背着他来到村东头的刘郎中家治疗伤口。

半夜时分，伪军的夜袭队摸进村子，警卫排的岗哨发现后赶忙向排长陈鸿志报告说村东、村北的敌人包围上来了!

此时通知杨四虎已经来不及了，警卫排排长陈鸿志一面派四名战士前来保护杨四虎，一面为了吸引敌人，带着战士向外猛打、猛冲，果然，敌人一听到枪声，立即向陈排长这里冲来。

听到枪声，李二蛋知道不妙，立即背着杨四虎向南冲出村外。村外，一片空旷，一无遮拦，又加上是月夜，夜袭队发现了杨四虎、李二蛋二人的身影。

"站住，不准跑!"敌人开枪追击。

李二蛋背着杨四虎飞快地跑着，可是，前面一口大塘拦住了去路!

怎么办？后面枪声不断，追兵越来越近。

与其被敌人抓住，不如拼命一搏！李二蛋也不管水深水浅了，背着杨四虎跳进水塘。

梅雨季节，水塘的水很深，李二蛋会游泳，但是杨四虎不识水性，他在李二蛋的帮助下，身体在水中漂浮着，但是，他的两脚不着地，失去了重心，两只手乱抓，二人的行动非常缓慢。

天无绝人之路，杨四虎的手抓住了一根长树枝，他拿它当拐杖支撑着身体，终于蹚过了水面，到了对岸，翻过塘埂，急速地钻进附近的高粱地里躲了起来，二人这才松了一口气。

敌人赶到了水塘边，不见了杨四虎、李二蛋二人，但是，他们知道杨四虎、李二蛋就藏在附近。

"啪啪！砰砰！"敌人胡乱开枪射击。

塘埂上，尘土乱飞，高粱地里，啪啪的子弹射来，高粱秆子一断两截。

见不到动静，夜袭队开始拉网搜寻，慢慢靠近杨、李二人。

此时，陈排长派来的那四名警卫排战士没有找到杨四虎、李二蛋二人，立即冲了出去，和警卫排会合在一起。

"杨团长呢？"陈鸿志问。

"没有找到他们。"

"你们是干什么吃的？丢了杨团长，我剥了你们的皮！"陈鸿志骂道。

这时候，村子南边传来密集的枪声。

"跟我上，无论如何都要救出杨团长！"陈鸿志大喊着，夺过身旁战士手里的机枪，带领警卫排向村南冲来。

警卫排战士救团长心切，赶到大塘边，一个个奋不顾身地冲向敌人，特别是陈排长，双手端着机枪不停地扫射。

"哒哒哒！"

夜袭队见突然从高粱地里冲出一支队伍，怀疑有新四军埋伏，不敢恋战，缩了回去。

"团长，团长！"警卫排战士大声喊着。

"我们在这里。"杨四虎、李二蛋从高粱地里冒出头来。

这一次鬼子"扫荡"，独立团牺牲了五名战士，寿三区区大队牺牲了三人，同时，前来支援的津浦路西独立营也牺牲了五人，一人失踪。

杨四虎心疼坏了！

第十五章 猎杀『狐狸』

失踪的人叫董光本，是独立营三连的一个排长，那天独立营的一个连前来支援独立团四连，在黄老圩子打退鬼子后，董光本接受命令率领自己的排在后面掩护大部队撤退，过一个陡坡时，腿部中弹被俘，由于受不了鬼子的酷刑，他叛变了。

第一个受到牵连的是我地下情报站联络员周善道。周善道为新四军做了很多工作，家乡的人以及独立营不少同志都知道这事。在独立营里，董光本和周善道的儿子周新甫历来不和，董光本记恨在心，叛变后，他第一个供出的人是周善道。

周善道被抓后关在朱巷杜大头部的大牢里，敌人多次审讯，问他为新四军做了哪些事，我地下情报人员有哪些。

周善道性格刚烈，有骨气，拒不回答。实际上，我地下情报人员杨国岭就在身边。

敌人开始折磨周善道，他被打得遍体鳞伤，血迹斑斑。最后，敌人吓唬周善道说再不招供就立即拉出去砍头。

周善道已经做好了最后的打算，大义凛然地说："我给新四军做事，都是为了抗日，没有罪，不像有的人忘了祖宗，给日本人当狗腿子，专门残害中国人，这些人是地地道道的汉奸、卖国贼，他们才有罪，他们总有一天会被砍头的！"

这番话如刺刀一般深深刺入了大汉奸杜大头的心窝里，他立即命令狠狠地毒打周善道，再反复地问。可是无论他使用什么刑具，周善道还是那几句话。

杜大头毫无办法，只好把周善道捆了起来，吊在一棵大树上，用棍子不停地打，直到把周善道打得大出血，不久英勇牺牲。

抓住了周善道后一无所获，鬼子又想从董光本嘴里寻找第二个目标，好在董光本是津浦独立营的，对独立团和几个区的情况并没有掌握多少。

村山大佐狡猾，他没有公开叛徒董光本的身份，而是让他带领伪军夜袭队和鬼子便衣队对在寿三区一带活动，伺机搜捕刺杀我抗日军民。

此时，杨四虎的伤情非常严重，高烧不退，有时候成昏迷状态，身体这样孱弱，不利于长途转移到淮南抗日根据地治疗，只好留在本地医治。

独立团条件有限，再说整天要不停地运动打仗，杨四虎不适合跟着部队。董其道等团部领导经过研究决定，把杨四虎送到杨庙以西杨大庄开明人士杨敬梓家医治调养。

杨敬梓出身于地主家庭，父亲是前清举人，本人是个读书人，家里有两个老婆，育有三女一男。杨敬梓抽鸦片，但是为人正直，豪爽，讲江湖义气。杨敬梓满腹经纶，但是怀才不遇，所以经常发牢骚，表达对国民党腐败无能的不满，对日本鬼子侵略中国更是愤慨。杨四虎率领独立团到杨庙地区后，曾经去拜访过他。杨敬梓对我党的抗日政策非常赞赏，对杨四虎更是崇拜，曾经对杨四虎表达过要求加入共产党的抗日队伍行列。所以，杨敬梓既是新四军的朋友，又是杨四虎非常过硬的"关系户"。

杨四虎到杨敬梓家后，杨敬梓请了当地最好的医生给他疗伤，又派人精心地伺候，几天以后，杨四虎终于退去了高烧，身体逐渐恢复，并能下地活动了。

不久，李二蛋来汇报独立团情况。李二蛋告诉杨四虎，说鬼子的便衣队和伪军的夜袭队经常袭击寿三区，这些人似乎得到了准确的情报，寿三区区大队伤亡不小。

"那叫受伤的人也来这里治疗吧？"杨敬梓说道。

不久，从寿三区转来三名伤员，杨敬梓把他们安排在自家西北角的炮楼里。

一天晚饭后，杨敬梓旧事重提，十分郑重地说："兄弟，我能参加你们的新四军吗？"杨四虎见杨敬梓非常认真，道："我们非常欢迎你参加我们新四军，但是……"

"但是什么，快说！"

"你得答应我三个条件。"

"哪三个？"

"第一，你得立即戒掉大烟。"

"可以！"杨敬梓十分爽快地答应道。

"第二，要不怕吃苦，不怕被抄家。"

"行，我豁出去了。"

"第三，不怕跑路，你要知道，我们经常和鬼子周旋。"

"兄弟我早就想打鬼子了！"

"好，你就先从第一条开始吧，从现在开始就戒烟。"

"好！"杨敬梓爽快地答应了。

"戒烟需要很大的毅力的。"杨四虎不放心地说。

"啪"的一声，杨敬梓把手里的烟枪往桌子上猛地一磕，烟枪断为两节。

第二天早晨天还没亮，杨四虎就起床了，一是烧水泡茶，陪着杨敬梓戒烟，二是借此机会，走到村边观察地形和周围的动静。

杨敬梓的家很气派，也很注意维护。它是单庄独户的圩子，四面是很深的水沟，只有东西两条路通往圩外；房子是四合式的，中间一个大院，东南角和西北角各有一个炮楼，里面住有家丁。

杨四虎观察着，计算着，假如敌人来了，自己怎样隐蔽起来或者快速逃走，这也是军人的敏感特性。杨四虎经常教育战士们：战争年代，还是小心为好，要不是敌人死，就是自己死，没有商量的余地！

果然，杨四虎的预见应验了。

一天早晨，杨四虎正在和杨敬梓一起喝茶闲聊，突然，家丁进来说有人来了。

杨四虎、杨敬梓一听，马上站起来往外看。只见叛徒董光本带着夜袭队端着枪猫着腰悄悄向圩子走来。

情况紧急，容不得二人商量，杨四虎根据以往的观察路线，一头钻进东边的炮楼，掏出枪，躲在门后。

夜袭队冲进屋子，杨敬梓装作不知道，津津有味地在欣赏着墙上的字画。

夜袭队小队长王克卿知道杨敬梓家大业大势力大，不好惹，恭敬地走来过来，满脸笑着问："您就是杨老先生？"

杨敬梓不慌不忙地转过身，慢条斯理地说："鄙人就是，请问各位有何贵干？"

王克卿一听，马上点头哈腰地说："不敢，不敢，我们今天来打扰您老先生，别无他意，只是向您老先生打听一个人。"

"打听人，什么人？"

"听说贵府来了个生人，不过，请您老先生放心，这事与您不相干。"

"生人？我家哪来的生人？"

王克卿见杨敬梓不承认，又慑于他的威望不好来硬的，除非抓到证据。王克卿脑子一转，马上对外喊道："董光本，快进来。"

叛徒董光本扭扭捏捏地进来。

董光本和杨敬梓都是杨庙人，所以认识，但是还不知道杨四虎和杨敬梓的关系。

董光本奸笑着说："杨老先生，你可认得我？前些日子，我们独立营经过这里，你还热情地招待过我们。"

杨敬梓一看，明白了，原来这个家伙叛变了！可是他并没有慌乱，而是一本正经地说："你们一大批扛枪的，我怎么敢得罪？"

王克卿突然变脸，恶狠狠地说："听说杨四虎受伤了，就躲在你这里！"

"他是来过我这里。"

敌人一听，欲动手。

"不过，他和你们今日一样，带着一帮人来了，又走了。"

敌人只好收手，但仍不甘心，开始在屋子里乱搜起来，突然，看到墙上挂着一件新四军的制服。王克卿如获至宝，喝问："这套制服从哪里来的？肯定是杨四虎的！"

"确实是他的，那天他用这一件破军服，换了我一套丝绸衣裤，你们说我冤不冤？唉，没有办法啊！你们个个手里拿着枪都对付不了新四军，我们这些赤手空拳的老百姓能奈他们何？反正吃亏倒霉的都是我们老百姓，受他们的气，也受你们的气，两头招风，还让我们活吗？再说，如果我窝藏杨四虎，还敢把这件衣服挂在这里吗？早就烧了！"

王克卿听了觉得有道理，不再吭声了。

此时，杨四虎躲在炮楼上心急如焚。假如敌人过来搜查怎么办？自己肯定逃不了，杨敬梓也要受到连累。

"不行，得想个法子赶快逃出去！"杨四虎这样想着，悄悄走到炮楼边向下望，看到刚才进来报告的那个家丁杨四红正在院子里如热锅上的蚂蚁一般走来走去，东张西望着，原来他也非常紧张，正在为杨四虎担心。

杨四虎来到杨敬梓家后，经常和杨四红在一起抽烟、聊天、喝茶，并说："我叫杨四虎，你叫杨四红，我们就是亲兄弟！"

新四军的大官如此看得起自己，杨四红感激不尽，以后，他还真的喊杨四虎哥哥。

"啪啪！"杨四虎轻轻地拍着墙。

杨四红听到声音，抬头往上看，看见杨四虎在向他招手，立即走了过来。

杨四虎的手向圩子外指了指，意思是：到那里看看是否有敌人。

杨四红会意，立刻跑了出去，四下张望了一下，然后跑了回来，向杨四虎摇了摇手。

杨四虎松了一口气，可是炮楼下还有敌人，假如自己从这里下去，肯定会被他们发现。怎么办？杨四虎急中生智，向杨四红指了指，然后又指了指西门，意思是让他站在门口，挡住敌人的视线。

杨四红会意，立刻走到西门，装作在找东西，用身体堵住了院门。

杨四虎蹑手蹑脚地下了炮楼，蹚过圩子，进到一块高粱地里躲藏了起来。

杨四虎是安全了，可是角楼里还有三名区大队的伤员呢！

杨四虎立即向西北角的炮楼转去。

"啪啪啪！"杨四虎拍了三下巴掌，这是他们早就设定的暗号。

楼上的伤员听到暗号，立即伸出头。

杨四虎指了指圩子里，意思是里面有敌人，然后示意他们下来。

三个战士的伤基本已经痊愈，他们立即解下绑腿带系在一起丢下窗子，然后三人依次顺着这根带子下了炮楼，蹚过圩沟和杨四虎会合。

"杨团长，快走！"一个战士催促道。

"不行！杨敬梓还在里面呢，我的衣服留在了他家，他随时可能有危险，我们得留下来等待，假如敌人把他带着，我们四个就选个地方埋伏起来，打他个措手不及，把杨敬梓救出来，我们藏在这里，敌人发现不了我们，我们还有四把枪，青纱帐里利于周旋，不要怕！"

三位战士点了点头。

几人就躲在高粱地里等待着。

杨四红看到杨四虎等四人出了圩子，放心了，拿了个抹布进到屋子里擦着桌子。

"他们真走了？"小队长王克卿问。

"真的走了。"杨敬梓回答。

"走了，走了，真的走了。"杨四红貌似为杨敬梓作证，实际上他在一语双关，递话给杨敬梓。

杨敬梓当然明白，心里轻松起来，豪爽地说："诸位大老远地来了，有朋自远方来不亦乐乎，贵客来半天，烟茶还没招待呢！实在对不起，四红，还不给各位敬烟、泡茶。"

杨四红赶紧忙活开了。

"你们还没吃早饭吧？我家有酒有菜，吃了再走。"杨敬梓客气地说。

一提到酒菜，这伙敌人就乐了，不再纠缠杨四虎等新四军的去向。酒足饭饱后，扬长而去。

杨四虎等人看到敌人离去，杨敬梓没有被他们带走，松了一口气。再次进到他的家，杨敬梓把董光本叛变的事告诉了他。

杨四虎恍然大悟，怪不得李二蛋说鬼子的便衣队和伪军的夜袭队屡次得手呢，原来如此！杨四虎一刻也待不下去了，立即告辞了杨敬梓，率领三个战士向独立团驻地疾赶，杨四虎担心迟回去一秒，说不定就会有同志遭殃。

当天傍晚，杨四虎赶到了寿二区独立团所在地拐集，大家见团长平安无事非常高兴。杨四虎立即把董光本叛变的事告诉大家，然后立即派人去寿三区通知寿三区区委，要他们做好防范，并立刻转移叛徒董光本所掌握的同志及家属。

可还是出事了，这一天，董光本带着三个特务化装成独立营战士来到杨庙乡李岗村一带招摇撞骗。杨庙乡武工队队长甄常胜一见是自己人，便热情地接待了他们。

饭后,董光本一伙人借故离开,立即报告了埋伏在周围的鬼子便衣队。便衣队随即包围了甄常胜的家。

武工队只有三人,而鬼子便衣队有十五个人,甄常胜三人把守住房门和窗口与敌人作战。

"你们被包围了,赶快投降吧!"敌人喊话。

"只有战死的共产党,没有投降的共产党!只要老子还剩一口气,老子就要和你们战斗到底!"甄常胜回答。

"哈哈,共产党不投降?笑话!看看这是谁?"

董光本随即喊话:"兄弟们,你们跟着我给皇军干吧,皇军不会亏待你们的,保证你们吃香的喝辣的。"

大家这才明白过来,原来自己上当了。

"你这个叛徒!"甄常胜大骂,"砰!"开枪射击。

敌人见劝降不成,恼羞成怒,所有武器一起开火。半个上午过去了,敌人连续发起几次冲锋还是没能攻下来。

于是,敌人开始往屋子里扔手榴弹,屋子迅速燃烧了起来。

一名战士牺牲了,甄常胜的右腿也被炸断了,跪在地上不断射击。一个叫李黑狗的武工队队员因腹部中弹肠子都出来了,他一只手按住流出来的肠子,一只手继续射击。

不料,敌人冲了进来,对着两人一阵射击,甄常胜和李黑狗二人的身体被打成筛子。甄常胜六十多岁的父亲见状,举着铁叉过来要和敌人拼命。

"老不死的。"董光本穷凶极恶地骂着,抬手一枪,射杀了他。

甄常胜的老婆、孩子哭成一片。董光本看着他们还企图斩草除根,欲对甄常胜的老婆、孩子下手。突然,村外传来枪声,原来是区大队闻讯赶来支援,董光本一伙人慌忙逃离,甄常胜的老婆、孩子才逃过一劫。

当独立团得知这个消息,大家气愤难当,纷纷向杨四虎要求道:"团长,我们一定得除掉这个叛徒,为甄常胜他们报仇!"

"老子一定会亲手宰了他!"杨四虎咬着牙道,然后和特务连、区模范队共同研究行动方案。

叛徒董光本的身份曝光了一段时间后,鬼子见没有收获,便撤回了便衣队和夜袭队，叛徒董光本仍留在下塘集为鬼子卖命。

董光本现在很是风光，因为出卖了同志，村山大佐给了他很多奖赏，还给他配了两个保镖。有了钱后，董光本就开始花天酒地，和汉奸李洪甫等人称兄道弟，一时间春风得意，趾高气扬。

这个叛徒哪里知道，他的一举一动都在我地下党和特务连、模范队的严密监视之下，他的死期快到了！

董光本知道自己罪孽深重，杨四虎是不会放过他的，于是他轻易不离开下塘集，除非跟着鬼子、伪军大队人马。这给铲除这个叛徒带来了难度。

可是不铲除他，又不能平民愤，再说自己已经放话出去了，要亲手铲除这个叛徒，杨四虎寻思着如何对董光本下手。

明天下塘逢集，杨四虎决定自己带领几个人去下塘，找机会干掉董光本。

"不行，不行，太危险了！"独立团几个领导一致坚决反对。

"你们放心吧，董光本不认识我，我和二蛋可以趁下塘逢集的机会干掉他！"

"那也不行！"

"不行也得行，反正老子得亲手宰了这个叛徒，这话我已经撂出去了，开弓没有回头箭，你们不会让我失信于战士们和广大群众吧？那样，老百姓谁都认为我杨四虎说话就是在放屁！以后谁还会相信我们，拥护我们？"杨四虎瞪大眼睛说。

其他同志见杨四虎发火了，这才不吭声。接着几人开始研究行动计划。

按照众人的想法，在鬼子的老巢里行动，一定得多派几个人手。可是杨四虎反对，说人多了目标大，行动起来不灵活，最后决定，由杨四虎带领李二蛋和特务连的六名战士开展这次行动。

第二天，杨四虎和李二蛋等人化装成赶集的老百姓来到下塘集。为了保护杨团长，汪大奎背着杨四虎派遣了几个模范队队员混在人群中以防万一，同时命令下塘集我地下党随时接应。

根据前几天的跟踪，情报人员告诉杨四虎，叛徒董光本经常到小桂茶庄喝茶。杨四虎带着李二蛋等人来到小桂茶庄一带溜达，借此侦察了地形和路线，然后分批次走进茶庄喝茶。

上午时分，董光本带着两个保镖大大咧咧地来到茶庄，坐下便吆喝着要茶、要点心，然后惬意地坐那里享受着茶水。

这个时候从外面进来两个人——特务连战士，他们来到董光本后面的桌子旁坐下喝茶。

时机已经成熟，李二蛋装作有事，来到门口，观察着门外情况，再向杨四虎招手，示意外面一切正常。

杨四虎拿下帽子，这是在告诉邻桌的同志们马上行动！

此时，董光本已经感到有些不对劲，平时没有这么多喝茶的人，他狐疑地四下观察着。

杨四虎已经觉察到董光本的怀疑，不行动就来不及了！他站了起来，装作往外走的样子，摸出短枪，突然转身，向董光本冲来，喊道："叛徒董光本，不许动！"

"砰"的一声，一颗子弹射中董光本的左肩。

董光本狗急跳墙，纵身跳上板凳，上了桌子，再跨到另外一张桌子上准备逃跑。

"砰！"杨四虎对着董光本的脑袋开了一枪，"咕咚！"一声，董光本从桌子上摔了下来，躺在地上死翘翘了。

董光本的两个保镖刚要掏枪。

"不许动，举起手来！"两把枪随即抵在了两人的腰间，两人乖乖地举起手。

杨四虎率领大家奔到大街上，对着空中放了几枪。街上顿时大乱，赶集的人四散逃跑。

"走！"杨四虎挥着手喊，随即带领几人混在逃跑的人群撤出了下塘集。

董光本被打死的消息在下塘集周围传开了，并且越传越邪乎，有的说杨四虎会神功，来无影去无踪，能飞檐走壁、百步穿杨……

除掉董光本后，杨四虎立即召开了这次反"扫荡"总结分析会。会上，大家都认为这次鬼子来得太突然了，部队根本来不及撤退，看来，我们的情报工作有待加强。

"不是我们的情报不准，而是鬼子加强了情报的搜集。"杨四虎说。

大家都疑惑不解地看着杨四虎。

"鬼子'扫荡'前，我们的驻地经常有一个货郎担出现吧？"

"是啊。"

"那就是鬼子的特务！"

"啊！"众人惊讶地张大了嘴。

"我们的情报人员告诉了我此事，那个货郎担叫邓和尚，是杨庙鬼子宪兵队训练的铁杆汉奸特务，以往鬼子每次扫荡，都是他侦察带路，只是没有引起我们的注意罢了。"

"这个人是哪里人？"汪大奎问。

"肯定不是本地人！"区模范队队长陈明义说。

"听地下情报人员说是北方人。"杨四虎说。

"此人不除，乃是我们根据地的心头大患啊！"董其道说。

"对，得想办法除掉他。"杨四虎坚决地说。

"这个任务就交给我们模范队吧。"陈明义主动请缨道。

"这次我们去下塘干掉了董光本，鬼子加强了戒备，你们要小心，最好在外围干掉他。"杨四虎分析说。

第二天，短枪队就开始严密监视杨庙方向来的人，同时对群众嘱咐，只要发现可疑的人，立即报告。

可是一连很多天，邓和尚都没有现身，短枪队无奈，只好深入杨庙搜寻跟踪这个特务。

陈明义他们有的化装成做生意的商人，有的化装成赶集的农民在杨庙潜伏了下来，也许是在下塘除掉董光本，打草惊了蛇，邓和尚整天躲在鬼子的宪兵队里不出来。鬼子的宪兵队戒备森严，模范队无法进去捕杀，只好整天蹲守在宪兵队的周围监视。

一天中午，邓和尚终于从宪兵队出来了。负责监视的短枪队员张富贵留下来继续跟踪，杨二毛立即跑到地下党李拐子家报告陈明义。陈明义问杨二毛："往哪个方向去了？"

"往街心曹胖子饭店那里去了。"杨二毛回答。

陈明义立即带着三名短枪队员抄近路赶到曹胖子饭店，装作吃饭的顾客进到饭店里。

曹胖子饭店生意红火，吃饭的人来来往往，很是热闹。陈明义几人坐在门口观察着街上的行人。

远处，邓和尚慢慢向饭店走来，后面跟着张富贵。

陈明义等人立刻做好了动手准备。

邓和尚受过鬼子宪兵队的严格训练，具有很强的反侦察能力，此时，特务的嗅觉让他已经觉察到后面似乎跟着个人，但是，他表面装作不知道，借着买东西看货的机会，偷偷观察着后面。

张富贵参加模范队不久，跟踪经验欠缺，他紧紧跟在邓和尚后面，生怕跟踪丢了。当邓和尚停下买东西，自己急忙停下也装作买路边的东西。邓和尚买了东西疾走，张富贵急忙放下东西快步跟上继续跟踪。他不知道这是邓和尚使用反侦察手段在试探他。果然经过这么一试探，张富贵露出了马脚。

联想到下塘集叛徒董光本的下场，邓和尚知道不妙，赶紧从旁边的岔道向鬼子据点跑去。

陈明义知道邓和尚察觉了，赶紧喊："富贵，快撤！"说完带着大家立即撤出了杨庙。这次刺杀以失败而告终。

打草惊蛇后，想刺杀邓和尚就更加困难了，再说，在杨庙行动风险太大，杨四虎命令取消行动。

可是此人不除，会给我抗日根据地带来很大的隐患。过了几天，杨四虎又把这个任务交给了董善云和孙敏德二人，并交代他们俩，只可以在外围动手，争取一击致命。

董善云和孙敏德接受任务后，前去杨庙找到了地下党戚成芳、程良仁二人，向他们打听邓和尚的行踪、活动规律和通常化装的样子。

戚成芳、程良仁告诉董善云，邓和尚正常情况下一个月要去寿三区等地侦察两次，一般就是化装成货郎担。

戚成芳告诉董善云，说他们已经观察了很久，这二十多天邓和尚都没有行动，他最近肯定要出门侦察。

"你们继续观察，邓和尚一有行动，立刻通知我们。"董善云交代道。

九月十二日早晨，天微微亮，起着浓密的大雾，打入敌人内部的我地下党董吉文正在站岗，这时候，从雾中走来挑着货郎担的邓和尚。

"邓老哥，又出门呀。"董吉文上前打招呼道。

"是啊。"

"今天去哪里?"

"涂拐，义井。"邓和尚毫无戒备地说，然后消失在浓雾中。

董吉文立即来到戚成芳的家，把这个重要的情报告诉了她。戚成芳马上出发，来到寿三区找到了书记杨岗。

众人听了大喜，这次邓和尚主动送上门来了，一定不能让他再跑掉了！

为了保险起见，杨岗书记派区大队队长杨守先带领两名战士协助董善云、孙敏德二人。

几人会合以后，商量了捕杀方案，然后分头行动。

太阳一树高的时候，雾气散去了。在杨庙通往涂拐的大路边的田地里，董善云拿着篮子在摘绿豆。左边，孙敏德挎着粪箕在拾粪，一名战士扛着铁锹装作在看稻田里的水。右边，杨守先带着一名战士拿着锄子在棉花地里除草。

这是计划好的，为了以防董善云一击不中，邓和尚肯定会逃跑，这个时候，孙敏德、杨守先等人会从两侧夹击。

这一次，邓和尚插翅难飞！

上午九点多，大道上走来一个人，他挑着货郎担，一步三晃，嘴里还唱着小曲。

此人就是邓和尚。

邓和尚大摇大摆地走着，从老吴岗上下来，径直向董善云走来。

老吴岗上，担任瞭望任务的戚成芳取下头巾在手里摇着，她在向董善云等人发信号——邓和尚来了！

同志们看到信号，立即做好了战斗准备。

邓和尚挑着货郎担子摇摇晃晃地走来，距离董善云只有十几步远了！

"喂，货郎，停下来，我买几根针。"董善云上前打着招呼说。

邓和尚站住看了看董善云，又四下看了看，并没有异常便弯下腰正要放下担子，刹那间，董善云掏出手枪，一个箭步冲到邓和尚面前，对着他的胸脯、头部"啪、啪、啪"连开三枪。

邓和尚随即倒在地上，死狗一般。

除掉了邓和尚这个敌人的眼睛，杨庙据点的鬼子、伪军就再也不敢轻易到根据地来活动了。但是，鬼子却加强了在杨庙周围地区的防守。

杨筱贞本是车王乡的副伪乡长，是杨四虎安排打入敌人内部的，他对我抗日根据地帮助很大，经常能够及时了解下塘集、朱巷、车王集等地日、伪军的动态并及时报告新四军。杨筱贞经常和新四军联系被伪军营长姚瑞臣察觉后，六月的一个夜晚，姚瑞臣指派伪军连长朱少亭把杨筱贞诓到车王集的烟馆里暗杀了。

杨四虎得知，决心为杨筱贞报仇。朱少亭知道新四军准备会报复他，便加固了炮楼，又加深了壕沟。看来强攻肯定不是上策。

"我们还是采取老办法——引蛇出洞。"杨四虎在会议上提出，并和大家一起商定了作战计划。

上午九时许，区大队副队长陈耀希带领几个队员来到朱少亭的炮楼下，首先一阵射击，然后破口大骂："狗日的朱少亭，你出来，新四军为杨筱贞报仇来了。"接着战士们一起大骂。

朱少亭被骂火了，又见游击队人数少，带着伪军追了出来。

陈耀希和战士们一边向涂拐南边跑，一边骂，一边还击。朱少亭带着伪军紧追不舍。

街南的高粱地里，杨四虎带领独立团特务连正埋伏在里面。伪军慢慢靠近过来，战士们做好了战斗的准备。眼看朱少亭这次跑不了了。

朱少亭带着伪军仍在后面追着，眼看就要进入杨四虎设置的埋伏圈了，突然听到后面有人喊："朱连长，快停下！快停下！"

朱少亭往后一看，只见伪乡长王化民带着几个乡丁跑了过来。

"前面……前面有新四军的埋伏！"王化民来到朱少亭的面前，上气不接下气地说。

朱少亭一愣，已经惊出了一身冷汗，立即命令伪军赶快撤退。

杨四虎见伪军要跑，立即命令战士们出击。

"杀啊！"战士们高喊着从高粱地里冲出来。

朱少亭见状，跑得比兔子还快，仓皇地逃回到炮楼里。

这次战士们虽然只打死了一个伪军，活捉了三人，但是朱少亭经过这次死里逃生，惊恐万状，自知炮楼难以守住，连夜带着伪军逃回下塘老巢去了。

第十六章 铲除害人精

寿二区、寿三区、寿四区抗日斗争如荼如火地开展着,杨四虎早就准备在王集乡的基础上成立寿一区了。

要建立寿一区,必须端掉杨公庙伪军据点,因为杨公庙位置非常重要,它位于寿一区的中心地带,也是整个淮西地区的交通要冲。

当时杨公庙驻扎着伪军连长王玉清的一个连,伪军据点戒备森严,中间是一个大炮楼,四角修筑了碉堡,每个土堡里驻扎着一个班的伪军,四周挖有宽四丈、深一丈的壕沟,沟外拉有铁丝网,上面扎有铁蒺藜。王玉清派了大量的岗哨和流动哨,并且在杨公庙街上设有暗哨和特务,以防新四军渗入。

仗着这个固若金汤的据点,王玉清有恃无恐,并且经常深入王集一带"扫荡"。

七月十一日上午十点左右,王集乡侦察员庞士良、朱三到杨公庙侦察。回来的路上,迎面碰见四个伪军押着两个年轻妇女。两名侦察员知道这肯定是王玉清指使他们抓去供他消遣的,心里不由得大骂王玉清这个畜生,有心解救那两名妇女,可是敌众我寡,怎么办?

遇到敌人祸害老百姓,不能解救也要解救,这是杨四虎下的死命令,是淮西新四军铁的纪律,也是新四军之所以得到群众拥护的法宝,同时,两人也看到那四名伪军大摇大摆地走着,一点防备都没有。于是庞士良大着胆子走上去问:"兄弟,你们是哪里的?"

那四名伪军见是两个老百姓,根本没有放在心上,傲慢地回答:"老子是杨公庙据点的，王连长的部下。"

"这两个女人是干什么的？"庞士良继续问。

"她们是共匪的家属，抓回去审问。"一个伪军奸笑着回答。

"辛苦了，辛苦了，来，抽支烟。"庞士良说着掏出烟，递了过去。

四个伪军见有烟抽，欣喜地接了过去，点着，蹲在地上抽着。

庞士良和朱三一使眼色，两人同时掏出枪，分别对准一个伪军开枪。

"砰！砰！"两个伪军栽倒在地。

另外两个伪军见了，撒腿就跑。庞士良、朱三向着他们又开了几枪，可惜都没有打中，见他们跑远了，也就不追了。

二人折回头来问那两名妇女到底怎么一回事。两名妇女哭着说她们根本不是什么"共匪"家属，而是规规矩矩的农家妇女，只是自己家的远房亲戚参加了新四军，所以伪军借这个理由把她们抓来了。二人还得知，其中一名妇女还是乡武工队队长王凯的亲戚。

二人立即叫两名妇女赶快回家，躲起来，说不定敌人还会上门来找麻烦。

两名伪军逃回杨公庙据点向王玉清汇报了路上的遭遇。

"肯定是新四军干的！"王玉清说着立即带领伪军追了过来，可是庞士良他们早已不见了踪影。

两名侦察员坏了王玉清的好事，这让他恼怒不已，第二天就率领伪军向王集乡"扫荡"而来。

王玉清狡猾，知道王集南边和东边紧邻新四军寿二区抗日政权，如果他直接过去"扫荡"，王集的新四军游击队会立即撤到寿二区。

这一次，王玉清改变了"扫荡"路线，他带领伪军悄悄插到王集以南，然后由南向北扫荡，企图一举消灭王集游击队。

恰在此时，杨四虎带着李二蛋等人在王集乡考察麦收情况。

敌人从东、南两个方向涌来，风中都能够闻到紧张的气息。

怎么办？西边是瓦埠湖和寿县县城，那里是寿县国民党党部的老巢；向北，是淮南，驻有大批鬼子。现在貌似无路可去。

"杨团长，我们掩护你冲出去！"王凯说。

"对，杨团长，我们拼死也要保护你的安全。"乡中队的战士纷纷表示。

"不行，我们的力量太弱，不能和敌人硬拼，这样亏本的买卖我杨四虎从来不做!"杨四虎胸有成竹地说。

看到杨四虎如此镇定,战士们的紧张情绪稍微舒缓了下来。大家望着杨四虎,要听他的妙招。

"向北撤!"杨四虎说。

"向北撤?"王凯等人一起问。

"对,向北撤!"

"那不是敌人的据点吗?"

"越是危险的地方越安全,敌人做梦恐怕都没有想到我们会往那个方向撤,敌人倾巢出动,后方肯定空虚,再说,北部就是舜耕山,那里利于我们隐蔽。"

听杨四虎这么一分析,大家悬着的心落地了。

"撤!"杨四虎挥着手命令道,然后带着大家向北撤去。

果然不出杨四虎所料,敌人的据点方向反而没有布置什么兵力,一行人顺利向北撤退。随后,王玉清发现了杨四虎他们的行踪,在后面一路猛追。

杨四虎带领大家绕过敌人的据点,傍晚时分,撤退到舜耕山。

舜耕山,绵延数十里,森林茂密,怪石嶙峋,杨四虎带着大家进到山里,伪军要想找到他们宛如大海捞针,再加上已经是傍晚了,王玉清害怕有埋伏,没敢进山,只好收兵回到据点。

见敌人退去,杨四虎破口大骂道:"他奶奶的,没想到今天被王玉清这个蚊子咬了一口,窝囊!走,回去!"

当夜,杨四虎带领李二蛋等人悄悄回到寿二区,立即召开了会议,研究怎样端掉王玉清的据点。

"这一次,老子就不用其他办法,就和他硬碰硬了!"杨四虎道,然后立即作出部署:四连插到朱集和杨公庙之间的黄花岗,阻击朱集方向的援军;七连赶到大孤堆集和杨公庙之间的小河湾,负责阻击大孤堆集之敌;特务连则负责主攻。

为了减小目标,杨四虎挑选了七名精干的战士组成突击队,樊平任队长,准备好炸药包和集束手榴弹,争取把敌人据点一锅端了。

杨四虎看着炸药包和集束手榴弹,大笑道:"这次,够他王玉清喝一壶了!"

大家一起笑,说这次保证管他王玉清饱。

"出发！"杨四虎命令，各部队立即行动起来。

夜里九点多，特务连包围了王玉清据点，樊平率领突击队悄悄向据点摸去。

今晚天气闷热，伪军岗哨敞着怀慵懒地走来走去。

黑暗处，樊平猛地冲了上去，手起刀落，伪军哨兵一声没吭地倒了下去。其他战士手里随即抱着炸药包向敌人据点大门冲来。

"什么人？站住！"敌人的暗哨发现了突击队。

顿时，敌人据点里枪声大作，轻重武器一起猛烈射击。突击队被迫撤退。

听到枪声，特务连立即赶了过来，双方激烈交火起来。趁着混战，突击队跃跃欲试，试图靠近敌人据点。

敌人躲藏在炮楼和碉堡里，居高临下，集中火力封锁了通道，突击队一时无法靠近。

双方呈胶着状态，一晃两个多小时过去了。

攻不下来，杨四虎很是恼火，对着机枪班喊："火力掩护，突击队，上！"

特务连的机枪一齐开火，子弹冒着火星飞向敌人据点。敌人的火力被压制住了。

趁着这个间隙，突击队战士王小虎猛冲过去，把炸药包放在了敌人的铁丝网下。

"轰！"一声，敌人的铁丝网被炸开了一个缺口，敌人的第一道防线被冲破了！

王玉清见了，知道后果的严重性，立即指挥伪军冲了过来，试图堵住缺口。

樊平见了带着突击队其他成员立即猛冲了过去，冲到圩子边，向敌人不停地扔手榴弹。

"轰轰！"手榴弹爆炸了，敌人从浓烟里出来，向突击队冲了过来。

"上！"杨四虎命令。

特务连立即冲上去一阵扫射，把敌人逼到院子里，紧紧将他们包围住。

王玉清只好率领伪军躲在炮楼里，企图凭借高墙深沟和精良的武器与独立团周旋。

"弟兄们，打，给我狠狠地打，等到天亮，我们就有援军啦！"王玉清挥着手枪喊。

杨四虎也知道时间不等人，务必于天亮之前结束战斗。指挥战士更加猛烈地进攻。

王玉清躲在炮楼里观察着外面的情况，他心里明白，如果照这样下去，不等天亮，据点肯定会被新四军攻破。

他掏出怀表看了看，离天亮还有四五个小时呢！

"得用什么办法拖延一下时间就好了。"狡猾的王玉清暗想着。

用什么办法呢？王玉清绞尽脑汁地想着，突然，他的贼眼睛一转，一个诡计涌上心头。

"嘿嘿，新四军，你们等着好看吧！"王玉清奸笑着，然后把自己的想法告诉了手下，命令他们赶快去准备。

杨四虎带领大家猛烈进攻着，突然，敌人炮楼里传来王玉清的声音："新四军，不要打了，不要打了，我们投降！"说着炮楼里伸出一面白旗，接着，又从炮楼里扔出几支枪。

敌人投降了，战士们欣喜不已。

"难道敌人真投降了？"杨四虎判断着，并没有命令停止射击。

王玉清是土匪出身，罪行极大，投降鬼子后，更是有恃无恐，变本加厉，干尽了坏事，他知道被新四军抓住的下场，怎么这么轻易投降了呢？不好，有诈！杨四虎明白过来时，已经晚了。特务连战士杨传翠、赵余家信以为真，他们俩奔向敌人的炮楼去取枪。

"快回来！"杨四虎喊。

已经来不及了，"哒哒哒！"一梭子弹射来，杨传翠倒地牺牲，赵余家受伤躺在地上挣扎着。

战士们看傻了，没想到王玉清这样奸诈恶毒，他们反应过来后愤怒地大骂道："狗日的王玉清，老子逮住你，活剥了你！"

"他奶奶的，敢和老子玩阴的！"杨四虎也是破口大骂，然后命令道："机枪掩护，突击队，上！"

突击队冒着敌人的枪林弹雨向前冲，可是几次尝试都被敌人的火力压制而退了回来，还造成一死一伤。

时间一分一秒地过去了，鸡已经叫第一遍！

如此紧张时刻，杨四虎反而冷静了下来，他拿着望远镜仔细地观察着，然后指着敌人的门楼柱子对樊平说道："看到没有，那根柱子。"

"看到了！"樊平看着那根柱子回答。

"看到西边的那些草房了吗？"杨四虎继续问。

"嗯，看到了。"

"等会我们给他一阵手榴弹后，你们趁机冲过去，躲在柱子后面，把那些房子给我点着了。"

"是！"樊平答应着准备去了。

"手榴弹！"杨四虎命令道。

特务连战士纷纷拿出手榴弹，拧开盖。

"听我命令！一、二、三，投！"杨四虎大声喊。

手榴弹雨点般飞向敌人据点。

趁着这个空隙，樊听猛地冲了过去，躲在门楼柱子下面，点燃手里的火把，向敌人西边那几间草房扔去，一把、两把、三把。

火把点燃了草房，火势渐渐蔓延开来，一会儿，敌人的据点里火光冲天，烟雾弥漫。伪军乱成一团。

樊平见状，举起集束手榴弹向敌人的碉堡扔去，"轰！轰！"几声巨响后，敌人的机枪哑火了。

"机枪掩护，冲上去！"杨四虎命令。

特务连战士在机枪的掩护下发起冲锋，占领了东围墙。

可是围墙太高了，难以逾越。

"推倒它！"杨四虎喊。

"一、二、三，一、二、三！"特务连战士合力推着围墙。

敌人的围墙晃了几下，"轰"的一声倒了。

"冲啊！""杀啊！"战士们大声喊着冲进敌人的据点里，四处追击伪军。

"缴枪不杀！"喊声震天，伪军见大势已去，大部分举手投降。

战斗接近尾声，可是没有见到王玉清的踪影，这个家伙跑到哪里去了？

杨四虎来到一个伪军排长面前，问："王玉清呢？"

"说！"李二蛋用枪顶住他的头喝问道。

"他……他翻墙跑了。"伪军排长结结巴巴地说。

"赶快找！"杨四虎命令。

于是特务连战士举着火把在敌人的据点附近找了起来，终于在一处地上发现了血迹，然后顺着血迹找去，最后，血迹在一家农民的柴草堆旁消失了，里面似乎还传出呻吟声。

李二蛋知道王玉清就藏在里面，于是高喊："王玉清，快出来！要不开枪了！"

几名战士纷纷拉枪栓，发出"咔咔"的声音。

王玉清到底害怕了，答应道："不要开枪！不要开枪！我出来，我出来。"然后从草堆里慢慢爬了出来。

战士们一看，王玉清的大腿在滴着血，原来是一颗子弹穿透了他的大腿。

第二天，杨四虎在杨公庙召开审判大会。群众听说王玉清被抓了，纷纷赶来，会场上人山人海。杨四虎号召老百姓控诉王玉清的罪行。群众看到王玉清被抓起来了，胆子大了起来，纷纷站出来揭露王玉清残害群众，欺男霸女，拉牛赶猪等丧尽天良的罪行。

别看王玉清当土匪、汉奸威风八面，现在吓得身子筛糠似的哆嗦着，哀求道："饶命！饶命！"

群众高呼着："打死他！打死他！"

"好！我就为你们处决这个大汉奸！"杨四虎回应道，一挥手，立即上来两名战士押着王玉清走向河湾。"砰！"一枪结果了王玉清的狗命。

王玉清盘踞杨公庙很久，对地方老百姓实行严酷的统治和掠夺，造成很多群众的生活困难。杨四虎打开敌人的粮库放粮，暂时解决了他们的困难，这让群众更加拥护共产党新四军和独立团了。

这次拔除杨公庙伪军据点，极大地惹怒了鬼子。没几天，鬼子纠集了淮南、水家湖、大孤堆集等地一百多人马和伪军一个连向我寿二区"扫荡"。

敌人从史院集出发，经过邵店集、徐庙，直达我寿二区中心地带——拐集。鬼子、伪军到一处，便残杀我抗日军民，烧杀抢掠。

杨四虎率领独立团和敌人展开灵活周旋，一直没有离开寿二区。

以往鬼子"扫荡"，在没有找到独立团的情况下，很快便撤出我抗日根据地，最多不会超过三天。可是这次不同，他们居然待在拐集不走了。

为了赶走敌人，杨四虎率领独立团、区大队和敌人斗智斗勇。

夜晚，杨四虎派出张大毛率领一个班绕到拐集以南张小郢子袭击敌人，自己则带领独立团四连从西边悄悄靠近鬼子大队。

张大毛带领几名战士悄悄靠近敌人的营地之后,"砰"的一枪结果了敌人的哨兵,然后向敌人的营地一阵射击。

敌人不知道真相,轻重武器一起开火。张大毛带领战士边打边撤,鬼子立即组织人马追了出来,但是,茫茫黑夜,满野的青纱帐,哪里去寻找那几个人?

听到枪声,杨四虎立即带领四连再次向敌人营地发起进攻。顿时,敌人营地内外枪声大作,一片火海。

待到敌人组织好部队拆回出击的时候,杨四虎已经带领部队撤出了战斗。

这种声东击西的战术和游击队的麻雀战有效地袭扰了敌人,让他们吃不饱、睡不好,并且不断减员。

可是,在以后的几天里,这种声东击西的战术和游击队的麻雀战就不起作用了。每当新四军小股部队袭扰,鬼子只派出小分队应战,同时用电台联系大本营,大本营再用电话命令周围据点里的鬼子、伪军从后面包抄我独立团和游击队。

考虑到会给部队带来危险,杨四虎只好放弃了这种战术。

可是敌人一天不走,寿二区老百姓就会多受一天的罪,抗日政权就只能转入地下。

"得想办法赶走鬼子!"杨四虎在会议上说。

可是该使用的方法都使用了,还有什么办法呢?大家陷入了沉思。

"大家听说过围魏救赵的故事吗?"杨四虎突然问。

"当然听说过,此为三十六计之一。"大家回答。

"我们就用它一次!"

大家明白了杨四虎的意思,又问:"团长,我们要打哪里的鬼子?"

"鬼子这次前来'扫荡',后方肯定空虚,我们穿插进去,狠狠打他一下,让鬼子顾头顾不了尾,保证这股鬼子立马滚回去!"

"团长,你说具体打哪一个据点?"一营营长汪大奎着急地问。

"这个我还没有想好,来,我们研究一下。"

接着,杨四虎和大家商量具体打敌人的哪个据点,大家一致认为这得有两个条件:第一,必须是敌人后方的据点;第二,必须是驻守敌人力量比较薄弱的据点,以保证能够攻打下来,这样才能给鬼子以威慑。

为了了解各个地方敌人据点的情况,杨四虎让李二蛋把独立团几个侦察员叫来。大家听取了侦察员的介绍，最后，杨四虎选择了曹庵以北六公里处的马场集伪军据点作为攻击对象，并进行了战斗部署。

马场集地虽偏僻，但是地理位置很重要，南边是鬼子的水家湖据点，东边是孔店，北部紧邻淮南。

马场集的街道南北走向，街北，敌人修筑了三个旱碉堡，驻有一个连的伪军，连长为闫大麻子。

夜幕降临，杨四虎率领一营从戴大庙出发，绕过敌人的曹庵据点，半夜时分抵达马场集，并从西边靠近伪军的据点，随即包围将其起来。

杨四虎选择攻打这里的据点，那是有理由的。这里伪军的据点是旱碉堡，四周只有高墙和铁丝网，没有水沟，这样就减小了攻打的难度，更为重要的是，据点里的三座碉堡和伪军住着的一排草房子连在一起。杨四虎早就想好了攻击方法，那就是火攻！为此，杨四虎自制了燃烧瓶——就是用空酒瓶装上煤油，再往酒瓶里塞进布条做引信。

黑暗中，战士们悄悄靠近敌人据点。

"什么人？口令！"黑暗中，敌人岗哨问，接着传来拉枪栓的声音。

"老子是新四军！"杨四虎答应着，随即开枪，战斗就此拉开序幕。

伪军从梦中惊醒，在伪连长闫大麻子的组织下开始还击。

敌人的火力较猛，三个碉堡里各有一挺机枪。"嘟嘟嘟！"敌人的机枪吼叫着。

"火力掩护！突击队准备！"杨四虎命令。

一营轻重武器一起开火，突击队四连一排排长蔡和贵带领小战士孙猴子早就准备好了。

"上！"杨四虎命令道。

听到命令，蔡和贵和孙猴子手里拿着燃烧瓶迎着敌人密集的火力冲了过去。

"哒哒哒！"敌人的一梭子弹射来，蔡和贵倒地牺牲了。好在小战士孙猴子身体灵活，他闪展腾挪、连滚带爬地前进着，终于来到敌人的围墙边，立即点燃燃烧瓶，放在手里停留片刻待充分燃烧后向伪军的房顶接二连三地扔了过去。

敌人的房顶是斜的，而酒瓶是圆的，扔上去，按常理酒瓶会立即滚下房顶来。这一点，杨四虎早就考虑到了，他在酒瓶上面捆了三根弯弯曲曲的小木棍，算给酒瓶安了腿，酒瓶被甩到房顶后，立即躺在了房顶上面。

伪军的住房是草房，加上秋季天气干燥，"轰！轰！"几声，燃烧瓶接连在房顶爆炸，火焰也随扩散，敌人的住房随即燃起了熊熊大火，大火借着风势迅速蔓延开来。

敌人的据点里蹿起几丈高的火焰！映红了半边天空，十几里外都能看得到。

敌人后面有火，前面有独立团，慌作一团。杨四虎率领战士发起最后的攻击，终于靠近了大门边，用集束手榴弹炸开后，战士们奋勇杀了进去。

"缴枪不杀，新四军优待俘虏！"这个口号响遍了敌人据点里的各个角落。

伪军见大势已去，只好投降，其中包括闫大麻子。

这一仗，除了打死十几个伪军外，剩余的八十三人统统做了俘虏。

新四军居然跑到"皇军"的后方去了！各处据点里的鬼子、伪军惊恐不已，纷纷向鬼子大本营报告。

鬼子大本营命令"扫荡"的部队立即后撤。第二天，盘踞在拐集的鬼子、伪军就撤出了我寿二区。

拿下了杨公庙伪军据点，赶走了"扫荡"的鬼子，使得杨四虎有时间和精力来筹备建立寿一区。但是，杨四虎并没有宣布立即成立寿一区，在他心里还有唯一的一个障碍——三和集敌人的据点。

三和集地理位置非常重要，它的北边是淮南市的洞山，可以说，三和集就是日军淮南大本营的南大门。

鬼子在三和集修筑了据点，并成立了三和乡伪政权，乡公所也设在伪军据点内。伪军连长兼伪乡长蒋如高带领一百多个伪军驻扎其中。

对于是否攻打三和集，当时在独立团、寿县县委同志之中存在分歧。

一方认为，现在成立寿一区的条件完全成熟，以王集为中心，下设几个乡，方圆有几十公里，没有必要再去攻打三和集。

以杨四虎为代表的一方主张坚决攻打三和集。

为此，独立团和寿县县委召开了专题会。

"我们要有长远的眼光，攻打下三和集后，我们淮西根据地通往淮南就一路顺畅了，这为我们以后攻打淮南鬼子的大本营积蓄了资本。同时，我已经考虑过了，我们攻打三和集有十成的把握！"杨四虎说。

"十成的把握？"大家听了兴奋起来，要杨四虎继续往下说。

"第一，我们有好几百人的力量，而敌人只有一百多人，我们几个打一个，能行吧？"

大家一阵笑。

"第二，驻守三和集的敌人以为自己靠近淮南鬼子大本营，新四军不敢向他们动手，所以防守肯定很松懈，我们可以出其不意、攻其不备，一举拿下。"

大家听杨四虎这么一分析，不再反对。

最后，杨四虎说道："只要我们方法得当，就一定能够攻下三和集，这样，我淮西北部就能连成一片，建立寿一区指日可待！"

大家鼓掌赞成。

"但是，杨团长，我还有一个顾虑，三和集的北部是淮南鬼子大本营，南部是鬼子大孤堆集据点，战斗一打响，这两处的鬼子肯定会来支援，特别是淮南的鬼子，肯定会派重兵前来支援的。"董其道说。

董其道的一席话让大家沉默了下来。

杨四虎不慌不忙地站起来说："所以我刚才说了要用得当的方法，对于攻打三和集这样的敌人据点，不能像攻打杨公庙那样硬攻，我们只能智取！"

"看来杨团长你已经考虑好了。"董其道说。

"团长，快说，不要卖关子了！"大家一齐催促道。

"我只有初步打算，还需要进一步侦察验证。"杨四虎说。

会议后，杨四虎立即把侦察班班长王怀珍找来，要他立即到三和集进行侦察。

王怀珍接受任务后，一连几天前去三和集侦察敌情，把三和集周围的情况摸清了。但是，对于敌人据点内部的情况一无所知，通过打听才知道敌人有三道岗哨！看来敌人的防守并不像杨团长所说的那样松懈。

原来，我独立团攻打下杨公庙后，给伪军连长蒋如高很大的震动，他害怕自己落得和王玉清一样的下场，于是加紧了防守，据点内设立了三道岗哨，同时加强了对街道上行人的盘查。

"看来攻打敌人的这个据点有点悬！"王怀珍这样想着，蹲守在敌人据点的大门旁继续侦察。

这时候，突然从淮南方向疾奔而来两匹快马，停到伪军据点大门口后下来两个日本鬼子兵，然后耀武扬威地向据点里走去。

别看伪军岗哨对进出的中国人横眉竖眼、严加盘查，可是见了他们眼里的所谓"皇军"，一个个孙子似的点头哈腰，根本不加盘问立即放了进去。那种奴颜婢膝、惺惺作态的样子让王怀珍看后直恶心。

看到伪军岗哨如此厚待鬼子，王怀珍心里冒出一个奇想，兴奋得几乎喊出声来，立即赶回寿二区向杨四虎作了汇报。

杨四虎听了竖起大拇指，连声夸赞道："好啊！好啊！王怀珍，真有你的，观察得真细致，你的想法和我的想法完全一样！"

攻敌之策有了，杨四虎立即进行了作战部署。

第三天，是三和集逢集的日子。太阳升到一杆子高了，街道上，人来人往，熙熙攘攘，很是热闹。

今天，三和街道上比平时多了些人，他们就是独立团特务连的战士！战士们化装成卖菜的、卖瓜的、卖柴草的等混在人群中，慢慢向伪军据点靠近，然后蹲守在据点大门附近。

突然，从街北气势汹汹地走来七八个鬼子稽查队，这伙人横冲直撞地向伪军据点大门走去。为首的军曹正是王怀珍所扮。

把守第一道大门的伪军岗哨见是"鬼子"稽查队，连问都没敢问就放人进去。

王怀珍等人顺利进入伪军大院，大摇大摆地向第二道门走去。

伪军们见是"皇军"稽查队，一个个站得笔直，行着军礼，让王怀珍等人通过。

第三道门就不同了，炮楼里住着伪军连长蒋如高，蒋如高特意吩咐过伪军岗哨，不论是谁，都要看证件才可以通过。

一个伪军站出来，笑着说："太君，证件的。"

王怀珍哪里有什么证件？只听"啪"的一声脆响，王怀珍给了那个伪军一个响亮的耳光，然后冲着他大骂道："巴嘎！"

伪军岗哨捂着脸闪开了路。

王怀珍轻轻一挥手，特务连两名战士随即走出，持枪站在炮楼门口。

王怀珍率领其他人进入炮楼，王怀珍直奔蒋如高的寝室。

伪军连长蒋如高昨晚酒喝多了，才起床，吃了早饭，准备带领伪军上街巡查，顺便捞点油水。

突然听到下面一阵嘈杂，蒋如高伸头看了看，见是"太君"，准备下去迎接。突然，走进来一个日本军官。

日军稽查队的人蒋如高大部分都认识，怎么现在进来个陌生面孔？蒋如高狡猾，叽里咕噜说了几句日语，意思是："太君，您吃饭了吗？"

王怀珍不懂日语，当然回答不上来。蒋如高知道不妙，伸手去摸枕头下的手枪。王怀珍眼疾手快，迅速掏出手枪，"砰砰！"两枪，蒋如高的身子晃了两晃，一头栽在地上。

枪声一响，那些卖菜的、卖瓜的、卖柴的特务连战士迅速掏出枪向据点冲了过来。据点里那几个化装成鬼子的战士已经动手除掉了伪军岗哨，使得他们能够顺利进入。

伪军们还没有弄明白怎么一回事，特务连战士的枪口已经对准了他们。

"要命的，赶快投降！"战士们抖动着手里的枪高喊。

伪军纷纷举起手来，战斗就此结束了！

杨四虎率领李二蛋等人走到据点里来，看着满院的伪军俘虏，哈哈大笑。董其道等人也非常高兴，走过去向伪军做起宣传工作。

王怀珍手里拎着两把枪跑到团长面前，立正道："报告团长，蒋如高已经被我打死了！"

"哈哈，我说王怀珍，你这个鬼子兵演得还真像！老子要给你记功。"

这一仗，打得漂亮。独立团没有伤亡，打死伪军连长蒋如高，活捉伪军一百多人，缴获武器、弹药、粮食、布匹不计其数。

杨四虎说话算数，把王怀珍的英雄事迹上报，后来，在淮南津浦路西群英会上，郑抱真司令员亲自授予王怀珍"战斗英雄"称号，并奖励他钢枪一支。

端掉了三和集伪军据点后，杨四虎宣布正式成立寿一区，下辖孙集乡、王集乡、三和乡，寿淮区成立后，三和乡划拨给了寿淮区，但是，寿淮区成立不久，由于太难管理，被迫解散，三和乡又归了寿一区管理。

第十七章 破路杀电

寿一区成立后，杨四虎根据上级的指示，把淮西寿县办事处正式改为新四军寿县抗日民主政权，地点设在寿二区禹庙岗小学内。

转眼到了一九四四年，杨四虎带领群众展开了轰轰烈烈的大生产运动，以确保每年向路东抗日根据地输送一千多石的粮食。

"双减"运动是一九四三年从晋察冀抗日根据地传来的，它对减轻农民负担，改善农民生活，巩固和加强共产党与群众的关系等方面起了很大的作用。

所谓"双减"，一是佃户和地主二五减租，也就是地主应得十石粮食的，佃户只用给七石五斗，甚至更少；二是地、富、资本家放债，统一整理后，减少规定利息，时间较长的账款付本不付息，甚至本都不需付。

在会议上，对于刚刚建立的淮西根据地是否开展"双减"运动，当时很多同志存在顾虑，他们认为现在虽然说建立了寿县抗日民主政权，但是，大部分地区还是游击区，抗日统一战线刚刚形成，还不牢固，如果实施了，可能会破坏来之不易的抗日统一战线，毕竟淮西地区和晋察冀抗日根据地情况不同。

"看看我们的群众，他们整天为地主、富农劳累，一年到头吃不饱、穿不暖，为什么？为什么地主、富农靠吃利息就能吃上干饭，而贫农、佃农家里常常揭不开锅？这不公平！老子就是要杀富济贫！"杨四虎拍着桌子说，"我们共产党就是为老百姓谋利益的，也正因为如此，我们才得到了老百姓的支持，没有老百姓的支持，我们一天也难以生存！为了老百姓的利益，我们必须大着胆子干，摸着石头过河，不要前怕狼后怕虎的！"

会后，有人向杨四虎提出：应该争求一下民主人士的意见。杨四虎同意了。

随后，连续召开了几次上层人士座谈会，大部分人士对"双减"运动持赞同态度。少部分人虽然心里反对，但是看到大家都支持，也没有站出来表示反对。

于是，在淮西抗日政权控制地区，展开了轰轰烈烈的"双减"运动，同时，杨四虎又开展了"增资""借粮"运动。

所谓"增资"，就是帮地主打工的贫、雇农的工资每年都要涨，地主不愿意也不行，在此基础上，杨四虎又进行了扩大，比如理发工人也须增加工资。

所谓"借粮"运动是指春荒时期，农民借地主家的粮食秋季归还时，不需要付利息。

"双减"运动和"增资""借粮"运动极大地损害了地主、富农、资本家的利益，他们在暗地里开始抵制。

寿二区尹集大地主尹干臣、尹培璜就是其中两个典型的代表。尹集大部分都是尹姓人家，尹干臣、尹培璜打着宗族旗号宣扬、煽动地主、富农们抵制、反对"双减""增资""借粮"运动。他们在背后宣扬：收租、收利息是天经地义的事情，是千百年流传下里的规矩，这和做生意赚钱没有什么两样。还说自己的土地是祖宗留下来的，不是天上掉下来的，也不是共产党给的等。同时他们利用手里的武装威胁、恫吓当地的贫农、佃农。

尹干臣，家里有二十多公顷土地，早年他就在家私设公堂，明设监房，养着十几条枪的私人武装，依靠这些，他经常向佃农逼粮催款，派活监工。运动期间，他威逼利诱，扬言要收回自己的土地，逼迫佃户交租。

佃农尹大狗因为家里实在困难，交租迟了几天，遭其殴打不算，土地还被收回，最后，尹大狗不得不低头向尹干臣交齐了租子，又借钱还清了利息。

与此同时，尹培璜私下里和佃户们签订了秘密协议，对外说响应共产党的号召，实行了"双减"等政策，实际上，他们还是按照以前的做法——大斗进，小斗出。

这是公然反对"双减""增资""借粮"运动，如果不铲除这股余孽，刚开展起来的运动就会夭折，共产党新四军就会在淮西老百姓的心目中失去威信。

杨四虎听闻此事后,亲自带领队伍来到尹集,解除了尹干臣、尹培璜的私人武装,把二人抓了起来。

二人喊冤叫屈,说共产党新四军不讲理,凭什么抓人。

为了让这两个恶霸地主心服口服,第三天,尹集逢集,杨四虎在尹集召开了审判大会。群众听说要审判尹干臣、尹培璜,纷纷前往参加大会。

大会现场,人山人海,有万人之众。

大会上,杨四虎揭开了二人反革命的面目,向群众宣传了"双减""增资""借粮"运动的目的、意义,最后号召人民上台揭露尹干臣、尹培璜二人的罪行。

杨四虎的话打动了群众的心,尹小庄尹家宝立即上台控诉。前年冬天,快过年了,大雪封门,因为自己家实在还不清尹培璜的借款,尹培璜派人硬是把他家一头老母猪和一窝猪仔赶走了,后来,还说那些猪只够抵利息。说到伤心处,尹家宝在台上号啕大哭起来。

尹家宝的遭遇引起了群众的共鸣,大家陆续上台控诉,这两个恶霸的罪行简直罄竹难书。最后,尹干臣、尹培璜在这些罪行面前低下了头。

"老乡们,你们说,我们对这两个恶霸应该怎么处置?"杨四虎征求群众的意见。

人群一阵沉默。

突然,人群中冒出一个声音:"枪毙了他们!"

这一喊不要紧,大家纷纷跟着喊:"对,枪毙了他们!省得他们算旧账。"

"老乡们,真的要枪毙他们吗?"杨四虎再三问。

群众的情绪这时候已经被调动起来了,大家激昂地高喊:"枪毙!枪毙!"

"那好,我就代表群众镇压了这两个恶霸!"杨四虎答应道。

说完,台底下,响起了狂风暴雨般的掌声!

这两个恶霸地主听了,顿时瘫倒在台上。

处决尹干臣、尹培璜起到了杀一儆百的作用,地主、富农自此不敢再出来反对,"双减""增资""借粮"活动得以在寿县抗日根据地顺利展开,群众得到了实惠,积极性更加高涨,对共产党新四军更加拥护了,他们积极地缴公纳粮,参加民兵,参与反"扫荡"。

到了一九四四年后期，鬼子已经是强弩之末，为了从淮南掠夺更多的物资供养战争，保障运输线的安全，日军对我路东抗日根据地进行了一次大规模的"扫荡"。

为了粉碎日军的"扫荡"，师旅部命令独立团配合路东新四军反"扫荡"，不断袭扰日军后方。

杨四虎接到命令后，立即进行了部署，准备在朱巷和下塘之间进行"破路杀电"。独立团和寿县县委立即行动起来，各区通知区、乡干部也紧急动员、组织民工，待命行动。

行动当天下午，在禹庙岗县委召开了区、乡干部会议，明确了分工，规定了行动纪律，强调必须服从命令，听从指挥，不得大声喧哗，严禁灯火。

会议结束后，各区、乡干部立即返回各自驻地，带领群众进入预备地点。

为了保护群众安全，独立团一营进驻到下塘以北，监视下塘之敌，同时派二营监视朱巷伪军杜大头部的动向。

当天夜里，天气阴沉，伸手不见五指。一千多名群众在区、乡干部的带领下，携带抓钩、铁镐、铁棍等工具悄悄靠近铁路，一字排开，谁也不说话，不见一丝灯火。

一根根铁轨被卸了下来，扔到河里、水塘里；一根根枕木被扒掉，把枕木藏在庄稼地里，一节节电线被剪断，一切都在悄悄而又有秩序地进行着。一直干到凌晨三点多，然后安全撤走。

待群众走后，杨四虎带领特务连把炸药包放在朱巷以南的朱小桥下，点燃。"轰"的一声，火光冲天，朱小桥即刻断为两截。

第二天，村山大佐带着鬼子来到现场，只见一大段铁路上，一节铁轨、一根枕木都没有了，只剩下光秃秃的路基；所有电线杆子都被砍断，所有电线都不见了。村山大佐气得脸都扭曲变形了，但是毫无办法，只好派人维修。

当天晚上，村山大佐联系了周围据点的鬼子、伪军，计划于第二天对寿二区进行"扫荡"。

杨四虎率领独立团一面和鬼子周旋，一面命令各区武装袭扰敌人。

为了配合二区的反"扫荡"，寿三区区大队长顾风派人去侦察杨庙敌人的据点，争取拔除。

当时，敌人杨庙据点驻有伪军一个连，炮楼里只有七个鬼子兵。经过侦察，顾风等人发现鬼子的炮楼在杨庙街道的西头，而伪军营地的碉堡在西北角，二者隔了一里路。

每次逢集，日本兵都由翻译官带着，列队上街走一圈，以示军威，同时向老百姓勒索一些吃的、喝的。

掌握了敌人的这个规律后，因第二天杨庙逢集，当晚，三区即进行了战斗部署。

第二天早晨，区大队和模范队共计三十多人汇集到杨庙东南角一个叫孙仓的村庄。封锁好消息后，顾风挑选了七个精明强干的人准备攻击鬼子，其他人则负责对付伪军。

一切布置妥当，七人化装成便衣队，怀里藏着短枪，化装成上街的老百姓，来到杨庙街道上，混在人群里。然后派张本进去监视鬼子的炮楼。

上午十点多钟，五个鬼子在翻译官的带领下从炮楼里大摇大摆地走了出来。张本进脱了帽子拿在手里摇晃着，向顾风等人发出信号。散在各处的便衣队战士看到信号后立即向街中心集中，按照事前计划好的顺序，每人盯住一个鬼子，大家都注视着最前面的指挥员陶如维。

陶如维见大家都到位了，伸手去摸头，这是用暗号告诉战友，立即行动！

陶如维装作挠痒的样子，把手顺势伸进怀里，旋即掏出短枪，对准领头的鬼子就是一枪。其他同志也同时举枪对准自己所盯着的鬼子开枪。

"砰砰砰！"五声枪响，五个鬼子应声倒地，全部毙命。

伪军听到枪声，知道新四军在行动，他们早就被新四军的军威震慑住了，龟缩在据点里没敢出来接应。炮楼里剩下的两个鬼子也是一样，他们躲在炮楼里无目标地乱放了一阵子枪后偃旗息鼓。赶集的群众慌乱起来，四处逃散。便衣队七人手里拿着缴获来的三八大盖夹在逃跑的人群中撤离出杨庙。

在二区"扫荡"的村山大佐听说了此事，立即带领部队向寿三区中心地带杀来。杨四虎已经洞察出鬼子的动向，连夜派人通知了顾风等人。

三区区大队和模范队立即撤出寿三区，穿插到敌人的后面开展游击战。

村山大佐扑了空，只好收兵回到下塘。就这样，鬼子对二区、三区的"扫荡"结束了。杨四虎用自己的机智和胆识粉碎了村山大佐的"扫荡"。

由于鬼子和国民党连年的紧密封锁，路东根据地的经费、物资、药品等都非常紧张，旅部用电台询问杨四虎，能否为旅部解决一部分。

"没问题!"杨四虎只用这三个字回电。

虽然这么说,接下来,杨四虎就为这事而整天抓耳挠腮发起愁来,因为随着淮西根据地不断地扩大,独立团的物资经费也相当吃紧。

看来只有从敌人那里想办法了!杨四虎向几个区派发了任务,要他们随时打探敌人的物资、经费动向。

经过一段时间的等待,一天,寿三区区委书记董其道来报告,说杨庙伪军每月月末都要把搜刮来的民脂、民膏向下塘运送。

杨四虎听后大喜,叹道:"真是鹅毛大雪天送棉衣!"然后率领特务连从禹庙岗赶到了寿三区,命令区大队全天盯住下塘伪军,一刻也不能放松。

一天,侦察员来报告,说杨庙伪军三十多人带着一挺机枪要向下塘集押运军饷。

杨四虎听了,高兴得几乎要跳起来,机会终于等到了!他立即带领队伍出发。

根据侦察员的报告,杨四虎做了作战部署:特务连一排和区大队一部分人埋伏在戚小郢,二排埋伏在戚小郢前面的坟地里。

上午十点左右,伪军三十多人晃晃悠悠地向戚小郢走来。当敌人距离戚小郢三十来米的距离时,杨四虎一声命令,一排战士和区大队一齐开火。

走在前面扛着机枪的伪军一头栽在地上,扛着子弹的伪军则丢下子弹箱拼命逃跑,其余的敌人也慌不择路四处逃窜。

"追!"杨四虎命令。

一排战士一边开枪,一边追击敌人。其中,一个叫戚连福的伪军小腹中弹,一边哭喊,一边逃命,不久死去。

剩下的伪军拼命地逃跑,哪里能逃得出新四军的包围圈?当伪军经过坟地的时候,二排随即出击。

敌人被夹在中间,慌乱成一团。

"你们被包围了!缴枪不杀!"战士们齐声呐喊。

伪军更加惊慌失措起来,左冲右突,企图冲出包围圈,但是都被特务连和区大队击退了。

激战到中午,包围圈越来越小,又无援军,伪军只好放弃抵抗,举手投降。

这次战斗,缴获了整整一箱伪军军饷,虽然是伪币,路东抗日根据地不能使用，但是，杨四虎用那些钱买了药品和物资送去了师旅部。

一九四四年的中秋节还有两天就到了，早晨，阳光灿烂，秋高气爽。杨四虎看着太阳和李二蛋开起了玩笑，他很肯定地说这个中秋节不打仗，能安安稳稳地吃糖馍馍、赏月。

"能行吗？"李二蛋不相信地问。

"肯定行！我们要过中秋节，听说日本人也过中秋节，伪军就更不用说了。"

"团长，我们打个赌，如果这个中秋节不打仗，我请你喝酒，如果打仗，你请我喝酒。"

"那你把酒准备好吧！"杨四虎笑着说。

当天上午，三区书记董其道从三区风尘仆仆地赶来，他向杨四虎汇报说攻打敌人杨老圩据点的时机已经成熟！

原来，杨庙镇北头有个叫杨老圩的地方，它靠近公路，地势较高，四周是开阔地，一九四二年夏，日军为了加强在杨庙地区的统治，选中了这个地方，不遗余力地在此修建了据点。日军在圩子的四周挖了两道宽五米多、深两米多的壕沟，里面灌满了水，再沿壕沟外围拉上了铁丝网，在圩子的四角又各修筑了一个炮楼，里面驻守着一个连的伪军。

出入这个据点只有一个吊桥，平时戒备森严。附近的老百姓只要稍一靠近这个据点，伪军就开枪射击，几年来，有无数不知情的老百姓被伪军打死、打伤。

这还不算，驻守这里的伪军认为自己的据点固若金汤，有恃无恐，经常下乡烧杀抢掠，捕杀我抗日军民，成为寿三区的心腹大患。杨四虎早就想拔掉这个钉子了。

鉴于敌人工事牢固，防守严密，硬攻不可取，杨四虎一直没有下手。

一天上午，杨四虎正在和李二蛋练摔跤时，团部送来了一个少年，他说他叫戚明春，要参加新四军。

杨四虎看他身体瘦弱，个头矮小，一脸稚气，问他多大了。戚明春回答说十五岁。

这样的少年参加战斗部队肯定不行，但是，杨四虎还是爽快地答应了，把他放在了侦察班。

不久，寿三区来报，杨老圩伪军又出去祸害老百姓了。杨庙乡孙大郢子老槐树家的耕牛被据点里的伪军拉去宰吃了，那条牛可是老槐树的命根子，也是家里最值钱的东西。现在牛没了，全家人哭得死去活来，老槐树的老婆几乎上吊自杀。

"这个据点非端掉不可！"杨四虎气愤地说。

攻打杨老圩据点肯定不能强攻，只能智取，但是怎么样才能找到突破口呢？唯有从敌人内部挖掘。可是现在独立团对据点里的伪军情况一点都不了解，怎么办？傍晚时分，杨四虎散着步，左思右想。

这个时候戚明春打他身边经过，杨四虎灵机一动：让这个少年去侦察，敌人肯定不会怀疑。杨四虎立即把戚明春叫来，分配了任务，并交代他必须注意的事项。

第二天，戚明春就去杨庙侦察了。别看戚明春年龄小，但是非常聪明、机灵。他扮成讨饭的流浪儿，骗过了一般人，也没有引起伪军怀疑。

经过连续几天的侦察，戚明春侦察到了伪军据点外围的情况，可是对于内部的情况仍然一无所知。但是戚明春告诉杨四虎，给伪军烧饭的二老孬是杨庙乡戚家庄戚士怀的女婿。

这是一个重要情报，杨四虎抓住这一条，立即赶到戚家庄来找戚士怀。

戚士怀胆子小，害怕敌人报复，不敢帮助杨四虎。通过几天的说服，杨四虎终于做通了他的思想工作，然后通过戚士怀和他的女儿，找到了二老孬。

对于鬼变子经常欺负老百姓，二老孬也看不过去，一口答应愿意帮杨四虎的忙，但是他说自己只是一个烧饭的，起不到了多大作用。

杨四虎让他把伪军的情况说一下，问哪些伪军特别是当官的可以作为新四军争取的对象。二老孬思考了一会儿，说伪军连长叫李祥荣，淮北人，是个兵痞子，此人顽固、狠毒，不可争取。只有一班长范耐家还有可能，并且此人还和他关系不错。

杨四虎听了大喜，立即让二老孬把范耐家的情况介绍一遍。

范耐家也是淮北人，出身贫苦人家，早年抱着抗日救国的热忱参加了国民党军队，日军侵占了蚌埠后，他所在的部队投降了日军，为此，他非常气恼，早就想脱离伪军投靠抗日部队，苦于无门，常常愁眉苦脸，哀叹不止。

杨四虎听了大喜过望，说此人就是我们要争取的对象！

二老孬还告诉杨四虎，据点里的伪军有一部分是杨庙本地人，其中大部分是地痞、流氓，不可争取，但也有不少是当兵吃粮的无业贫苦人，他们也可以作为争取的对象。

接下来的两天，杨四虎经过缜密思考，一个瓦解伪军、里应外合智取杨老圩的计划开始实施了！

甄宜亮是杨庙本地人，他胆大心细，智勇双全，又是共产党员，更为重要的是他在杨庙街道上开了一个小饭店和摆设了一个杂货摊，和经常上街吃喝、买东西的伪军混得比较熟。杨四虎把拉拢争取伪军的任务交给了他。

甄宜亮接受任务后，开始主动接触伪军。同时，杨四虎又通过本地的两个"双面"伪乡长介绍他打入了伪军内部。

打入敌人内部的甄宜亮利用伪军好吃喝、喜赌钱、认干亲、拜把子等特点，与他们打成一片。又加上他为人性格豪爽、仗义疏财、出手大方，伪军个个喜欢他，尊称他为"大老甄"。

甄宜亮"广交朋友"，但是他把重点放在了范耐家的身上。他观察了一段时间后，主动接近范耐家，经常找他聊天、谈心，并在经济上接济他，不久，二人成了推心置腹、无话不谈的朋友，并拜了把子，结为了兄弟。

一天，甄宜亮又把范耐家请到自家饭店里喝酒，并开始试探他。范耐家酒后吐真言，说自己早就不想干这份差事了，觉得作为中国人替日本鬼子卖命，对不起祖宗，对不起老百姓。

"大哥，我想去干这个。"范耐家伸出四根手指。

"那就去吧。"甄宜亮故意说。

"可是我没有门路和他们联系，再说，他们还不一定要我这样的人。"

甄宜亮看时机成熟，亮明了自己的身份，说自己就是共产党新四军，新四军不记仇，只要他真心实意地改恶从善，愿意跟着新四军一起打鬼子，新四军十分欢迎。

范耐家听了又惊又喜，"扑通"一声跪在甄宜亮的面前，道："大哥，我范耐家是条汉子，也是穷苦人，如果新四军有用得着我的地方，说一声就行，小弟我决不装孬种！"

"好，我就可以代表新四军接受你！"甄宜亮扶起范耐家说。

范耐家非常激动，接着，甄宜亮对他说了一些鼓励的话，并交代了他以后需要注意的一些事项。

转眼间一年多过去了，甄宜亮把自己这一年多来的工作情况向区书记董其道作了汇报。董其道又立即把这一情况向杨四虎作了汇报。

"看来攻打杨老圩据点的时机已经成熟!"杨四虎说。

"是啊,杨团长,你认为放在什么时候合适?"董其道问。

"甄宜亮怎么说?"

"他说中秋节伪军要放假一天,防守比较松懈。"

"那好,我们就放在中秋节!"杨四虎拍板道。

杨四虎要求董其道立即回去把这一消息通知甄宜亮和范耐家。

中秋节当天下起了绵绵细雨。甄宜亮冒雨来告诉杨四虎,说根据范耐家的情报,杨老圩据点里的鬼子都到钱集和钱集的鬼子一起过中秋节去了,炮楼里只剩下伪军。并说夜里十二点到凌晨四点,正好是自己值班。

"好,今夜行动!"杨四虎当机立断地说。

接着,杨四虎规定了行动时间和行动暗号,要甄宜亮立即回去把行动计划告诉范耐家。甄宜亮走后,杨四虎立即进行了作战部署。

一切准备就绪!

中秋之夜,细雨霏霏。在通往杨老圩的道路上,杨四虎率领两个连的战士冒雨行进。

十点左右,他们赶到了杨老圩,并埋伏在敌人据点附近的高粱地里。

雨还在下着,淋湿了战士们的衣服,很多战士冻得直打哆嗦。

"团长,你还说今晚要吃糖馍馍、赏月呢。"李二蛋抖着身上的雨水打趣地说。

"哈哈,等一会儿就出月亮了!"杨四虎抹了一下脸回答道。

"你还请我喝酒吗?"

"那当然,今晚打下杨老圩,明天老子请你喝庆功酒!"

时间一分一秒地过去了,到了十一点多,雨渐渐停了,不久,月亮居然从云朵里钻了出来,银盘似的挂在天空。李二蛋望着杨四虎,道:"团长,你真神了!"

实际上,杨四虎刚才是瞎猜,现在听了李二蛋的话,不由一笑,说:"那是!"

十二点到了!

杨四虎命令大家做好作战准备。

伪军据点里,范耐家对着伪军们说:"今晚下了这么大的雨,新四军根本不会来,皇军都到钱集大吃大喝去了,我们不如把大老甄叫来玩牌九。"

伪军们一听,个个眉飞色舞,拍手叫好。伪军杨二毛子嗜赌成性,迫不及待地去叫甄宜亮。

一会儿，甄宜亮来了，嚷嚷着要玩个过瘾。伪军们听了，立即把枪往墙根一靠，子弹袋一挂，围在一张大桌旁开始赌了起来。

"去把三拐子也叫进来，老子要赢他的钱。"范耐家对着一个伪军命令道。

那个伪军立即跑了出去，一会儿领着在吊桥边站岗的三拐子进来了。三拐子进来后立即参与进来，把站岗的事忘了个一干二净。

赌了一会儿，甄宜亮估计时间差不多了，对着范耐家一使眼色，范耐家会意。

"你们玩，老子尿泡尿去。"范耐家说地离开了赌桌，悄悄出来，放下吊桥，拿起手电，对着高粱地照了三下——两长一短。

这是预先约定的信号，杨四虎看到信号，立即命令部队出击。

战士们向伪军据点冲来，迅速通过了吊桥，按照杨四虎的计划分别冲向自己的作战目标。

此时，屋子里，伪军们玩得正酣，他们哪里知道新四军已经冲进门来。

"不许动！举起手来！"战士们持枪喝令，另一部分战士冲过去收缴了伪军的枪。

伪军们吓得呆若木鸡，半天才反应过来，一个个乖乖地举起双手。他们都不明白新四军是怎么进来的，难道从天而降？

与此同时，其他炮楼里的作战也非常顺利，战士们没有费一枪一弹，就俘虏了全部伪军，且伪军连长李祥荣在睡梦中就当了俘虏。

整个战斗，前后不到十分钟，新四军一枪未放，可谓兵不血刃就拿下了杨老圩据点。伪军一百二十三人无一漏网，缴获长短枪一百多支，机枪四挺，弹药和物资不计其数。

战士们虽然夜里淋了雨，但是看到这么多战利品，一个个笑得合不拢嘴。

此时，杨四虎正在对伪军训话。杨四虎用手指点着伪军们训斥道："你们作为中国人，为鬼子卖命，丢不丢脸？你们知道老百姓怎么骂你们的吗？现在，全国的抗战形势一片大好，这个你们也应该看到了，鬼子整天缩在据点里不敢出来，他们是秋后的蚂蚱——长不了了，告诉你们，你们再继续下去，没有好果子吃，到头来，只有吃我们抗日队伍的子弹！你们还愿意继续当鬼变子吗？"

"不敢了，不敢了。"伪军连长李祥荣带头表示。

其他伪军也跟着表示，只要新四军放他们一条生路，他们就立即回家！

"那好吧，我们就放你们一条生路，你们回到炮楼里，拿着自己的东西走吧。"杨四虎命令道。

本来伪军们认为自己肯定不会轻易过了这一关，至少要遭受一次审问，挨一顿打，更严重的会被枪毙，特别是李祥荣更这样认为。伪军们对杨四虎的话半天没有反应过来，当知道杨四虎说的是真的时，一个个惊喜异常。

"还不快点！"李二蛋喝道。

伪军们立即跑回炮楼收拾自己的东西，然后三三两两地跑出据点。

"团长，鬼子炮楼怎么办？"李二蛋问杨四虎。

"炸了它浪费老子弹药，烧了它！"杨四虎命令道。

"是！"李二蛋答应，带领战士准备去了。

一会儿，四个炮楼里冒出了熊熊大火！村山大佐苦心经营、自认为固若金汤的杨老圩据点就此付之一炬。

杨四虎愿赌服输，第二天，他还真的请李二蛋喝了酒。

第二天下午，下塘集，鬼子"红军"指挥部，村山大佐听闻了杨老圩据点被毁一事，气得大发雷霆，"啪啪"地扇着驻守杨老圩据点鬼子小队队长黑田的耳光。第三天，道路干了，他骑着马亲自来到杨老圩据点现场。站在被毁的炮楼前，村山大佐脸色阴沉，嘴里念叨着："中秋节啊中秋节！这个中秋节！"

村山大佐久久没有离去，他脸色狰狞地站在那里，一个报复的计划在他脑海里形成着！旋即抽出指挥刀，亮光一闪，"吱"的一声，身边的小树即刻断为两截。

一场血雨腥风又要来临了！

等待杨四虎和独立团的将是一场苦战！

一九四四年元旦到了，上午，北风呼啸，天气寒冷。杨四虎带领独立团指战员和广大抗日民众在寿县县委所在地——禹庙岗庆祝元旦。回忆过去，战果丰硕；展望未来，信心满满。大家在一起过了一个愉快的元旦。

每当逢年过节，杨四虎都分外注意，为了以防万一，杨四虎已经做好了防备。他派警卫排驻守于禹庙岗东南方向三里路之处的张小圩子，汪大奎率领四连则驻守在张小圩东一里地之处的中拐、上拐。

此时，村山大佐蓄谋已久的计划开始实施了！那天站在杨老圩伪军据点残垣断壁前，村山大佐就想好了在这一天"出其不意、攻其不备"地袭击独立团。村山大佐妄图以其人之道还治其人之身，一举消灭独立团。为此，村山大佐作了精心的准备，一方面向蚌埠鲁山大队报告，调动兵力；一方面四处派出特务，侦察独立团的动向。当得知独立团这一天在禹庙岗活动后，村山大佐立即调动一千多兵力，分成八路——庄墓、仇集、王庄、连塘面、拐集、龙王庙、凡庄、赵岗对禹庙岗实行铜墙铁壁般的合围。

中午吃饭，杨四虎刚放下饭碗，几处的岗哨就接二连三跑进来报告说北面发现了几路敌人向我军驻地袭来。

"马上组织反击，掩护群众和团部后勤人员撤退！"杨四虎命令李二蛋道。李二蛋率领警卫排走后，杨司机又命令通信员立即赶往张小圩子，命令汪大奎先率部抵抗敌人一阵子，好让团部有时间转移。

团直属机关立即向禹庙岗以南的叶大郢子撤退，杨四虎带领警卫排在后面一边打，一边撤退。

一行人向西经过凡祠附近的凡大桥，再向北到了河湾，又向西北转移。兜了一个大圈子后，插到敌人后面的张庄、张涧一带。

杨四虎和大家立即召开会议，商量退敌之策。

"这次进攻我们的北路之敌，可能是朱集据点和水家湖据点的兵力，我们要趁他们后方空虚，佯攻他们。"杨四虎说。

大家一致同意杨四虎的意见，然后立即四处派出通信员，向各个区大队和乡中队传达团部命令。

此时，北、东北方向几路之敌开始攻击四连。为了掩护团部和群众撤退，汪大奎命令一排阻击北部拐集方向之敌，同时，又命令二排立即抢占东边的牌坊郢子，以阻击东部仇集方向之敌。

二排立即向牌坊郢子急行军，刚进入牌坊郢子，正逢敌人迎面而来，随即发生激战。

汪大奎听西方已经没了枪声，估计团部已经全部撤到安全地带，于是考虑部队向哪个方向撤退。

如果向西撤退，有可能把敌人引向团部，这不可取，北部和东部现已被敌人堵住了去路，目前，唯有向南部撤退，仅此一条路！

可是，现在南部庄墓方向之敌还没有动静，汪大奎估计他们有可能正在赶来的路上，以截断我军退路。

汪大奎知道上拐以南的袁路岗非常重要，它是一块高地，也是四连向南撤退的必经之地，如果被敌人抢占去了，四连将无退路！于是立即命令三排迅速抢占袁路岗。

时间就是生命！三排长孙福余率领三排向袁路岗一路疾奔，以最快的速度赶到了袁路岗。

果然不出汪大奎所料，三排刚要上岗头，敌人已距这里只有一百多米了！

为了抢占西边的岗头高地，孙福余带领部队不顾一切地奔去。敌人也发现了三排的意图，也向岗头高地疾奔，两只队伍都在岗的两侧平跑，现在，就看谁能快一秒了！那一秒，就能决定生死。

三排比敌人快了十几米抢先到达岗头高地，利用袁路岗村子东北角的短墙作掩护，向敌人猛烈开火。

一时间，枪声大作，伪军、鬼子纷纷倒地。但是敌人不甘心，在军官的督战下，向三排阵地发起一波又一波的冲击。

三排居高临下，不时扔出手榴弹。

"轰轰！"手榴弹的爆炸声不绝于耳，在敌群中炸开了花，敌人尸横遍地，血小河似的流淌着。

但敌人人多、武器好，他们首先用迫击炮一阵轰炸，然后在机枪的掩护下，号叫着又发起了新一轮的冲锋，慢慢靠近三排的阵地。三排伤亡惨重，危在旦夕！

千钧一发之时，汪大奎率领一、二排赶到，立即参加战斗，打退了敌人，形势立即扭转过来。

此时，四连全部人马汇集于袁路岗，三面环敌，南部是庄墓河，河宽一里，水深过人。看来四连已经陷入绝境！

汪大奎深知形势的危急，可是已无退路，他已经做好了心理准备，那就是：死守袁路岗，和敌人决一死战！

汪大奎把三个排长叫到面前，分析了形势，最后道："同志们，现在我们已经被敌人团团包围了，看来我们的年要在这里过了，我们的锅子要在这里摔了！"意思是向大家宣告，目前，唯有破釜沉舟，置之死地而后生！

"和鬼子拼了，杀一个保本，杀两个赚一个！"三排长喊道，话音未落，北部的敌人又上来了。

连续数次打退了北部、东北部之敌的强攻，四连也有很多战士伤亡。汪大奎看着伤亡的战士，又望了望硝烟弥漫的战场，心里很不是滋味，如果这样耗下去，四连将会全军覆没！

"看来只有分批突围了！"汪大奎心里这样想着将三个排长叫来，把自己的想法告诉了他们。大家一致同意他的想法。

"二排长，你们排坚守在这里，掩护一排、三排突围！"汪大奎命令道。

"是！"二排长陈明山回答道。

"你们的任务非常艰巨，但是，你要记住，就是打得只剩下一兵一枪也要挡住敌人，全连就靠你们了！"

陈明山此时已经热血沸腾，脸色赤红，额头青筋暴起，举起右手，坚定地回答道："我们排誓死完成任务！"

"我会留下来和你们在一起。"汪大奎道。

"营长，你不能留下来！"三个排长齐声劝道。

此时，敌人又开始进攻了，枪声、炮声响成一片。

"不要再说了，这是命令，二排长，赶快准备！"汪大奎命令道。

"共产党员跟我来！"陈明山大臂一挥喊着，带领战士向敌人猛烈射击。

一排、三排立即横渡庄墓河，河水冷得彻骨，河面上还结有一层薄冰，战士们也顾不得了，纷纷下河向对岸游去。很多战士不会游泳，大家互相帮忙，通信员张士仁因为生病，身体虚弱，不幸沉入水底牺牲了。

半个小时后，一排、三排战士陆陆续续到达了对岸，立即抢占了河岸边的一块沙洲作为阵地，隔河向敌人射击，用火力支援二排。

"二排，撤！"汪大奎挥手命令。

二排随即撤出阵地，开始渡河。在一排、三排火力的掩护下，二排最终也顺利渡过了河，此时，一排、三排战士们的棉衣上都结了一层冰。

汪大奎随即带领全连向枣树林方向撤去，到了枣树林稍事休息，再向张圩一带转移，顺利地跳出敌人的包围圈。

杨四虎后来分析总结这次战斗，对汪大奎的决策大加赞扬，因为在当时那种紧张时刻，稍有差迟，四连就会全军覆没。

第十八章 惨烈的自卫还击战

由于淮西抗日根据地的不断扩大和抗日力量的不断壮大，一九四四年下半年，国民党又掀起了新一轮的反共浪潮。

一九四四年十一月十九日上午九时许，国民党桂军一七一师四个主力营携迫击炮四门，轻重机枪八十余挺，由定远县西南的蒋集分两路北进，一路以五一二团一营及国民党定远县大队二百人为右翼部队向董大圩进攻。另一路以三个营为左翼部队，由五一二团团长孟陪琼亲自指挥向站鸡岗扑来，企图一举歼灭新四军二师五旅。

战斗异常激烈，双方不断调兵增援。包围与反包围不断发生。

新四军五旅旅长成钧命令杨四虎立即派一个营支援站鸡岗，同时，成旅长还命令杨四虎组织好五百多人的担架队，一千多人的送粮队支援五旅。

杨四虎立即命令一营营长汪大奎率领一营奔赴路东支援五旅。一营到达站鸡岗后即刻参加了战斗，堵截了西彭岗之逃敌后，立即转而去围歼杨家岗之敌，为后来的大获全胜做出了贡献。

与此同时，杨四虎着手组建担架队和送粮队并筹备粮食。这是一项浩大而烦琐的工作，杨四虎丝毫不敢怠慢，在寿二区召开了各区、乡干部会议，讲明了意义，分派了任务。

各区积极响应，很快，一支五百多人的担架队组织起来了。杨四虎命令特务连掩护担架队于夜间通过铁路，顺利抵达藕塘根据地。

组织送粮队的工作比较困难，既要找人，又要筹集粮食，而且还是几万斤的粮食。为了及时完成任务，杨四虎命令各区、乡选送青年队，由基干队人员组成送粮队，这样也利于安全。

时间紧，任务重，杨四虎只好分批次筹集，分批次运送。

夜晚，一千多人，挑着粮食担子，藏着武器，浩浩荡荡地向路东出发。没有马灯引路，谁也不允许出声，连咳嗽都禁止。为了安全起见，杨四虎命令二营监视朱巷之敌，三营监视戴集鬼子据点，自己带领警卫排、特务连随队保护。连日的劳累，已经让他筋疲力尽，但是，他仍坚持着。

由于送粮队要多次往返于路西和路东，人数多，目标大，杨四虎十分小心，时刻保持警惕，担心鬼子、伪军趁机出兵。

果不其然，朱巷伪军头子杜大头听闻了此事，立即派出特务侦察送粮队的路线。一天下午，特务回来报告，说已经打探到新四军送粮队的路线在戴集和水家湖的中间线附近。杜大头立即率领四百多名日伪军连夜赶到戴集和水家湖之间的黄岗庄埋伏起来。

上次送粮，因为时间紧迫，杨四虎命令队伍走直线，由于担心总是走这条路线会遭到敌人袭击，第二次，杨四虎命令送粮队绕道，从水家湖与孔店之间通过。

匪军头目杜大头蹲守了大半夜，没见到送粮队的影子，知道扑空了，于是带领队伍向自己的老仇家——仇集乡塘北头村杀来，他要报一枪之仇。

杜大头和塘北头村结怨已经有段时间了。

日军对铁路周边的乡镇特别重视，对成立了抗日政权的更视为眼中钉，早在一九四四年农历三月初三，杜大头奉日军之命，带领一百多名日、伪军从朱巷出发"扫荡"寿二区，并于凌晨包围了二区仇集乡公所。

杜大头认为这次肯定会立大功，全歼仇集乡中队，因为仇集乡公所已经被他的部队团团围住，拿杜大头的话说：就是一只鸟也不能飞出去了。

杜大头得意扬扬地看着仇集乡公所，抽出鬼子送给他的那把指挥刀，向前一挥，命令日、伪军开始合围。

当时，仇集乡公所里的乡中队只有十余人，七八条枪。天蒙蒙亮，乡公所税务员张本红起早上街收税，刚出圩子，遇到敌人，赶忙往回跑，他要通知其他人敌人来了！

敌人已经发现了他，举枪喝问："什么人？别跑，再跑开枪了！"

张本红跑得更快了，刚到圩子大门，敌人"砰"的射来一发子弹，张本红倒地牺牲。

枪声惊动了岗哨，他向外一看，浓雾中，敌人魔鬼似的向这里涌来，立即紧闭大门，开枪通知其他人。乡小队队长陈景章闻讯立即组织民兵凭借围墙阻击敌人。

杜大头指挥日、伪军开始攻击，仇集乡公所顿时枪声四起，响彻云霄。

塘北头村子距离仇集有二里路，驻守有民兵五十多人。听到枪声，他们在中队长仇庆尧的带领下立即赶来支援。

塘北头民兵以浓雾为掩护，从后面袭击敌人。与此同时，花塘中队的民兵三十多人也闻讯赶来支援。他们一边袭击敌人，一边派人前往禹庙岗通知杨四虎。

民兵从四面八方袭击敌人，分散了杜大头的兵力，使得他没有很快攻下乡公所。

战斗持续到八点多，太阳出来了，浓雾尽失。此时，突然从西边杀来一队人马，原来是杨四虎率领特务连和警卫排赶到了！

民兵见杨四虎和独立团赶来了，立刻精神大振，个个奋勇杀敌。

此时，日、伪军已经被新四军和民兵反包围了！

杨四虎带领部队向敌人发起猛烈攻击。敌人受到内外夹击，溃不成军。

"杀啊！活捉杜大头！"新四军战士喊声震天。

杜大头见大事不妙，连声喊："撤！撤！"骑上战马带头逃跑，刚逃跑到街东田野处，被从侧面追来的民兵仇经强一枪击中战马，杜大头一骨碌滚下马来，跌落到水田中，爬起来欲继续逃跑，可是双脚陷入泥里拔不出来，只好脱了大头皮靴，光着双脚逃走了，其狼狈相，惨不忍睹，被四周群众传为笑话。

杜大头吃了败仗，又丢尽了脸，怀恨在心，当得知是塘北头民兵坏了他的好事，民兵仇经强把他打下了马时，他就发狠道："总有一天，老子要把塘北头杀个鸡犬不留！"

所以，今日杜大头伏击新四军送粮队不成，远远地看到塘北头村子，旧恨涌起，立即指挥人马向塘北头村杀来。

塘北头村和陈巷村连在一起，杜大头首先攻占了陈巷村。陈巷村民兵节节抵抗，退至塘北头村圩子内与其民兵会合，利用圩沟、围墙作掩护，阻击敌人的进攻。

杜大头指挥部队把塘北头村围了个水泄不通，不断发起试探性的攻击。

战斗从午夜打到天亮。民兵虽然人数少、武器差，但是，有圩沟、围墙作掩护，又加上民兵英勇抵抗，杜大头没有占到多少便宜。

杜大头狡猾，之所以没有发动大规模进攻，他是在等待。黑夜里，根本看不清村内村外的情况。

天亮后，塘北头村四周的地形一览无余。圩子外面有几间房子，杜大头命令伪军上房架起两挺机枪向村子里猛射，封锁了村子内的通道，压制住民兵的火力，使圩子里民兵的活动更加困难。同时，他命令鬼子架起迫击炮向圩子里不断开炮。

民兵和群众知道没有退路，他们誓死抵抗，但是，由于敌人火力太猛，民兵仇经强、仇经乐牺牲了，仇经福、仇经召也身负重伤。这几人都是亲兄弟。

四周村子的民兵闻讯赶来支援，杜大头只分出少数兵力阻击，集中大部分继续攻击塘北头村。战斗一直持续到中午时分，此时，村内民兵的子弹已经打完兵力，只得用大刀、长矛、铁叉当武器，继续抵抗敌人的进攻。

杜大头见久攻不下，兽性大发，命令伪军拉来秫秸，捆成一团，点燃，向圩子里的房顶丢去。

顿时，圩子里的烈火熊熊燃烧起来了，不久，塘北头成了一片火海。

杜大头见时机已经成熟，随即指挥部队攻进圩子，进行了残酷的屠杀。民兵仇经恩的肚子中弹，肠子流了出来，但仍然趴在地上反抗。杜大头见状上去用脚踩住他的肚子，使劲挤压。

仇经恩破口大骂杜大头是汉奸，是土匪，是人渣。杜大头恼羞成怒，对着仇经恩的脑袋就是一枪，仇经恩牺牲了。仇平安、仇三、仇八三人的子弹也已打光，见敌人冲上来了，宁死不屈，投进火海里自杀。

敌人不分男女老幼，见人就杀。漆匠方家献的嫂子被杀害时怀里还抱着吃奶的孩子，孩子哇哇地哭着。一个鬼子上前一刺刀挑起了孩子……

最后，杜大头把剩下的群众和民兵一百多人赶到打谷场上，一个个审问，只要有人看似民兵，立即抓起来。

下午，杜大头押着几十人向其老巢柘塘行进。走到戴集，他又命人把几个民兵残忍地杀害了。

此次，杜大头共计杀害了三十三人之多。杜大头的暴行，激起了人们极大的愤慨，他们更加痛恨鬼子和伪军了。

杨四虎率领部队赶到时，可惜晚了一步，杜大头已经撤回了老巢柘塘。

看到残壁断垣，看到塘北头村人们披麻戴孝、哭天喊地地将死去的亲人下葬，杨四虎拍着胸膛怒吼道："不报此仇，誓不为人！"

接着，杨四虎立即派出侦察兵侦察杜大头的驻地柘塘，准备攻击，为塘北头村人民报仇雪恨！经过几天的准备，一切就绪，部队整装待发。可是就在出发的前一天，发生了意想不到的事情，致使杨四虎暂时放弃了攻打杜大头的柘塘老巢。

原来是陈宝友叛变了。陈宝友是三区的青年队队长。一日，车王乡亲戚家办喜事，陈宝友前去贺喜。酒席中他喝了很多酒，酒后乱语，显摆自己，说自己是队长。

一人问他是什么队长。陈宝友回道："你说是什么队长？"说着不自觉地伸出了四根手指头。

说者无心，听者有意，同桌一个叫三侉子的人是个大烟鬼，为了得到一点奖赏以便能吸上几口，他悄悄地溜出，到车王乡国民党乡公所向乡长陈东指告密。

陈东指听后大喜，立即带领几个人在陈宝友回去的途中埋伏下来。下午三点多，醉酒后的陈宝友晃晃悠悠地走来，几人上去抓捕了他。

陈东指开始秘密审问陈宝友。这时候，陈宝友的酒彻底醒了，无论陈东指如何询问，他一概不答。

"不要敬酒不吃，吃罚酒！"陈东指威胁道，接着说，"我知道你是新四军青年队队长，穷光蛋的队伍有什么好干的？你我是同宗同族，只要你跟着我干，我保证你会吃香的、喝辣的。"

"我真的什么都不知道！"陈宝友回答道。

"不识抬举的东西！"陈东指说着一使眼色，上来几人开始毒打陈宝友起来。

这个时候，陈宝友还能坚持住。

中统特务吕树龙看了，对着陈东指耳边一阵叽叽咕咕。陈东指连连点头。

接着，陈东指命令手下把陈宝友押到院子里的一个大水缸前。大水缸里装满了开水，此时正冒着热气。

"你知道死猪是怎么烫死的吗？"陈东指指着水缸问陈宝友，"人可不像猪，烫人，先是烫掉几层皮。"说着抓起陈宝友的手往水缸里一放。

"啊！"陈宝友发出一声惨叫。

"你不招，现在就把你放进去，像死猪一般地烫。"陈东指恶狠狠地说，然后命令手下抬起陈宝友放到水缸上面。

陈宝友的身子还没接触到沸水，就已经感到了灼热的气浪，此时，恐惧压倒了一切，他连声说："我招，我投降！"

陈宝友就这样当了叛徒。

陈东指、吕树龙没有公开陈宝友的叛徒的身份，而是把他藏起来做大用处。经过两天的训练，他们把陈宝友放回了家，但由吕树龙陪着，对外人说其是他的亲戚。

五月二日，寿二区义井乡乡长甄子厚与指导员杜宜群率领乡中队在义井乡东张岗村一带活动，陈宝友也在其中。

傍晚，陈宝友问甄子厚晚上在哪里睡觉。甄子厚没有防备，随口答道就在张岗村。

夜幕降临，陈宝友悄悄溜出村子，向等候的特务吕树龙报告了情报。特务吕树龙立即向国民党车王乡公所走去。

陈东指得到情报后，立即派吕树龙向驻守在杜师娘岗的广西军报告，同时派人到庄墓乡公所联系乡长陈杰三。

不久，陈杰三带着几十人来到车王乡，二人会合后，率领六十多人的反动武装连夜包围了张岗村，但是，没有立即发动进攻，而是等待广西军的到来。

夜里十二点的时候，广西军三百多人的部队赶到。三股敌人会合在一起，力量大于区中队数倍，但也是围而不攻。

天亮之后，敌人开始发动进攻。甄子厚带领区中队与数倍于己的敌人战斗，毫不示弱，战斗一直持续到上午十点多钟。

敌乡长甄元昌开始喊话："子厚，现在，我以长辈的身份和你说话，你们已经被包围了，这次肯定跑不掉了，识时务者为俊杰，还是早点投降吧，只要你投降，我可以保全你的性命，还可以在党国中重用你。"

"要我投降，不可能！只有战死的共产党，没有投降的共产党！只要我们还有一个人在，就要和你们战斗到底！"甄子厚严正地回答。

"那就不要怪我这个做老的不客气了，不识抬举的东西！！"甄元昌恼羞成怒地说。

接着，敌人的轻重武器一齐开火，然后发起冲击。

半个小时内，甄子厚率领战士们打退了敌人的三次进攻。

下午三点，敌人见久攻不下，害怕拖到晚上，而打夜战是新四军所擅长的。敌人企图在天黑前结束战斗，于是集中所有火炮轰击张岗村，村内燃起了熊熊大火。

不少战士英勇牺牲了，甄子厚的左腿也被炮火炸断了，跪在地上依然指挥战斗。杜宜群腹部中弹，一手捂着流出来的肠子，一手不断射击。剩下的几名战士也浑身是伤，但依然在坚持战斗。

炮火停止后，敌人号叫着冲了上来。

"我们和他们拼了！"一位受伤的战士手里拿着几颗手榴弹，看着另外两个受伤的战士说。

那两个战士心神领会，默默地拿起手榴弹，拧开盖子，取出引信。

三位战士随即跃起，迎着敌人冲了过去。

"轰轰……"几声，三位战士和敌人同归于尽。

由于寡不敌众，区中队包括中队长甄子厚和指导员杜宜群在内的二十多人壮烈牺牲。只有两名小战士从战友们的尸体中爬了出来。

杨四虎亲自去甄子厚家吊唁，在追悼会上，杨四虎号召大家学习三区区中队的英雄主义精神，争取最后的胜利。

这边刚结束吊唁，那边又出来噩耗。

为了支援路东根据地，淮西根据地每年都要向路东根据地输送一批新战士，由于施行了"双减""增资""借粮"等政策，调动了淮西人民的积极性，淮西人民纷纷送子弟参加新四军。杨四虎准备把最近一批新战士护送到师旅部去。六月五日,杨四虎派陈明义和叶纪挺侦察路线。陈明义和叶纪挺接受任务后立即乔装打扮出发,一路侦察,确定了路线,完成任务后立即返回,于第二天夜晚回到寿三区。叶纪挺因要向杨四虎报告侦察到的情报,所以去了团部。陈明义则回到涂拐。

刚进入涂拐,就遇到了叛徒陈宝友。此时,他还不知道陈宝友已经叛变。陈宝友假惺惺地问陈明义去哪里了,干什么去了。

陈明义很有警惕性,只是说执行团部任务去了,然后就告别陈宝友向戚堰村走去。

陈宝友装作离开,却又转回头,一路尾随陈明义。

由于往返一百多里路,此时,陈明义已经十分疲劳了,路过戚堰村一个打谷场时,实在走不动了,于是靠在一草堆上休息,不知不觉就睡着了。

叛徒陈宝友跟踪而至,听到陈明义鼾声如雷,知道他睡着了。陈宝友凶相毕露,拔出匕首,向陈明义刺去……三区战斗英雄陈明义就这样牺牲了,时年二十八岁。陈明义牺牲后,叛徒陈宝友也暴露了。

杨四虎发出战斗命令,尽一切力量捕杀叛徒陈宝友。无奈,敌人知道陈宝友已经暴露身份后,把他送到国民党寿县党部保护了起来,直到新中国成立后,陈宝友才被镇压。

第十九章 最后的胜利

一九四五年八月十五日，日本宣布无条件投降了。好消息传到了淮西，大家兴奋不已。杨四虎带领团部和寿县县委干部分别在拐集、义井、涂拐等地和抗日军民一起庆祝这来之不易的胜利。当地老百姓自发地燃放鞭炮，载歌载舞，庆祝胜利。在庆功宴上，谈到艰苦的抗战历程，大家感叹不已。那天晚上，杨四虎生平第一次喝醉了酒，拍着李二蛋的肩膀说："兄弟，终于等到这一天了！"说完，趴在李二蛋的肩膀上呜呜大哭起来。

淮西根据地沉浸在一片喜悦之中，可是风云突起。

第二天，国民党寿县党部送来一封信，信上说根据蒋委员长的命令，共产党在淮西的所有武装原地不动。

"去你妈的命令！去你妈的蒋委员长！"杨四虎把信撕得粉碎。然后立即把这一消息向师旅部作了汇报。

师旅部告诉杨四虎，对国民党的"指示"可以视而不见，命令他带领部队立即接受所在地鬼子、伪军的投降。

第二天上午，杨四虎命令一营营长汪大奎率领一营包围了朱集鬼子据点，自己则率领二营包围了大孤堆鬼子据点。

"鬼子们，听着，快交出全部武器！老子受降来了！"李二蛋等人冲着据点里的鬼子喊。

可是，鬼子据点里一片寂静。

"再不出来，老子就要杀进去了！"

半天，鬼子据点的门慢慢地打开了，一个翻译官手里举着一面白旗，领着一个鬼子军官走了出来。

"小鬼子出来了！"大家议论着。

杨四虎整了整衣服，昂首挺胸地迎了上去。

"我是独立团团长杨四虎，我代表新四军来接受你们的投降！"杨四虎严正地说。

鬼子军官叽叽咕咕了一阵子，翻译官帮着翻译，意思是现在不行，他们还没有接到命令。

"命令？谁的命令？"杨四虎喝问。

"当然是大本营的命令。"

"你们现在得听从我的命令，立即投降！"

气氛紧张起来，李二蛋等人提枪在手，做好了准备。

鬼子犹豫了片刻，又叽叽咕咕了一阵子，翻译官说："现在他们还没有准备好，回去准备一下，晚上投降。"

"不行，就现在！"杨四虎坚决地说，然后指了指身后的部队，道："要不，我们就攻进去！"

鬼子军官见杨四虎这么坚决，只好默默地解下指挥刀，并将其恭恭敬敬地递给了杨四虎。

这一次，收获了鬼子的大量武器、弹药：一百多支三八大盖，三挺机枪，两门迫击炮及无数弹药。战士们摸着那些武器，爱不释手，一个个笑得合不拢嘴。

可是，第二天上午，汪营长他们却是空手而归。问他们情况，汪营长摆着手说道："不要提了！"

原来汪大奎去接受朱集据点的鬼子投降，开始的时候也遇到了和杨四虎同样的情况，鬼子答应晚上投降，汪大奎不知道鬼子在玩花招，也就同意了。等到晚上再去一看，据点里居然连一个鬼子都没有了！原来他们趁着黑夜向淮南九龙岗逃去了。汪大奎气得赶忙追，但是没有追上，只好回来报告。

杨四虎听了心里一惊，假如自己昨天一松口，岂不是也上了鬼子的当？没想到鬼子投降了还这么狡猾！

汪大奎没有完成任务，心里很不好受，想挽回损失，向杨四虎请战道:"团长,我率领一营追到淮南去吧?"

"好,我们下午就去!"杨四虎回答,然后命令立即烧火做饭。

中午的时候,师旅部发来电报,命令杨四虎立即带领部队赶到柘塘,和路东主力一起消灭杜大头一伙,防止他投向国民党的怀抱。

杨四虎听了非常高兴,他等这一天已经很久了,为仇集人民报仇的日子终于到了!杨四虎立即命令全团向路东挺进。

杜大头经营柘塘据点多年,修筑了牢固的工事。

他在东西两条街外修筑了大大小小十几个碉堡,中间是一个五六层高的四方形大碉堡,四周用几个小碉堡环卫。且这些碉堡彼此之间可以火力呼应。

街道北部,挖了两道圩子,里面是小圩子,外面是大圩子。每道圩子四周都挖有深一丈余、宽三丈余的壕沟。同时,还在圩子的外围筑起了高一丈余的高墙。

这样的据点攻击起来难度可想而知。

杨四虎带领部队到达柘塘后,与友邻部队立即包围了杜大头据点,并四处找人打探据点的内部情况。

于是,给杜大头据点烧饭的、送菜的、干活的木匠和瓦匠等都被请进了杨四虎的团部。就这样,杨四虎基本摸清了据点的内部构造。

根据敌人的情况,杨四虎和十八团团长廖成美等人商量后,决定首先攻打敌人圩子外部的碉堡群。而攻击敌人的碉堡群,得先从中间的大碉堡开刀,大碉堡被攻下,几个小碉堡就会不攻自破。

十六日上午,战斗打响了!

首先,杨四虎喊话,劝杜大头赶快投降,争取人民政府的宽大处理。可是杜大头死不悔改,自认为有牢固工事作依靠,新四军奈何不了他,等新四军一撤走,马上投靠国民党。

新四军看劝降不成,命令全部武器一齐开火。

杜大头的防守比较厉害,四处火力交叉射击,我军根本不能靠前。但杜大头也暴露了自己的火力点。

硬攻不成,杨四虎和廖成美团长只得另找他法。二人围着据点走了一圈,发现敌人据点紧邻民房,一个作战计划在杨四虎的脑海中形成了!

民房里的老百姓早已被杨四虎做通工作撤走了,杨四虎用民房做工事，命令战士们找来长竹竿，挂上炸药包，点燃后，往敌人据点里送；还在竹竿前端捆上棉花团，沾上猪油，点燃了敌人的碉堡。

大火"噼里啪啦"地燃烧起来。

敌人开始手忙脚乱地灭火，新四军战士见状，端起枪猛烈射击，阻止他们灭火。

大风卷着火苗，迅速蔓延开来，瞬时吞没了敌人的碉堡。

"啊！啊！"碉堡里传来敌人号叫声，五六个敌人葬身于火海中。

眼看碉堡要坍塌了，伪军中队长徐从志只好带领伪军举着手走出碉堡。

正如杨四虎所料，敌人的大碉堡被拿下，那些小碉堡攻击起来就容易多了。在机枪和杨海道等神枪手的掩护下，战士们慢慢靠近敌碉堡，一阵手榴弹扔过去，那些小碉堡纷纷垮塌，敌人眼见守不住了，纷纷走出碉堡投降。

十七日上午，开始攻打杜大头的圩子。

和往常一样，杨四虎首先喊话，劝敌人放下武器投降。

敌人拒绝投降，依托据点负隅反抗。

民兵点燃地雷，雨点般扔进敌人的圩子里，这些地雷，杀伤力很大，"轰轰！"在敌人的圩子里爆炸开来，敌人纷纷逃进碉堡继续抵抗。

此时，杨四虎从大孤堆集鬼子处接收的一门平射炮派上了用场！

战士们推来大炮，瞄准大门，几声巨响后敌人圩子的大门即被炸开了一个缺口。然后大炮的炮口又对准了敌人的碉堡。"轰"的一声，炮弹在敌人的碉堡肚子里炸开了花。接着，再一声响，碉堡摇摇欲坠了。

敌人见碉堡要塌陷了，把枪支扔出碉堡，然后顺着绑腿往下溜企图突围。他们从小圩子里跑出来，经过中间的稻田，拼命向大圩子跑去。

早就准备好的我军四挺机枪齐声怒吼，二十多个敌人随即倒下。

解决了东北部四个碉堡，杜大头被困在了小圩子里。

十八日，继续攻打小圩子。准备活捉杜大头。

"杀啊！活捉杜大头啊！"战士们一边攻击，一边呐喊。一千多人的呐喊震天动地，一千多支枪一齐射击。子弹在小圩子里如雨点般穿梭。

此时，杜大头已经感觉到末日来临了，他躲在小圩子的碉堡里，督促着手下拼命死守。

眼看要攻下小圩子了，突然街西传来密集的枪声。原来是下塘、朱巷、水家湖的鬼子共计五百多人赶来解救杜大头。

鬼子凶猛，七八挺机枪开路，一路冲杀，逐渐逼近小圩子。杨四虎、廖成美立即率领大部分主力阻击鬼子的进攻。这样，攻击杜大头的力量就小多了，这给了杜大头可乘之机，他带领剩余的敌人冲了出来，与前来接应的鬼子会合在了一起。

杨四虎命令战士一阵猛打，打死了十几个鬼子。

鬼子一般不会留下同伴尸体的，可是这次例外，鬼子们连同伴的尸体也顾不得带走，仓皇向西逃去。

我军胜利地收复了柘塘街，这次战斗，击毙日军二十多人，生俘三人，歼灭伪军两个中队五百多人。只可惜杜大头漏网了，没有为仇集人民报仇，这也成了杨四虎心里久久放不下的一件事情。杜大头后来逃到了上海，在一家工厂里隐姓埋名潜伏了下来，还当了干部。一次偶然机会他被仇集人认出，抓了起来，后被带回朱巷进行公开审判后被执行枪决。

鬼子救走了杜大头，杨四虎知道，朱巷、戴集敌人据点的兵力肯定空虚，于是立即率领部队杀去。防守据点的敌人望风而逃。独立团顺利收复了朱巷、戴集等大片地区。

接着，杨四虎乘胜追击。他把三个营都派了出去接受鬼子的投降，自己则率领特务连、警卫排驻扎于钱集东、下塘西的张家湾、罗庄、毛冲一带，准备接受钱集鬼子的投降，同时也是等着路东根据地送棉衣过来。

可是，风云突变！

原驻扎于下塘的伪军王占林突然在炮楼上升起了青天白日旗，摇身一变，成了国民党军队。与此同时，更大的阴谋正在悄悄地进行。

九月底，国民党桂系一个团沿淮河水路进入瓦埠湖，后沿水道向东进发，并于庄墓北登陆，会合伪军改编的国民党三十师、省保安团共计三千多人，向南北推进。企图把我淮西地区的武装力量一口吃掉，进而攻击我大别山根据地。

十月十四日，南路之敌两千多人推进到杨庙地区，准备从三面围攻钱集。

各营分散于各地，此时集合起来已经不可能了，杨四虎把三区、四区区大队加上特务连和警卫排共计三百余人召集起来，准备应对敌人的围攻。

敌人来势汹汹,逐渐缩小了包围圈。

大战一触即发,空气中弥漫着火药的味道。天空中的群鸟受到了惊吓,惊慌失措地都飞走了。

上午十二点左右,农民杨正理赶集回来,急匆匆地向杨四虎报告:"你们还不快走,钱集来了好多好多国民党的军队,正向这里赶来!"

"命令队伍,马上集合转移!"杨四虎命令道。

可是往哪里转移呢?东、西、北方向都传来了密集的枪声,我军的先头部队已经与敌人交上火了。

千钧一发之际,杨四虎反而冷静下来思考——现在,三面环敌,敌人数十倍于我,硬拼肯定不行,那样会导致全军覆没。现在唯有一条路——从敌人的夹缝中悄悄穿插出去,可是这需要部队去吸引敌人的注意力。

"团长,我去吧!"李二蛋站出来道。

"把这个任务交给我们班吧。"警卫排一班班长陈正文、副班长陈元祥主动请缨道。

"好,二蛋,你们马上占领戴柿园,吸引敌人主力,但是不可恋战,找机会向南突围,与我们会合。"杨四虎命令道。

"是!"李二蛋、陈正文答应道。

"二蛋,把这个拿上。"杨四虎说着递给李二蛋一支捷克式冲锋枪,"记住,不可恋战!"

李二蛋接过冲锋枪,迅速带领一班六名战士向戴柿园出发。

戴柿园地势低洼,四周沟壑纵横,中央住着三四户人家。

李二蛋带领一班占据了这一地方后,马不停蹄地带领大家观察了周围的地形情况。当时是晚秋旱季,沟壑干涸见底,是天然的绝好工事,也是撤退的好去路。

"那里很重要!"李二蛋指着高地处的几间房子。

"是的,它是戴柿园的中心地带,可进可退,我们必须占领它。"陈正文说道。

李二蛋、陈正文带领大家向那里走去。

当时,房子的主人是戴广甫,全家有九口人,前后两栋共六间草房,还有两间门朝东的厢房。

李二蛋、陈正文向戴广甫说明了来意。

"新四军是真正地为我们穷苦人好，我们支持你们，没得说，房子你们尽管用，打倒了，再盖！"戴广甫慷慨地说。接着，戴广甫带领全家帮助一班战士凿枪眼、修工事，还做好了干粮。

傍晚时分，"噼里啪啦！"李二蛋等人向着远处开了一阵枪。

敌人果然上当，向枪响的地方涌来。

"打！"七人七支枪一齐开火。

敌人开始攻击戴柿园。顿时，步枪、机枪声响成一片，手榴弹爆炸声此起彼伏，震耳欲聋。

七名战士沉着应战。敌人的子弹暴风雨般落在房顶上、屋檐下，院子里未炸的手榴弹积有一尺多厚。即使如此，七名战士还是打退了敌人一次又一次进攻，但是，也有两名战士不幸牺牲了。

下午四时许，戴广甫的大哥戴广成、四弟戴广县分别从大门和院墙往外突围，刚走几步就被手榴弹炸死了。

这时候，后排的草房和厢房也开始起火，李二蛋只好带着战士们和戴广甫全家集中到前排房子继续战斗。

形势万分危急，可是，此时敌人还没有完全被吸引过来，杨团长他们还没有转移！所以还不能撤退。

天渐渐黑了下来，七名战士的枪支因为连续射击，枪管发热，多次出现卡壳现象。好在敌人没有摸清我戴柿园阵地里到底有多少兵力，更不知道几名战士的枪出现卡壳，再加天已黑了，所以敌人不敢贸然进攻，只是一味地向李二蛋他们拼命射击。

夜幕降临了，没有星星，没有月亮，野外，漆黑一片。

李二蛋他们一会儿向东边之敌射击，一会儿向西边之敌射击。敌人从三面射击。漆黑的夜里，混战成一片。

正是这样的混战，带来了意想不到的效果！

戴柿园村东的保安团与村西南的三十师都感觉到前方有密集的子弹向自己射来，双方都误认为对方是新四军的援军，因而打了起来！而且是全力以赴，甚至机枪、大炮都用上了。

机不可失，失不再来！杨四虎立即带领部队向西转移到寿四区，顺利地跳出了敌人的包围圈。

敌保安团与敌三十师越打越猛，双方死伤惨重，都认为新四军援军太厉害了，肯定是主力部队。

晚九点半许，敌双方人马还在混战。

十点时分，李二蛋估计杨四虎他们已经安全转移了，准备突围出去。

可是谈何容易！四面被围得铁桶一般。

李二蛋看到前面敌人的尸体杂乱地躺在那里，灵机一动。

他命令战士们穿上伪军的衣服，躺在敌人的尸体群里。

此时，保安团和三十师才明白过来，大骂对方一阵后，再次扑向戴柿园。

等到敌人从自己身边冲过去后，李二蛋等人迅速爬了起来，向西跑去。当敌人发现时已经晚了。

此次战斗，历时七个多小时，敌死伤三百余人（其中大部分是被敌人自己人打死、打伤的），我方牺牲三名战士。

独立团七人阻击了敌人一千多人的进攻，顺利地牵制了敌人，掩护了大部队的转移。这在我军军史上留下了浓重的一笔。

早晨，太阳喷薄而出。杨四虎带领独立团转移到罗集一带，跨过铁路，准备迎接新的战斗！

全书完

2014年10月26日第一稿。

2014年11月3日第二稿。